THE QUEEN OF CRIME
繁體中文版
20週年
紀念珍藏

# 隱身魔鬼

阿嘉莎・克莉絲蒂 著
徐培成 譯

Agatha Christie®

# The Secret Adversary

# 通俗是一種功力

吳念真（導演、作家）

通俗是一種功力。絕對自覺的通俗更是一種絕對的功力。

這樣的話從我這種俗氣的人的嘴巴說出來，大概很多人要笑破褲底了。不過，笑完之後請容我稍稍申訴。這申訴說得或許會比較長一點，以及，通俗一點。

小時候身材很爛，各種遊戲競爭完全任人宰割，唯一隱遁逃避的方法是躲起來看書或聽大人瞎掰。那年頭窮鄉僻壤的小孩能看的書不多，小學二年級時最喜歡的是超大本的《文壇》，老師借的。看著看著，某天老師發現我的造句竟出現：「捧著：朝陽捧著一臉笑顏為群山剪綵」這樣亂七八糟的文字，就拒絕再讓我看那些超齡的東西了。

老師的書不給看，我開始抓大人的書看。一種是厚得跟磚塊一樣的日文書，對我來說那完全是天書，但插圖好看，經常有限制級的素描。另一種書是比較薄的，通常藏得很嚴密，只是裡面有太多專有名詞、重複的單字和毫無限制的標點，比如「啊啊啊」、「……！！！」

老讓我百思不解。有一天，充滿求知欲地詢問大人竟然換來一巴掌後，那種閱讀的機會和樂趣也隨著消失了。

所幸這些閱讀的失落感，很快從大人的龍門陣中重新得到養分。講到這裡，我似乎先得跟一個村中長輩游條春先生致敬，並願他在天之靈安息。

我所成長的礦區，幾乎全是為著黃金而從四面八方擁至的冒險型人物，每人幾乎都有一段異於常人的傳奇故事。這些故事當事人說來未必精采，但一透過游條春先生的嘴巴重現，有時連當事人都聽得忘我，甚至涕泗縱橫，彷彿聽的是別人的故事。

條春伯沒當過日本兵，可是他可以綜合一堆台籍日本兵的遭遇，一如連續劇般從入伍、受訓、逃亡荒島，面對同鄉同袍的死亡，並取下他們的骨骸寄望帶回故鄉，乃至骨骸過多搞不清哪是誰的等等，讓聽的人完全隨他的敘述或悲或笑，彷彿跟他一起打了一場太平洋戰爭。此外他也可以把新聞事件說得讓一個三、四年級的小孩，到現在仍記得當時腦中被觸動的畫面。例如當年瑠公圳分屍案的凶手做案之後帶著小孩到安東街吃麵（這讓我一直以為台北的安東街是條專門賣麵的街道），還有甘迺迪總統被暗殺、賈桂琳抱住她先生、安全人員跳上飛快的車子保護賈桂琳……當然，這記憶全來自條春伯的嘴巴而不是報紙。我的記憶全是畫面，有畫面，是因為條春伯說得精采，說得有如親臨他至死都還搞不清地理位置的達拉斯命案現場。

於是這小孩長大後無條件地相信：通俗是一種功力，絕對自覺的通俗更是一種絕對的功力。透過那樣自覺的通俗傳播，即使連大字都不識一個的人，都能得到和高階閱讀者一樣的感動、快樂、共鳴，和所謂的知識、文化自然順暢的接軌。也許就是因為這些活生生的例子，俗氣的自己始終相信：講理念容易講故事難，講人人皆懂、皆能入迷的故事更難，而能隨時把這樣的故事講個不停的人，絕對值得立碑立傳。

條春伯嚴格地說是有自覺的轉述者，至於創作者，我的心目中有兩個。一個是日本導演山田洋次，一個是推理小說家阿嘉莎．克莉絲蒂。

山田洋次創造了寅次郎這個集合所有男人優點跟缺點的角色，在以《男人真命苦》為名的系列下，總共完成百部左右的電影。它們的敘述風格、開頭、結尾的方法不變，唯一改變的是故事，是時代，是遍歷日本小鄉小鎮的場景。數十年來，看《男人真命苦》幾已成為日本人每年的一種儀式，一如新春的神社參拜。

數十年前訪問過山田導演，他說，當他發現電影已然有它被期待的性格時，電影已經不是導演自己的。他說：當所有人都感動於美人魚的歌聲時，你願意為了讓她擁有跟你一樣的腳，而讓她失去人間少有的嗓音嗎？

人間少有的嗓音與動人的歌聲，都來自山田導演絕對自覺的通俗創造。

再如阿嘉莎．克莉絲蒂，如果我們光拿出她說過的故事和聽過她故事的人口數字，就足以嚇死你。五十多年的寫作生涯，她總共寫出六十六本長篇推理小說，外加一百多篇短篇小說和劇本。其中有二十六本推理小說被改編，拍了四十多部電影和電視劇集。作品被翻譯成一百零三種文字的版本，銷量超過二十億本。

夠了。你還想知道什麼？知道二十億本的意義是什麼嗎？二十億本的意義是全世界平均三個人就有一個人讀過她的書，聽過她說的故事。

說來巧合，她和山田洋次一樣，創造出個性鮮明的固定主角（當然，前前後後她弄出來好幾個），然後由他（或是她）帶引我們走進一個犯罪現場，追尋真正的罪犯。

故事就這樣？沒錯，應該說這是通常的架構。那你要我看什麼？不急，真的不急，克莉絲蒂會慢慢冒出一堆足夠讓你疑惑、驚嚇、意外，甚至滿足你的想像力、考驗你的耐心和智商的事件來。

推理小說不都是這樣嗎？你說得沒錯，大部分是這樣，不一樣的是……對了，她像條春伯，像山田洋次，她真會說，而且她用文字說。

文字的敘述可以讓全世界幾代的人「聽」得過癮、「聽」個不停，除了聖經，也許就是克莉絲蒂。她不是神，但她真的夠神。

數十年前，台灣剛剛出現她的推理系列中譯本，那時是我結婚前，常有同齡的文藝青年來我租住的地方借宿，瞄到我在看克莉絲蒂，表情詭異地說：「啊？你在看三毛促銷的這個喔？」

我只記得他抓了一本進廁所，清晨四點多，他敲開我的房門說：「幹，我實在很討厭那個白羅……再拿一本來看看，我跟你說真的，要不是你的書，我真的很想把那個矮儸壓到馬桶吃屎！」

我知道他毀了，愛吃又假客氣，撐著尊嚴騙自己。克莉絲蒂再度優雅地撕破一個高貴的知識份子的假面具，她的手法簡單，那手法叫通俗，絕對自覺的通俗，無與倫比、無法招架的功力。

昔日的文藝青年如今跟我一樣，已然老去，但不時還會看到他寫一些充滿理念和使命感極重的文章，在報紙和雜誌上出現。我知道他要說什麼，只是常常疑惑他想跟誰說；同樣，我記得他說過什麼，但轉眼間忘記他說了什麼。但請原諒我，幾十年前那個晚上，他在我家看完的那兩本克莉絲蒂的小說內容，我可還記得清清楚楚。

也許有一天再遇到他的時候，我會問他之後是否還看過克莉絲蒂其他的書，如果沒有，我會跟他說，想讀要趁早，因為你會老、會來不及。至於白羅那個矮儸，大概永遠不會消失。哦，對了，還有一個叫瑪波，你說不定會來不及認識……

# 歡快氣氛下的解謎樂

龍貓大王通信

一九八〇年代，美國電視觀眾最喜歡的作品類型之一，是看俊男美女在電視上「床頭吵床尾和」。一九八二年，浪漫推理劇《龍鳳妙探》（*Remington Steele*）大受歡迎，男主角皮爾斯・布洛斯南（Pierce Brendan Brosnan）高大帥氣，女主角史蒂芬妮・齊姆帕勒（Stephanie Zimbalist）嬌小可愛，他們之間不但有最萌身高差，還有最凶的吵架音量，你一嘴我一嘴地互嘴黜臭，其實偷渡的是勢均力敵的甜蜜情意。一九八六年的《雙面嬌娃》（*Moonlighting*）吵得更凶，布魯斯・威利（Bruce Willis）與西碧兒・雪柏（Cybill Shepherd）這對歡喜冤家從鏡頭前吵到鏡頭外，但觀眾只認識鏡頭前流氓與淑女的美味關係，而這已經足夠讓布魯斯・威利的星運一飛沖天。

情侶神探的公式不只讓八〇年代的觀眾買單，其實早在二〇年代就被證明很有賣點。謀殺天后阿嘉莎・克莉絲蒂的經典中，恰巧就包括一對龍鳳妙探的系列作品，他們是克莉絲蒂創作的蛋頭神探與阿嬤神探之外的唯一一組情侶神探：湯米與陶品絲。

這對情侶在一九二二年出版的《隱身魔鬼》首度登場；一九二九年出版的短篇集《鴛鴦神探》裡已經結為夫妻；一九四一年的《密碼》裡勇破二戰諜網；一九六八年已步入老年的貝里福夫妻，繼續在《顫刺的預兆》裡偵查老人療養院的死亡祕辛；最終在一九七三年的《死亡暗道》裡，老先生、老太太已經決定退休，還買了一棟退休房……聽起來他們似乎沒有繼續關心凶手與謎案的必要了，對吧？怎麼可能，陶品絲搬進新家整理環境時，在前屋主留下的書中，竟然找到一段塵封已久的祕密訊息：「瑪麗喬丹並非自然死亡，凶手是我們其中的一個。」

有誰只是整理書櫃也會突然變身偵探？湯米與陶品絲就會，這多少能證明，克莉絲蒂在這對鴛鴦神探身上放進不少玩心。也許是她為湯米與陶品絲設計的浪漫關係，令克莉絲蒂為他們而寫的故事也格外輕巧俏皮。別誤會，湯米與陶品絲出場的處女秀《隱身魔鬼》有國際陰謀、有失竊的機密文件、有神祕又奸詐的犯罪首腦「布朗先生」（這下你就懂書名《隱身魔鬼》是在說誰了）。這看來是一部暗潮洶湧的諜報小說，而確實湯米與陶品絲也穩穩地踩中大部分的可怕陷阱，但克莉絲蒂將這對男女寫得實在太過可愛……你潛意識裡早就知道，他們絕對要邊吵架邊談情地（順便推理）百年好合，不會在這個險境裡就GG（完結）。

湯米與陶品絲的情誼首先是建立在「好哥兒們」的友情之上，從《隱身魔鬼》的開場就看得出來：

「湯米，你這個老東西！」

「陶品絲，老朋友！」

兩個年輕人熱情地相互問候……那兩個「老」字頗易讓人誤解，其實兩人年齡加起來絕不超過四十五歲。

二〇年代已經不是封建時代，但男女之間還是有別。而湯米與陶品絲之間的情誼，能夠打破這種隔閡，他們首先是鐵打的好友，彼此在軍醫院認識，因此他們之間有太多戰場回憶可以閒聊，也深知對方的個性與偏好，更重要的是，他們都是一窮二白。這對日後的鴛鴦神探久別重逢，既不談情也不破案，而是討論如何賺錢。克莉絲蒂可不會那麼輕易就灑糖，但從湯米與陶品絲彼此互補的性格設定，你很快就會了解這段友情遲早要昇華成戀情。

你可以懷疑，金庸筆下的郭靖、黃蓉這對射鵰俠侶設定，是不是抄襲自湯米與陶品絲。因為郭靖和湯米一樣，是個有點遲鈍的傻大個——湯米的傻可不是我說的，是克莉絲蒂這樣寫：「湯米不太聰明……但他的慧眼絕對能一眼看穿真偽。」不只如此，克莉絲蒂還形容他「有張（看得過去）的醜臉」。到底什麼樣的長相是「醜但看得過去」？克莉絲蒂只說這種長相是「很難歸類」，而且是「綜合紳士與運動員的臉孔」。這種先踹後捧的寫法我是不會買單的，湯米擺明就是個不會被稱為男神的樸拙男性。

而陶品絲與湯米完全相反，下面這段克莉絲蒂的形容，會不會讓你腦中浮現一個二〇年代的黃蓉模樣？

陶品絲稱不上漂亮，可是那張小臉蛋上有著精靈般的線條、堅毅的下巴，還有一雙隔得很開、從平直的黑眉毛下望去迷迷濛濛的灰色大眼，在在表現出個性和魅力……她的外表散發著一股敢作敢為、精明能幹的味道。

「精靈般」、「個性魅力」、「敢作敢為精明能幹」，這是一位充滿行動力又特立獨行的女性，剛好補足了湯米謹慎緩行的保守個性。當久違重逢的湯米與陶品絲一起討論該如何賺錢，他們在排除繼承遺產（沒有任何親戚有遺產）與為錢結婚（兩人的異性緣都少得可憐）兩個途徑後，決定還是親力親為白手起家。但是誰先提出一起合夥開公司的點子呢？當然是即知即行的陶品絲！他們決定開一家「青年冒險家企業」，名稱響噹噹，事實上，他們開的是《銀魂》裡的「萬事屋」生意：有錢，什麼活我們都幹。

這種歡快的氣氛，引領湯米與陶品絲穿梭一個又一個謎團，大到《密碼》裡追捕兩名納粹間諜，小到《顫刺的預兆》裡的養老院祕密。即便他們沒有在解謎，光是看湯米與陶品絲鬥嘴聊天就很有趣，而這是有別於白羅系列或瑪波小姐系列的獨特樂趣。

這種創作上的玩心有時不是那麼容易發現，例如在《鴛鴦神探》這本短篇小說集裡，每個小短篇不但都是貝里福夫妻的探險歷程，同時也是克莉絲蒂的諧仿之作——每一篇內容都隱射推理黃金年代的名作家或名角色。例如〈女士失蹤了〉致敬了福爾摩斯的〈法蘭西斯・卡法克小姐的失蹤〉（*The Disappearance of Lady Frances Carfax*）；〈霧中人〉則諧仿了史上最厲害的「神父偵探」布朗神父……克莉絲蒂甚至諧仿自己，在《鴛鴦神探》的最後一個故事〈代號十六的人〉裡，湯米自稱是「沒長鬍鬚但智力過人」的白羅！

湯米與陶品絲系列的五本小說，自《隱身魔鬼》到最後的《死亡暗道》，克莉絲蒂創作的時間橫跨五十年，我們可以看著貝里福夫妻逐漸變老。福爾摩斯也會老，白羅也會老到糊塗，但是湯米與陶品絲卻老得很愉快。他們始終愉快，不管是年輕或蒼老，這讓閱讀五本湯米與陶品絲系列的體驗，宛如身處春風之中一樣愉快，值得推薦給長期與雨劍風刀相伴的推理粉絲。

當然，除了湯米與陶品絲系列之外，克莉絲蒂還有不少經典：《一個都不留》自然不用多提；《無辜者的試煉》是我個人特別喜愛的一本小說，我在遠流的 App「謀殺天后密室」裡的「密室之聲」Podcast 第十六集裡，談過這本講述家庭內情勒暴力的小說；此外還有曾與白羅合作過的雷斯上校探案《褐衣男子》與《魂縈舊恨》，以及性格沒那麼出彩的穩重蘇格蘭警場刑事主任巴鬥，他的幾本小說包括《煙囪的祕密》、《七鐘面》、《殺人不難》與《本末倒置》也包含在內，特別值得一提的是，《本末倒置》是克莉絲蒂本人最喜歡的十部作品之一。而《謎樣的鬼豔先生》中的哈利・鬼豔，是唯一獲得克莉絲蒂獻詞的偵探。

# 獻詞

阿嘉莎．克莉絲蒂是世界讀者最眾，也最廣受喜愛的女作家。
身為克莉絲蒂的孫兒，我相信奶奶會非常樂見這次出版，
因為她極以自己作品中的趣味與娛樂為豪。
歡迎所有喜歡本系列的台灣新讀者參與這場饗宴！

——馬修．培察（Mathew Prichard）

# 序幕

一九一五年五月七日下午兩點，客輪「露西塔尼亞號」接連被兩枚魚雷擊中，正迅速下沉中。船員以最快速度放下救生艇。婦孺排隊等著上艇，有些依然死命抱住她們的丈夫和父親，有些則把孩子緊緊摟在懷裡。一個女孩獨自站在一旁，她看來很年輕，還不到十八歲，但似乎並不害怕，只是以凝重的眼神定定地看著前方。

「對不起。」

一個男人的聲音嚇了她一跳，她轉過身來。說話的男人是頭等艙的一名旅客，她先前曾經不只一次注意到他。他身上帶有一股神祕感，勾起她無限的想像。他不和任何人攀談，如果有人開口對他說話，他會立刻斷然拒絕。此外，他的舉止緊張兮兮，常會別過頭以疑慮的眼神瞥向身後。

女孩注意到，此刻他神色倉皇，眉毛上汗珠粒粒，顯然處於一種強自壓抑的恐懼中。不過，這男人給她的印象並不是一個害怕面對死亡的人！

「有事嗎？」

她凝重的眼神帶著詢問之意迎上他的目光。

他呆立望著她，神色絕望而躊躇。

「只能這樣了！」他喃喃自語，「是的，這是唯一的辦法！」接著他突然高聲問道：

「你是美國人嗎？」

「是的。」

「你愛你的國家嗎？」

女孩脹紅了臉。

「我認為你無權過問這種事！我當然愛我的國家！」

「請別生氣。如果你知道此事攸關重大，你就不會生氣。不過，我必須信任某個人，而且這人必須是個女人。」

「為什麼？」

「因為『女士和兒童優先』。」他環顧四望，壓低了嗓門。「我身上帶著文件……非常重要的文件，足以扭轉同盟國在戰爭中的局勢。你明白嗎？這些文件一定得搶救下來，文件交給你會比放在我身上更有希望。你願意收下這些文件嗎？」

女孩伸出手來。

「等等。我必須警告你。如果有人跟蹤我，你可能會有危險。我想我還沒被人盯上，只是誰知道呢？萬一有人盯上我，你就會有危險。你有勇氣堅持完成任務嗎？」

女孩微微一笑。

「我一定會堅持到底。被你選中，我感到非常驕傲。上岸後我該如何處理這些文件？」

「注意看報紙！我會在《泰晤士報》的人事欄刊登一則以『同船人』開頭的廣告。如果三天後毫無下文，嗯，那你就知道我完了。這時候你得把這個小包裹送到美國大使館，親手將它交給大使。清楚了嗎？」

「非常清楚。」

「那就做好準備吧，我要向你告別了。」他握住女孩的手。「再見，祝好運。」他提高嗓門說道。

她的手握住了他手上的油布包。

露西塔尼亞號向右傾斜得更厲害了。聽到前頭急聲下達的命令，女孩走向前去，登上了救生艇。

# 01 青年冒險家有限公司

「湯米，你這個老東西！」

「陶品絲，老朋友！」

兩位年輕人熱情地相互問候，一時之間堵住了多佛街的地鐵出口。那兩個「老」字頗易讓人誤解，其實兩人的年齡加起來絕不超過四十五歲。

「幾個世紀沒見到你了，」年輕男子繼續說，「你躲到哪裡去了？走，找個地方吃東西去。我們堵在通道這裡有點惹人嫌。走，我們離開這裡。」

女孩同意了，兩人沿著多佛街朝皮卡地里街走去。

「喂，我們要去哪裡呢？」湯米說。

他口氣中的一絲焦慮沒有躲過璞丹絲．考利小姐敏銳的耳朵。由於某些神祕的原因，她親近的朋友都叫她「陶品絲」。聽到湯米的問話，她一下子跳起來。

「湯米，你可真小氣！」

「才不呢，」湯米說，可惜他的話令人難以信服。「我錢多得很。」

「你向來就是個膽大包天的騙子，」陶品絲故作嚴厲狀。「有一回你還騙護士長葛琳班說，醫生要你用啤酒當補品喝，只是忘了把這項處方寫在登記表上。你還記得嗎？」

湯米咯咯笑。

「我當然記得！那個老惡婦查明後簡直火冒三丈。其實她人不壞，那個葛琳班老大媽！很棒的老醫院……我想它也像其他事物一樣，現在都除役了吧？」

陶品絲嘆了口氣。

「沒錯。你也是嗎？」

湯米點點頭。

「兩個月前。」

「你的退役慰勞金呢？」陶品絲暗示。

「花光了。」

「噢，湯米！」

「喂，老朋友，我可沒有恣意浪費，我沒那麼好命！現在的生活費用，普普通通、稀鬆平常的花費可都是天價，如果你不知道，我向你保證……」

「親愛的小湯，」陶品絲打斷了他。「有關生活費用，我一清二楚。我們到了，萊昂飯店。我們各付各的，就這樣說定了。」

陶品絲在前面帶路，往樓上走去。

飯店裡坐滿了人，兩人走來走去想找一張空桌，耳邊不時聽到一些零星的談話。

「你知道，我才告訴她不能住進這間公寓，她就坐下哭了起來。」

「唉，你真會買東西。這就跟梅寶・路易絲從巴黎買回來的那個一模一樣……」

「有時候你確實會在無意中聽到一些好笑的話題，」湯米低聲說，「今天我在街上從兩個男人身旁走過，他們在談一個叫作珍・芬恩的人。你聽過這樣的名字嗎？」

這時候，兩位老太太起身收拾提包，陶品絲快手快腳坐進其中一個空位。

湯米點了茶和小圓麵包，陶品絲點了茶和奶油吐司。

「注意，上茶的時候要用兩個茶壺。」她慎重地補上一句。

湯米坐在她對面，光禿禿的頭上露出一束精心梳往腦後的紅髮。他有張醜臉，但看起來頗為順眼……雖然很難歸類，但無疑有一副綜合紳士和運動員的面孔。他身上的褐色西裝剪裁合度，不過破舊得很，恐怕就要壽終正寢了。

他們坐在那兒，既登對又時髦。陶品絲稱不上漂亮，可是那張小臉蛋上有著精靈般的線條、堅毅的下巴，還有一雙隔得很開、從平直的黑眉毛下望去迷迷濛濛的灰色大眼，在在表現出個性和魅力。她頭上戴著一頂鮮綠色的無邊女帽，小巧地蓋在剪短的黑髮上，超級短裙和寒酸的襯衫下，露出一雙不常見的美麗腳踝。她的外表散發著一股敢做敢當、精明能幹的味道。

茶終於端了上來，陶品絲從沉思中回過神來，將茶倒入杯裡。湯米咬了一大口麵包，口中說道：「我們談談近況吧。從一九一六年在醫院那段日子之後，我就沒再見過你。」

「好，」陶品絲也大口吞嚥著奶油吐司，然後說：「以下是璞丹絲．考利小姐的小傳。她來自蘇佛克郡一個叫作小米森德的地方，是該區副主教考利先生的第五位千金。這位考利小姐在戰爭初期就離開快樂（和單調乏味）的家庭生活來到倫敦，進入一家軍醫院工作。第一個月，她每天要洗六百四十八個盤子。第二個月獲得升遷，負責擦乾上述那些盤子。第三個月又往上升，獲准去削馬鈴薯皮。第四個月，升到切麵包、塗奶油的部門。第五個月升了整整一層樓，帶著拖把和水桶去當病房雜工。第六個月，升遷到桌旁服務食客。第七個月，因為可愛的外表和引人注目的舉止，被提拔去侍候眾護士長。第八個月，事業受到小小的阻礙。因為邦德護士長誤食韋海雯護士長的蛋，引起軒然大波！這當然是病房女雜工的錯，對這麼重要的事漫不經心，再怎麼指責也不過分。所以她再度拿起拖把和水桶，這一跤摔得可真重！第九個月，被升去打掃病房，在病房裡遇到了湯瑪士．貝里福中尉，一個童年時代的朋友（向湯米鞠躬致敬！），當時考利小姐已經整整五年沒見到他，異地重逢真是令人感動！第十個月，因為和一個病人一起去電影院，也就是前面提到的湯瑪士．貝里福中尉，遭到護士長斥責。第十一、十二個月，順利回復為客廳女傭的職位，而且勝任愉快。那年年底，帶著一身榮耀離開醫院。之後，才華洋溢的考利小姐陸續開過貨車、卡車，還為一位將軍開過座車。最後這項工作最為愉快，那位將軍非常年輕！」

「那傢伙是什麼來路？」湯米問，「那些大人物老是從國防部驅車到薩伏飯店，又從薩伏飯店跑到國防部，模樣讓人噁心透頂！」

「我已經忘了他的姓名，」陶品絲承認。「話說回來，從某個角度看，那是我事業的高峰。後來我進入一個政府部門，參加過幾次愉快的茶會。我原本打算撈個地勤工作，像是女郵差、公車車掌之類的，好圖個輕鬆愉快的事業做做，卻碰到停戰來攪局！我真心誠意、盡忠職守了好幾個月，可惜，最後還是被掃地出門。從那時起，我就一直在找工作。現在，該你說了。」

「我的事業沒那麼多升遷，」湯米說，神情頗為遺憾。「也沒那麼多采多姿。一如你所知，我又去了一趟法國，後來他們派我到美索不達米亞，結果我二度掛彩，又進了那裡的醫院。我一直被困在埃及直到停戰，之後我在埃及又逗留了一段時間，接著就像我剛才說的，終於接到遣散令。整整十個月，漫長又困乏的十個月，我一直在找工作。外面根本沒有工作可找！而且就算有，他們也不會給我。我有什麼長處？我對生意懂得多少？一無所知。」

陶品絲點點頭，神情黯然。

「殖民地那邊怎麼樣？」陶品絲提出建議。

湯米搖搖頭。

「我不喜歡殖民地。而且我深信，殖民地也不喜歡我！」

「你沒有什麼有錢的親戚？」

湯米又搖搖頭。

「噢，湯米，你連個姨婆也沒有嗎？」

「我有個老叔叔，他多少有點錢，但是找他沒用。」

「為什麼沒用？」

「有一回他想收我當養子，被我拒絕了。」

「我記得我聽過這件事，」陶品絲說，「你拒絕他，是因為你的母親。」

湯米臉紅了。

「沒錯，對我母親來說，這種事一定很難承受。你知道，我是她的一切。那老傢伙恨她，想把我從她身邊帶走。就是那點嫌隙。」

「你母親已經去世了，不是嗎？」陶品絲柔聲問。

湯米點點頭。陶品絲那對灰色的大眼睛似乎溼潤起來。

「你是個好人，湯米，我一向這麼認為。」

「少來！」湯米回她一句。「唉，那就是我目前的處境。我快走投無路了。」

「我也是。我每天都盡可能在外面晃蕩，四處打聽，看到廣告就去應徵。我試過各種極其可厭的事。我省吃儉用、辛苦積蓄，可是都沒用。我看我得回家了。」

「難道你不想回家？」

「當然不想！多愁善感能幹什麼？我父親是個慈愛的人，我非常喜歡他，但你不知道我有多麼為他擔心！他的腦袋還停留在維多利亞早期，認為穿短裙和抽菸都是不道德的行為。你可以想像得到，對他來說，我簡直是個眼中釘、肉中刺！當年我因為戰爭離家的時候，他只是發出一聲如釋重負的嘆息。你知道，我家有七口人。太可怕了！一大堆家務事，還有母親那些沒完沒了的聚會！我一向是個不討喜的怪孩子。我不想回家，可是……噢，湯米，我還能怎麼辦呢？」

湯米哀傷地搖搖頭。

片刻沉默後，陶品絲突然脫口而出。

「錢，錢，錢！錢讓我朝思暮想！我只能說我滿腦子都是錢，事實如此！」

「我也一樣。」湯米心有戚戚焉地附和。

「我絞盡腦汁，想過各種得到財富的方法，」陶品絲又說，「一共只有三種！繼承遺產、為錢結婚，或是自己去賺。第一種辦法無須考慮；我連一個有錢的老親戚都沒有，我的親戚淨是些家道中落的老太太！我常常扶一些老太太過馬路、幫老先生取包裹，希望他們人是性格古怪的百萬富翁。可是他們沒有半個人問過我的姓名，許多人甚至連一你』都沒有。」

一陣停頓。

「當然，」陶品絲繼續說，「結婚是我最好的機會。我很年輕的時候就下定決[illegible]結婚。任何有腦筋的女孩都會這麼做。你知道，我並不感性，」她頓了頓。「少用那種眼神看我。不要說我是個多愁善感的人。」她立刻補上一句。

「你當然不是，」湯米急忙表示同意。「說到你，沒有人會聯想起多愁善感。」

「你這麼說很沒禮貌，」陶品絲回答，「不過我懂你的意思。唉，就是這樣。我願意、也準備好了，但就是碰不到有錢人！我認識的年輕人個個都跟我一樣窮。」

「那個將軍怎麼樣？」湯米問。

「我想，他在和平時期會自己開一家腳踏車行，」陶品絲解釋說，「你看，就是這樣！喂，你也可以娶個有錢的女孩。」

「就和你一樣，我半個有錢的女孩也不認識。」

「這無所謂，你總會有機會認識。反過來說，要是我看見一個身著皮草大衣的男人走出麗緻飯店，我總不能跑去對他說『喂，你很有錢，我想認識你』吧？」

「你是建議我，應該對這這類打扮的女孩這麼做？」

「別傻了。你得踩她的腳，或是替她拾起手絹之類的。如果她認為你有意結識她，她會受寵若驚，而且會順水推舟讓你得逞。」

「你高估了我的男性魅力。」湯米喃喃道。

「話說回來，」陶品絲又說，「我的百萬富翁也可能會追逐他自己的生活！確實，婚姻裡處處是荊棘。唯一的方法是：自己去賺！」

「我們試過了，可是沒成功。」湯米提醒她。

「沒錯，我們是試過了所有傳統的方法。不過，如果我們嘗試非傳統的方法呢？湯米，我們去當冒險家吧。」

「那當然好，」湯米開心地回答，「我們該如何著手呢？」

「這就是困難所在。只要我們打出知名度，別人或許會雇用我們去為他們犯罪。」

「這話聽來真令人開心，」湯米接著說，「尤其是出自一位牧師女兒之口！」

陶品絲直言。

「道德上的罪責是他們的，又不是我的。你必須承認，為自己去偷一條鑽石項鍊和受雇於人而偷，兩者是有差別的。」

「如果你被抓住，那就半點差別也沒有！」

「也許不會有差別。可是我不會被捉住，我太聰明了。」

「謙虛還真是你積重難返的惡習啊。」湯米說。

「別開玩笑。聽著，湯米，我們真的要試嗎？我們搭檔做生意好不好？」

「成立一家專偷鑽石項鍊的公司？」

「我只是舉例。我們來成立一家……簿記裡這叫什麼來著？」

「不知道，我沒做過簿記。」

「我記過帳，不過我總是把帳目搞混，該記在借方的卻登錄到貸方，或是正好相反，所以他們把我開除了。噢，我知道了，叫作合夥企業！這是我從散發出霉味的數字當中忽然想起來的浪漫名詞。它有一種伊莉莎白時代的味道，令人想起大帆船和西班牙金幣。合夥企業！」

「我們就以『青年冒險家有限公司』的名義做生意，你的想法是這樣嗎，陶品絲？」

「這是很好笑，可是我覺得這樣或許可以闖出些名堂。」

「你打算如何開拓你未來的客戶呢？」

「廣告，」陶品絲立刻回答。「你有紙和筆嗎？男人好像都會隨身攜帶紙筆，就像我們女人隨身帶著髮夾和粉撲一樣。」

湯米遞來一本破舊的綠色筆記本，陶品絲立刻振筆疾書。

「我們開頭可以這樣寫：『年輕軍官，戰時兩度受傷……』」

「當然不可以。」

「噢，好吧，親愛的合夥人。不過我向你保證，這種寫法會打動某個老處女的心，她可能會收養你，這樣你就沒有必要去當青年冒險家了。」

「我不想被人收養。」

「我忘了你對這種事成見頗深。我只是跟你開玩笑！報上滿滿都是這類廣告。聽著，那這麼寫如何？『兩名青年冒險家待聘。上天下海在所不辭。報酬必須豐厚。』（我們乾脆一開始就講清楚。）接著我們可以加上一句：『任務只要合理，來者不拒。』就像公寓和家具廣告一樣。」

「我想，看到這個廣告來下任務的人會不超越情理才怪！」

「湯米！你真是個天才！太別出心裁了。『不拒絕超越常情的任務……如果報酬豐厚的話。』這句怎麼樣？」

「我不想再提到報酬，看來像是我們求之若渴。」

「任何字句也不足以形容我有多麼求之若渴。不過，或許你說得對。現在，我把廣告詞從頭到尾唸一遍：『兩名青年冒險家待聘。上天下海在所不辭，報酬必須豐厚。不拒絕超越常情的任務。』如果你看到這則廣告，你會怎麼想？」

「我會想：這如果不是一場騙局，就是個瘋子寫的。」

「今天早上我看到一則廣告，以『矮牽牛花』開頭，署名是『最棒的男孩』，我們的廣告還不及它一半瘋狂。」她撕下那頁紙，遞給湯米。「你拿去。我想，就登在《泰晤士報》上吧。回信寄某某信箱。我預計廣告費大約五先令。這裡是半個克朗銀幣，二點五先令，是我該出的錢。」

湯米若有所思地拿著那頁紙。他的臉上迸出一片紅紫。

「我們真的要試嗎？」他終於開口說道，「陶品絲，我們真要這麼做嗎？或者只是為了尋開心？」

「湯米，你真上道！我就知道你遲早會懂！讓我們為成功乾一杯，」她將一些冷茶渣倒進兩個杯子裡。「為我們的合夥事業乾杯，祝它生意興隆！」

「青年冒險家有限公司！」湯米應和道。

兩人放下茶杯，勉強擠出笑容。

陶品絲站起身來。

「我該回去我那間富麗堂皇的旅舍套房了。」

「或許我也該慢慢蹓回麗緻飯店了，」湯米一面附和，一面露齒而笑。「我們什麼時候再見面？什麼地方見？」

「明天十二點，皮卡地里地鐵車站。方便嗎？」

「我有的是時間。」貝里福先生泱泱大度地回答。

「那就再見了。」

「再見，老朋友。」

兩位年輕人各自朝相反的方向走去。陶品絲的旅舍位於南貝爾格維亞區，為了省錢，她沒搭公車。

當她正穿過聖詹姆斯公園時，冷不防被身後一個男人的聲音嚇了一跳。

「對不起，」那男人說，「我可以和你說幾句話嗎？」

# 02 魏廷頓先生下任務

陶品絲猛地轉過身，只是回話到了嘴邊還是沒說出來，因為那男人的外表和舉止並不符合她出於本能的想像。她猶豫著。那男人彷彿看穿了她的心思，立刻說道：「我向你保證，我絕無冒犯之意。」

陶品絲相信了他。雖然她直覺上並不喜歡也不信任這個人，不過她希望這個男人所說的話能解除她的疑慮，不再認為他向她攀談別有動機。她從頭到腳把他打量了一番。他是個大塊頭，臉刮得乾乾淨淨，下顎厚大，一對小眼睛透著狡獪，在她的直視下閃躲不定。

「噢，什麼事呢？」她問。

那男人露出微笑。

「我無意間聽到你和那個年輕人在萊昂飯店的談話。」

「噢，那又怎樣呢？」

「沒什麼，不過我想我或許幫得上忙。」

陶品絲的腦海中閃過另一種推斷。

「你一路跟蹤我到這裡？」

「請恕我魯莽。」

「你為什麼認為你或許能幫助我？」

男人從口袋裡掏出名片，一面躬身一面遞給她。

陶品絲收下名片，仔細觀看。名片上印的名字是「愛德華・魏廷頓先生」，姓名下方是「埃索尼亞玻璃製品公司」，之後是市區辦公室的地址。魏廷頓先生再度開口。

「如果你明天上午十一點來找我，我會把任務的細節告訴你。」

「十一點？」陶品絲狐疑地問。

「十一點。」

陶品絲下了決定。

「好，我會準時到。」

「謝謝你。晚安。」

他有如炫耀般舉帽行禮，接著就走開了。陶品絲望著他的背影在原地佇立了好半晌。接著她的肩膀怪異地搖了搖，頗像小獵犬在抖動身體。

「冒險已經開始了，」她喃喃自語，「不知道他要我做什麼？魏廷頓先生，你身上有種氣息，我一點也不喜歡。話說回來，我可是一點也不怕你。就像我先前說過的，而且我要毫不猶豫地再說一次：小陶品絲可以照顧自己，謝謝你了！」

她堅定地點點頭，踏著輕快的腳步繼續前行。但經過另一番思索後，她從大街上轉了個彎，走進一家郵局。在那兒她沉思了一陣，手裡拿起一份電報用紙。想到與其白白花掉五先令，她開始行動，決定冒冒浪費九便士的風險。

陶品絲對仁慈的政府提供的尖長鋼筆和濃黑墨水不屑一顧，她拿出湯米留給她的鉛筆，振筆寫道：「勿登廣告。明天解釋。」電報的收信地址是湯米借住的俱樂部。湯米必須在短短一個月內搬離這家俱樂部，除非天上掉下一筆慈善捐款，幫他繼續繳納會費。

「這封電報可能趕得及攔住他，」她喃喃說道，「不管怎麼說，值得一試。」

將電報交到櫃檯後，她快步踏上回家的路，順道在麵包店買了三便士的新鮮小餐包。

片刻後，她在頂樓有如鴿子窩的小房間裡，一面大聲咀嚼小餐包，一面思考未來。埃索尼亞玻璃製品公司是個什麼樣的公司，它到底有什麼事需要她效勞？一陣刺激的快感令陶品絲興奮不已。故鄉的牧師住宅在她腦海裡再次退到幕後，明天擁有無限的可能。

那天晚上，陶品絲久久無法入睡。等到終於入夢後，她夢到魏廷頓先生要她去清洗一大堆埃索尼亞公司的玻璃器皿，而那些器皿像透了醫院裡的盤子！

十點五十五分，陶品絲就來到大樓林立的街區，埃索尼亞玻璃製品公司的辦公室就位於此地。比約定時間早到未免顯得過於急切，陶品絲決定走到街尾再折回來。當時鐘敲響十一點，她立刻衝進大樓入口。埃索尼亞玻璃製品公司在頂樓，大樓雖有電梯，但陶品絲決定走上去。

她在頂樓的落地玻璃門外停下腳步，有點上氣不接下氣。玻璃門上橫印著那道神祕的字樣：「埃索尼亞玻璃製品公司」。

陶品絲敲了門。她聽見裡面有人回應，於是一扭門把，走進一間髒兮兮的小辦公室。一個中年職員從窗邊寫字桌旁的高凳上起身，帶著好奇的眼神向她走來。

「我和魏廷頓先生有約。」陶品絲說。

「麻煩你這邊請。」

他走到一個寫著「私人」的隔間門前敲了幾聲，接著打開門，站立一旁讓她走進去。

魏廷頓先生坐在一張大寫字桌後面，桌上堆滿文件。陶品絲覺得她先前的判斷得到了證實。魏廷頓先生是有點不對勁，他的闊綽加上詭詐游移的眼神並不討人喜歡。

他抬起頭望了她一眼，點點頭。

「你果然如約而來，嗯？很好。請坐。」

陶品絲在他對面的椅子上坐下。這天早上，她看起來特別嬌小而沉靜。她兩眼低垂，怯生生地坐著等候，魏廷頓先生卻只顧著整理文件，發出沙沙聲響。終於，他把文件往旁邊一推，身體前傾靠向寫字桌。

「現在，親愛的小姐，我們要談正事了，」他那張闊臉撐出一個微笑。「你想要工作？

我可以提供工作機會給你。現在就付你一百英鎊的訂金和所有的開支費用，你說怎麼樣？」

魏廷頓先生往椅背一靠，兩隻大拇指往背心的袖孔一插。

陶品絲望著他，眼神透著警惕。

「工作的性質是什麼？」她問。

「只要掛名就行，完全是掛名而已。一趟愉快的旅行，如此而已。」

「去哪裡旅行？」

魏廷頓先生再度露出微笑。

「巴黎。」

「噢！」陶品絲若有所思地說。

她心想：「當然，如果父親聽到這種事，一定會大發雷霆！不過，我怎麼看也看不出魏廷頓先生在要詐。」

「沒錯，」魏廷頓先生又說，「哪有比這個更令人開心的事？你只要把時鐘撥回幾年，區區幾年即可，就可以再度進入巴黎比比皆是、令人嚮往的少女寄宿學校……」

陶品絲打斷了他。

「寄宿學校？」

「一點也沒錯。位於紐利大街，珂瓏碧夫人辦的學校。」

陶品絲對這個名字非常熟悉。這所學校挑選學生的嚴格無人能出其右。她有幾個美國朋友就在那裡。此刻的她更加一頭霧水了。

「你要我去珂瓏碧夫人的學校？去多久？」

「看情形，可能三個月。」

「就這樣，沒別的條件？」

「什麼條件也沒有。當然，你必須用我指派你的身分前往，而且不能和你的朋友聯絡。我要求你百分之百保密。對了，你是英國人，對吧？」

「對。」

「不過你說話帶有美國口音。」

「我在醫院裡交了個好朋友，一個美國小女生。我敢說，我的口音是從她那裡學來的，我很快就可以改掉。」

「正好相反，如果你以美國人的身分申請入學，或許更容易通過。你在英國的生活背景可能很難自圓其說。沒錯，我想你以美國人的身分入學無疑是更好。而且……」

「等一下，魏廷頓先生，你好像理所當然地認為我已經同意了。」

魏廷頓面露訝異。

「你當然不會想拒絕吧？我可以向你保證，珂瓏碧夫人的學校可是一所很高級、很正統的學校。再說，這樣的條件夠大方了。」

「確實，」陶品絲說，「就是因為這樣。條件可以說是太大方了，魏廷頓先生，我怎麼看也看不出我值得你付出那麼一大筆錢。」

「你看不出來？」魏廷頓先生輕聲說，「好，那我就告訴你。無庸置疑，我是可以少花很多錢去找別人。可是我願意付高價雇用的女孩，必須有足夠的聰明才智，同時也要夠鎮定自若，才能演好她的角色。另外，她也必須是個個性謹慎、不過問太多問題的人。」

陶品絲微微一笑。她覺得魏廷頓贏了。

「還有一件事。到目前為止，我們一直沒提到貝里福先生，他要扮演什麼角色呢？」

「貝里福先生？」

「我的合夥人，」陶品絲一本正經地說，「你昨天看見我們在一起的。」

「啊，對。恐怕我們不需要他的服務。」

「那就免談！」陶品絲站起來。「我們兩人一定要共進退。很抱歉，但事情就是這樣。再見了，魏廷頓先生。」

「等等。我們看看能不能想點辦法。請坐下，這位……」他沒說完，口氣帶著詢問。

陶品絲想起擔任教區副主教的父親，不禁感到一陣良心不安。她立刻抓住腦海裡飄過的第一個姓名。

「我叫珍·芬恩。」

她說，然而這簡單幾個字所產生的效果卻令她瞠目結舌，再也說不出話來。

只見魏廷頓先生臉上的和藹瞬間消失無蹤。那張臉氣得發紫，前額青筋暴脹，後頭還藏著難以置信的沮喪。他身體前傾，怒聲咆哮道：「原來這就是你玩的小把戲，對吧？」

陶品絲雖然大吃一驚，不過依然保持鎮靜。她完全不能理解他的意思，但她生來就急智過人，而且認為自己絕對「不可漏氣」。

魏廷頓繼續說：「從頭到尾你一直在耍我，就像貓捉老鼠一樣？你很清楚我要你做什麼，可是你把它當成鬧劇演下去，是不是這樣，呃？」他慢慢冷靜下來，臉上的紅暈漸漸消退。他以銳利的目光看了她一眼。「是誰洩漏祕密的？是麗塔？」

陶品絲搖搖頭。她不知道她能讓這種錯覺維持多久，不過她知道絕不能把她根本不認識的麗塔扯進來。

「不是，」她說的是實話。「麗塔對我一無所知。」

他的眼睛依然像鑽子一樣，直往她的眼裡鑽。

「你知道多少？」他大聲問。

「真的不多。」陶品絲回答。

她很高興注意到，魏廷頓的不安現在是有增無減。如果她吹噓自己知道很多，很可能會讓他起疑。

「不管怎麼說，」魏廷頓低吼，「你已經知道得夠多，才會脫口說出那個名字。」

「那可能就是我的名字。」陶品絲指出。

「是有可能，對吧，兩個女孩同名同姓？」

「也可能是我自己碰巧想到的。」陶品絲又說，為自己吐實所帶來的成功效果陶醉不已。

魏廷頓先生一拳捶在桌上。

「別再耍我了！你知道多少？你要多少錢？」

最後這五個字激起陶品絲無限遐思，尤其今晨剛吃過一頓乏善可陳的早餐，昨晚又以小餐包當晚餐。她目前的角色已幾近乎女騙徒而非冒險家之流，不過她可以接受這樣的轉變。她挺起腰桿，帶著掌控全局的神態露出微笑。

「親愛的魏廷頓先生，」她說，「我們就打開天窗說亮話吧。還有，希望你不要那麼生氣。你昨天已經聽到我說的，我打算靠自己的聰明才智過活。現在看來，我似乎證明確實有足以維生的聰明才智！我承認我聽過這個名字，不過我對它的了解可能僅此而已。」

「沒錯，但也可能並不止於此。」魏廷頓低吼。

「你硬是要錯解我。」陶品絲說，輕輕嘆了口氣。

「就像我剛才說的，」魏廷頓憤憤然說道，「別再耍我了，有話直說，少在我面前裝傻。你知道的一定比你承認的還多。」

陶品絲停頓片刻，心裡不禁佩服自己的足智多謀。接著她柔聲說道：「我不想跟你辯，魏廷頓先生。」

「那好，回到這個老問題……你要多少錢？」

陶品絲進退兩難。此時此刻，她已完全騙過了魏廷頓，但如果提出一筆太離譜的數字，說不定會讓他心生疑竇。一個念頭從她腦海閃過。

「如果先付一筆小訂金，日後再好好討論這件事，你說怎麼樣？」

魏廷頓陰險地瞥了她一眼。

「你想敲詐，呃？」

陶品絲甜甜一笑。

「噢，不是的！我們不妨稱其為預付金吧？」

魏廷頓嘟囔一聲。

「你知道，」陶品絲繼續甜甜地解釋，「我並不是那麼愛錢！」

「你令人忍無可忍，好傢伙，」魏廷頓咆哮道，口氣透著不情不願的佩服之情。「你還真把我唬住了。原本以為你只是個溫順的小女生，聰明才智剛好夠幫我達到目的。」

「生命啊，」陶品絲有如說教般說道，「處處是驚奇。」

「反正，」魏廷頓又說，「一定有人洩了密。你說不是麗塔，那就是……噢，進來。」

那個中年職員小心翼翼地敲門，然後走進房間，將一份文件放在老闆手肘邊。

「這是剛進來的電話留言，魏廷頓先生。」

魏廷頓一把抓過留言讀了起來。他皺起眉頭。

「好了，布朗。你可以走了。」

職員退了出去，隨手帶上房門。魏廷頓轉頭對著陶品絲說：「你明天同一個時間再來，我現在很忙，這裡是五十英鎊，拿去用吧。」

他隨即掏出一些紙鈔，從桌上推到陶品絲面前，接著站起身，顯然表示不耐，希望她離開。

女孩一本正經地清點數目，穩穩收進手提包後，這才站起身來。

「再見，魏廷頓先生，」她彬彬有禮地說，「嗯，我該說 Au revoir[1]。」

「沒錯。Au revoir！」魏廷頓似乎又恢復了原先的和藹可親，這樣的轉變引起陶品絲的一絲憂心。「Au revoir，我聰明又可愛的小姐。」

陶品絲踏著輕快的腳步下了樓。一陣狂喜攫住她全身。附近一座時鐘顯示時間是十一點五十五分。

「我要給湯米一個驚喜！」陶品絲低語道，揚手招來一部計程車。

計程車在地鐵車站外頭停住，湯米就站在入口處。他兩眼瞪得斗大，快步上前為陶品絲開門。她衝著他熱情一笑，帶著略微做作的口氣說道：「你來付車錢，好嗎，老傢伙？我身上沒有比五英鎊小的鈔票。」

1 法語，意思是「再見」。

# 03／挫折

這一刻本該是歡欣鼓舞的，可惜事實不然。首先，湯米阮囊羞澀得很。最後車費總算湊足了，陶品絲又找出一枚普通的兩便士，但手上握著各種硬幣的計程車司機還是遲遲不肯離去，最後才終於扯著喉嚨說：「你這位先生給我的是什麼東西？」

「湯米，我想你多給他了，」陶品絲說，一副天真模樣。「我想他是要退給你一些。」

大概是聽到了這句話，司機終於開車走了。

「唉，」終於鬆了一口氣的貝里福先生說，「你是怎麼回事？怎麼會想到要搭計程車？」

「我怕會遲到而讓你久等。」陶品絲柔聲說道。

「你──怕──會──遲到！啊，老天，我真被你打敗了！」貝里福說。

「真的，千真萬確，」陶品絲又說，兩眼睜得很大。「我沒有比五英鎊小的鈔票。」

「你還真會演戲，老友，可是不管你怎麼說，那傢伙怎麼也不信，一點也不信！」

「確實，」陶品絲一面思索一面說。「他不相信。這是說實話的怪現象，沒有人會相信。這是我今天早上才領悟到的。現在，我們吃中飯去吧。薩伏飯店如何？」

湯米咧開嘴笑了。

「麗緻飯店如何？」

「想了想，我寧可去皮卡地里。那裡比較近，我們不用再搭計程車。走吧。」

「這是新潮的幽默，還是你腦筋真的燒壞了？」湯米問。

「正確答案是第二個。我賺到錢了，而且我受到的驚嚇非同小可！為了對付這種特殊的精神病徵，一位名醫推薦不限量的拼盤、冷盤、美國龍蝦、雞肉堡和桃子甜湯！我們現在就去吃吧！」

「陶品絲小姐，你是被什麼東西附身了？」

「噢，真是太不信任我了！」陶品絲猛然打開她的手提包。「你看，這裡、這裡，還有這裡！」

「我的小姐，別拿著大鈔猛揮！」

「這些可不是一英鎊的鈔票。它們的面額比一英鎊大五倍，而這一張還大十倍！」

湯米呻吟一聲。

「我一定是喝得不省人事了！我在作夢嗎，陶品絲？還是我真的看見有人不怕危險地揮舞著一大堆五英鎊的鈔票？」

「正是如此，啊，管他的！喂，你到底要不要去吃中飯？」

「無論哪裡我都去。不過，你到底做了什麼？搶銀行？」

「得來全不費工夫。皮卡地里廣場真是個可怕的地方；一輛大型公車正衝著我們開來。要是它把這些五英鎊的鈔票給毀了，那可就糟了！」

等到他們安全地走到對街的人行道上，湯米問：「燒烤店如何？」

「去另一家比較貴的。」陶品絲表示異議。

「你那樣純粹是不必要的揮霍。來吧，我們下去。」

「你確定我在這裡吃得到我想吃的東西？」

「你是指你剛才列出的那份非常不健康的菜單？當然可以，換句話說，要什麼有什麼。」

當他們在餐桌邊坐定，四周環繞著陶品絲夢想的各種吃食，再也抑制不了好奇心的湯米說道：「現在，你可以告訴我了。」

考利小姐就告訴了他。

「這件事最怪的是，」她說，「我竟然杜撰出一個叫作珍．芬恩的名字！為了我可憐的父親，我不想道出我真正的姓名，以免和一些不清不白的事扯上關係。」

「或許吧，」湯米緩緩說道，「不過這個名字並不是你杜撰的。」

「什麼？」

「真的不是，是我告訴你的。你難道不記得，昨天我說我無意間聽見兩個人在談一個叫作珍·芬恩的女孩嗎？所以你才會牢牢記住這個名字。」

「你真的告訴過我？我現在記起來了，多麼離奇……」陶品絲的聲音愈來愈小，最後變成沉默。她突然激動叫道：「湯米！」

「什麼事？」

「他們長得什麼樣子？就是你無意中經過的那兩個男人？」

湯米皺起眉頭，極力回憶。

「一個是高頭大馬的大胖子，鬍子刮得乾乾淨淨。還有，他皮膚黑黑的。」

「就是他，」陶品絲尖聲叫起來。「那人是魏廷頓！另一個長得什麼樣？」

「我記不得了。我沒有特別注意。其實吸引我注意的是那個稀奇古怪的名字。」

「誰說世界上沒有巧合！」

陶品絲開始歡歡喜喜地吃起桃子甜湯。

湯米卻變得嚴肅起來。

「聽好，陶品絲，這樣做會有什麼後果？」

「會有更多的錢。」他的搭檔回答。

「這我知道。你滿腦子就是那玩意兒。我的意思是，下一步怎麼辦？這場遊戲你打算怎麼玩下去？」

「噢！」陶品絲放下湯匙。「你說得對，湯米。這問題是有點難辦。」

「你知道，再怎麼說，你總不能唬他一輩子，你遲早會露出馬腳。再說，我也不確定這種事會不會被告上法庭——敲詐罪，你知道。」

「胡說，敲詐是你拿到錢以後才肯說出真相的意思。可是我並沒有真相可說，因為我其實什麼也不知道。」

「噢？」湯米說，態度存疑。「唉，不管怎麼說，我們該怎麼辦呢？今天早上魏廷頓匆匆忙忙打發你走，可是下一回他在付錢以前，勢必會想知道更多內情。他會想了解你知道多少，你的情報來自何處，還有一大堆你難以應付的問題。你打算怎麼辦？」

陶品絲緊鎖眉頭。

「我們必須想想。湯米，幫我點一杯土耳其咖啡來，刺激一下大腦。噢，老天，我怎麼吃了這麼多！」

「你讓自己變成貪吃鬼了！其實我也差不多，不過我敢自誇，我點的菜比你的好吃。」他轉頭對侍者說：「來兩杯咖啡；一杯土耳其咖啡，一杯法式咖啡。」

陶品絲啜著咖啡，一副深思熟慮的模樣，連湯米對她說話也挨了罵。

「安靜，我在思考。」

「這是佩爾曼記憶訓練法的遺毒。」湯米說完，也陷入沉默。

「想到了！」陶品絲終於開口。「我有計畫了。顯而易見，我們該做的是查明此事的來龍去脈。」

湯米立刻鼓掌。

「別開玩笑，我們只能透過魏廷頓來查。我們必須查出他住在哪裡、以什麼謀生……事實上，就是對他明察暗訪！這個差事我做不來，因為他認識我，不過他在萊昂飯店只看過你一眼，不太可能認得你。畢竟，年輕人的模樣都很像。」

「我要鄭重否認這個說法。我深信我討喜的五官和出色的外貌常常令我有如鶴立雞群。」

「我的計畫是這樣，」陶品絲兀自冷靜地說下去。「明天我一個人去。我會像今天一樣再把他敷衍過去。能不能立刻拿到錢無所謂。五十英鎊可以讓我們撐好幾天。」

「或許更久！」

「你在外面等我。我走出來時不會和你說話，以防他在看我。不過我會在附近站定，等他走出大樓，我就丟下一條手絹之類的，接著你就開始走！」

「我要走去哪裡？」

「當然是跟蹤他，傻瓜！你覺得這個主意怎麼樣？」

「我在書上讀過這種事。不過，我總覺得在現實生活裡，一個人站在街上好幾個鐘頭無所事事，難免感覺有點蠢。別人會納悶我在搞什麼名堂。」

「在城市裡不會。每個人都來去匆匆，說不定根本不會有人注意到你。」

「這是你第二次說這種話。算了，我原諒你。不管怎麼說，這就像演一齣鬧劇。今天下午你要做什麼？」

「噢，」陶品絲陷入沉思。「我想去買帽子或絲襪，或是……」
「等等，」湯米發出警告。「五十英鎊總會花完的。不過無論如何，我們今晚得去吃頓晚餐、看場戲。」
「那當然。」
這一天過得很愉快，晚上更令人開心。兩張五英鎊鈔票就這樣一去不回。
第二天早上，他們依約碰了頭，接著就朝市區走去。陶品絲快步走進大樓，湯米則留在街道對面。
湯米閒閒地走到街尾又走回來。他才走到大樓對面，就看到陶品絲急急地衝過馬路朝他跑來。
「湯米！」
「什麼事？」
「那地方關門了，我叫門一直沒人應。」
「真奇怪。」
「確實如此。你跟我一起來，我們再試試看。」
湯米尾隨在她後面。他們走到三樓的樓梯間，一個年輕辦事員正好從辦公室裡走出來。他猶豫片刻，接著對陶品絲說：「你們要找埃索尼亞玻璃製品公司的人？」
「是的，麻煩你。」

「它關門了，昨天下午關的。聽說那家公司歇業了。我個人是沒聽他們說過，不過那間辦公室現在等著要出租。」

「謝……謝你，」陶品絲含糊不清地應了一句。「我想，你大概不知道魏廷頓先生的地址吧？」

「恐怕不知道。他們走得很突然。」

「非常謝謝，」湯米說，「走吧，陶品絲。」

他們下樓來到街道，兩人面面相覷，一片茫然。

「完了。」湯米終於開口說道。

「我完全沒料到會這樣。」陶品絲泫然欲泣。

「振作點，老朋友，這種事無法避免。」

「是無法避免，但是可以想辦法！」陶品絲小巧的下巴挑戰似地向前一伸。「你以為這樣就結束了嗎？如果你這麼想，那你就錯了。這只是個開端！」

「什麼開端？」

「我們冒險的開端！湯米，你難道不明白，如果他們怕得非溜之大吉，就表示珍．芬恩這檔事一定大有文章！我們要追根究柢，要把他們找出來！我們非查個水落石出不可！」

「沒錯，可是這家公司沒留下半個可以查的人。」

「沒錯，所以我們必須從頭開始。鉛筆借我。謝謝。等我一分鐘……別打岔。好了！」

陶品絲把鉛筆遞還給他，滿意地端詳著她寫好的那張紙。

「那是什麼？」

「廣告。」

「你該不會是打算刊出那則求職廣告吧？」

「不，這是一則不同的廣告。」

她把紙條遞給他。

湯米大聲念出紙條上的內容：「徵求任何關於珍・芬恩的訊息。回信請洽ＹＡ。」

# 04 誰是珍・芬恩？

第二天過得很慢。開支必須有所節制。如果精打細算，四十英鎊可以用上好長一段時間。幸好天氣不錯，在陶品絲「步行最省錢」的指示下，那天晚上他們在遠離市中心的一家電影院看了一場電影當作娛樂。

幻想破滅的那天是星期三，星期四廣告如期登出，星期五回覆信件照理說就會送達湯米的住處。他得遵守諾言，如果有信件送來，他絕對不能拆開，而是去國家美術館等待。他的合夥人會在十點到那裡和他碰面。

陶品絲先抵達約定地點。她把自己安置在一個紅色天鵝絨的座椅上，視而不見地盯著畫家特納夫婦的畫像，直到她看見那個熟悉的身影走進展覽廳。

「怎麼樣？」

「怎麼樣，」貝里福先生故意吊她胃口。「你最喜歡哪一幅畫？」

「別這麼討厭。有沒有回信？」

湯米搖搖頭，深深的憂傷表情顯得過於誇張。

「我不想一見面就告訴你，免得你失望。老朋友，太遺憾了；我們浪費了好多錢。」他嘆了口氣。「不過，事實就是這樣。廣告登出來了，可是……只有兩封回信！」

「湯米，你這個魔鬼！」陶品絲幾乎尖叫起來。「把信給我。你怎麼這麼可惡？」

「注意言行，陶品絲，注意你的言行！這在國家美術館是很顯眼的。你知道，這是正式的展覽場所。請記住，一如我告訴過你的，身為牧師的女兒……」

「我應該去當演員才對！」陶品絲說完，手指彈了一聲。

「我的意思不是這個。不過，如果你已經享受到我好心為你提供的絕處逢生之樂，我們就言歸正傳，來看回信吧。」

陶品絲顧不得禮貌，從他手上抓過那兩個寶貴的信封就仔細端詳起來。

「這一封紙很厚，看來像是有錢人寄來的。我們留到最後，先開另一封。」

「你說得對。一，二，三，打開！」

陶品絲小巧的大拇指劃開信封，抽出信箋。

敬啟者：

關於您在今晨報上刊登的廣告，本人或許有可以效勞之處。請於明日上午十一時至上述地址與我見面為荷。

A·卡特敬上

「卡歇頓街二十七號，」陶品絲邊看地址邊說，「那是格洛斯特路的方向，搭地鐵得花許多時間。」

「接下來，」湯米說，「是我們的部署計畫，這次該我採取攻勢了。見到卡特先生後，他和我會依照慣例互道早安，然後他會說：『請坐。請問先生貴姓？』我就馬上慎重回答：『愛德華·魏廷頓！』卡特先生的臉頓時變為豬肝色，喘著大氣問：『要多少錢？』我照例把五十英鎊揣進口袋，然後和你在外面的馬路上會合，接著朝下一個地址走去，把這齣戲再演一次。」

「別神經了，湯米。現在，我們看另一封信。噢，這封是從麗緻飯店寄來的。」

「那得要一百英鎊，而非五十英鎊！」

「我來唸。」

敬啟者：

回覆您的廣告，如蒙午餐時分來訪，本人無勝感激。

朱立斯·賀士默敬上

「哈！」湯米說，「我嗅到德國佬的味道了嗎？還是一個祖上無德的美國百萬富翁？不管怎麼說，我們一定要在午餐時分登門造訪。這時間選得好，我們兩個很可能會吃到免費的午餐。」

陶品絲點頭同意。

「現在是卡特時間，我們得趕快。」

卡歇頓街上是一排無可挑剔、陶品絲稱之為「有如貴婦般」的房子。他們在二十七號門口按下門鈴，一個打扮整潔的女傭開了門。她看來非常稱頭，陶品絲的心不禁往下沉。聽湯米說要見卡特先生，女傭就帶他們走進位於一樓的一間小書房，留下兩人後便自行離去。可是一分鐘不到門就開了，一位高個子男人走進來，那人神態慵懶，有著一張鷹似的瘦臉。

「是YA先生嗎？」他邊說邊微笑。他的笑容異常迷人。「請坐，兩位請坐。」

兩人照做後，他自己在陶品絲對面的椅子上坐下，帶著鼓勵的神情對她微笑。他的微笑中似有深意，使得一向從容冷靜的陶品絲不知所措。

他似乎不打算先說話，陶品絲只得先開口。

「我們想知道……換句話說，你能不能告訴我們你所知道的珍．芬恩？」

「珍．芬恩，啊！」卡特先生顯出思索的模樣。「呃，問題是，你們對她知道多少？」

陶品絲挺直腰。

「我認為這兩件事完全沒有關聯。」

「沒有關聯？其實有關聯，你知道，真的有關聯，」他又露出慵懶的微笑，繼續若有所思。「所以，我們必須回到先前的問題。你們對於珍．芬恩知道多少？」

陶品絲一言不發，他因此又說：「別這樣。你們一定知道一些內情，才會去登那樣的廣告，對吧？」他身子微微前探，疲弱的聲音裡帶著一絲說服的力量。「如果你告訴我……」

卡特先生的個性深具某種魅力，陶品絲似乎得費一番工夫才能擺脫，只見她說：「我們不能這麼做，對吧，湯米？」

讓她驚訝的是，她的搭檔並沒有為她撐腰。他的眼睛緊盯著卡特先生，口氣透著並不常見的服從。

「卡特先生，我敢說我們對她的一知半解對你沒有任何好處。儘管如此，我們仍很樂意讓你知道。」

「湯米！」陶品絲意外地驚叫起來。

椅子上的卡特先生立刻轉過身來。他的眼神充滿疑問。

湯米點點頭。

「沒錯，卡特先生，我一下子就認出了你。我在法國見過你，當時我在情報部工作。你一走進房間，我就知道……」

卡特先生揚起一隻手。

「不要說名字，謝謝，這裡的人都叫我卡特先生。對了，這是我表妹的房子。如果是非官方的行動，她很樂於把房子借給我用。現在，」他的目光先後掃過他們兩個。「誰要開口告訴我？」

「你說吧，陶品絲，」湯米下了命令。「禍是你闖的。」

「沒錯，我的小姐，請說吧。」

陶品絲順從地開了口，從組成青年冒險家有限公司到目前的情況，一五一十和盤托出。

卡特先生依舊以他慵懶的神態靜靜傾聽，時不時以手捂住嘴，彷彿忍俊不住。陶品絲說完，他沉重地點點頭。

「情報不多，不過很有聯想空間，確實有很多可能。原諒我這麼說，你們這兩個年輕人還真怪，我不知道……不過，別人做不到的事情你們可能做得成。我相信運氣。總有……」

他頓了頓又往下說：「噢，這樣吧。既然決心出來冒險，那你們願不願意為我工作？你們知道，這絕對不是官方性質。開支全包，外加公道的報酬，兩位意下如何？」

陶品絲目瞪口呆望著他，眼睛愈睜愈大。

「你要我們做什麼呢？」她喘著大氣問。

卡特先生露出微笑。

「繼續做你們現在做的事……找到珍．芬恩。」

「可以。不過，珍．芬恩到底是誰？」

卡特先生點點頭，神色凝重。

「沒錯，我想你們是有權利知道。」

他在椅子上往後一靠，雙腿交跨，兩手指尖對指尖，開始他低語的獨白。

「祕密外交（順便說一聲，往往是下策！）的事和你們無關。我就這麼說吧，早在一九一五年初，出現了一份文件。這是一份祕密協議的草案……或條約，你們怎麼稱呼都行。這份草案已經擬好，只等幾個國家的代表簽字。它是在美國簽定的，當時美國還是個中立國。這份文件必須送往英國，為了達到這個目的，美國選出了一個特使，一個名叫丹佛斯的年輕人。當局希望能完全保密，絕無洩漏。這種希望通常都會叫人失望，因為總有人喜歡夸夸而談！

「丹佛斯搭乘露西塔尼亞號客輪前往英國。他用油皮紙袋裝著這份珍貴文件，貼身帶在身上。航行途中，露西塔尼亞號被魚雷擊中而沉沒，丹佛斯被列在失蹤乘客的名單上。他的屍體最後被沖上岸，驗明正身是他沒錯。可是，那個油皮紙袋卻不見了蹤影！

「問題是，那個紙袋是被人取走了呢，還是他親自交給別人保存了呢？後來發生了一些事情，增加了後一種推論的可能性。魚雷擊中輪船後，在放下救生艇的短暫時間，有人看見丹佛斯在和一位年輕的美國女孩說話。沒人看見他交給她任何東西，不過他有可能這麼做。在我想來，他是把文件託付給這個女孩，相信她較有機會把文件安全帶上岸，因為她是個女人。這毋寧是十分可能的。

「可是，即使事實如此，這女孩現在人在何方，而她又如何處理文件了呢？根據後來得自美國的情報，丹佛斯很有可能從頭至尾被人緊緊跟蹤。這個女孩會不會是丹佛斯敵人的同黨？還是變成她被跟蹤，結果不管是中了計還是被迫，就把珍貴的油皮紙袋交了出去？

「我們立刻著手追查她的下落，事情出乎預料地難。那女孩叫作珍．芬恩，這個名字清清楚楚地出現在倖存者的名單上，她的人卻好像平白消失了。我們也曾追究她的過去，但完全無濟於事。她是個孤兒，在美國西部一所小學做過我們稱為小學教師的工作。她的護照上註明的目的地是巴黎，因為她打算進巴黎一家醫院做醫務工作。她自願申請當義工，經過數度信件往來，醫院接受了她的申請。醫院的人看見她的名字出現在露西塔尼亞號的獲救者名單上，可是她沒來報到，甚至杳無音訊，自然感到吃驚。

「總之，儘管我們做過各種努力追查這個女孩，卻是徒勞無功。我們找遍了愛爾蘭，可是她在進入英國後好像就銷聲匿跡了。那份草約也沒現身……這其實很容易辦到的。所以我們歸納出一個結論：丹佛斯最後銷毀了文件。當時戰爭已進入另一階段，外交政策也隨之變更，那份條約就沒有再重擬。關於草約存在的流言蜚語，有關當局一概否認。就這樣，大家慢慢忘了失蹤的珍．芬恩，整個事情就此煙消雲散。」

卡特先生停住話頭，陶品絲不耐地打了個岔。

「可是，為什麼這件事現在又冒出頭來？戰爭已經結束了。」

卡特先生的神態出現一絲警覺。

「因為那份文件似乎沒有被銷毀，而且一旦文件現身，會發生攸關人命的新效應。」

陶品絲聽得目瞪口呆。卡特先生點點頭。

「是的。這份草約在五年前是我們手中的武器，到了今天，它變成對抗我們自己的武器。那是一個重大的錯誤決策，條約內容一旦公諸於世，很可能意味著一場災難，說不定會引起另一場戰爭……這回可不是對抗德國！這是有可能的。雖然我並不認為這種事會真的發生，不過毫無疑問，那份文件涉及我國許多政治人物，我們無論如何也不能讓他們的名聲受損。工黨執政的呼聲目前來說可謂銳不可當，而在我看來，由工黨領導的政府在這個節骨眼上對英國貿易極為不利，可是就真正的危險而言，那根本是小巫見大巫。」

他頓了頓，接著幽幽說道：「你們或許聽過或看過報導，目前勞工階級所以動亂不安，是因為受到布爾什維克主義的影響？」

陶品絲點點頭。

「這是真的。布爾什維克黨人的黃金正大量湧入英國，為的就是要進行一場革命。某個人——我們還不知道這人的真實姓名——正在暗處為一己的目的活動。勞工動亂的背後是布爾什維克份子，而布爾什維克份子的幕後指使者正是這個人！這人是誰？我們不知道。大家提到他總會以『布朗先生』名之。不過有件事是確定的：他是這個時代的犯罪大師。他控制一個極其精密的組織。戰爭期間絕大多數的和平宣傳稿和經費都是出自他的手，他手下的間諜無所不在。」

「他是個歸化入籍的德國人？」湯米問。

「恰恰相反，我有足夠的理由相信他是個英國人。他的立場親德國，想來也親布爾什維克黨。他到底在尋求什麼我們不得而知，或許是為了爭取一己至高的權力，或許是以獨特的方式名垂青史。他真正的身分我們一無所知，根據報導，連他自己的徒眾對他也一無了解。每當我們追查到他的蹤跡，他總是扮演某個二流角色，由別人擔任主角，所以往往我們事後才發現，總有個無足輕重、不引人注意的人在旁邊，例如僕人或職員之類的，以至於這位神出鬼沒的布朗先生不只一次從我們眼前溜走。」

「啊！」陶品絲跳起來。「我想到……」

「想到什麼？」

「我記得魏廷頓先生辦公室裡的那個職員，魏廷頓就叫他布朗。你該不會認為……」

卡特邊深思邊點頭。

「很有可能。怪的是，他老是故意讓這個名字被人提到。這是天才的癖性。你能描述他的長相嗎？」

「我真的沒注意。他很平凡，就和普通人沒兩樣。」

卡特先生以他招牌的疲憊神態嘆了口氣。

「每個人對布朗先生的描述都是這樣！他當時拿了一張電話留言字條給那個叫魏廷頓的人，對吧？你可曾注意到外面的辦公室有電話？」

陶品絲想了想。

「沒有，我想我沒注意。」

「一點也沒錯。那個『留言』就是布朗先生對他的手下所下達的命令。當然，他偷聽了你們全部的談話。魏廷頓是在拿到留言後才把錢交給你，要你第二天再來吧？」

陶品絲點點頭。

「沒錯，毫無疑問，這就是布朗先生的手法！」卡特先生頓了頓。「所以，情況就是這樣。你現在該知道自己在和什麼人打交道了吧？那人恐怕是本世紀最聰明的犯罪首腦。你知道，我不喜歡這樣。你們兩個都這麼年輕，我不希望你們出事。」

「我們不會有事的。」陶品絲要他放心，一副信心十足的模樣。

「我會照顧她。」湯米說。

「是我會照顧你。」陶品絲對這句充滿大男人主義的話很不滿意，立刻反唇相稽。

「那好，你們就互相照顧吧。」卡特先生一面微笑一面說，「現在，我們回過頭來談正事。到現在為止，我們還沒摸清那份神祕的草約。它威脅到我們，而且對方說得明明白白、斬釘截鐵。革命份子宣稱文件在他們手上，他們打算在某個時刻公諸於世。可是另一方面，他們對文件條款的內容顯然解讀錯誤。政府認為他們只是虛張聲勢，但不管他們是不是在唬人，這對政府堅決否認的說法都是個打擊。我也不確定。就某些線索和一些含沙射影的傳言來看，這種威脅似乎確實存在。情況似乎是這樣：他們握有一份足以讓眾人入罪的文件，只是沒看懂它，因為那份文件是用密碼寫的。但我們知道那份草約並不是用密碼寫的，不可能。所以這種推論靠不住。話說回來，這其中必定有蹊蹺。當然，說不定珍．芬恩已經死了而我們不知道，但我不這麼認為。怪的是，他們還試圖從我們這裡探知那個女孩的消息。」

「什麼？」

「沒錯。已有一兩件小事露出了端倪，而親愛的小姐，你的故事更證實了我的想法。他們知道我們在找珍．芬恩，所以他們就自己製造出一個珍．芬恩來，譬如說，巴黎某所寄宿學校裡的珍．芬恩，」陶品絲不由得深吸一口氣，卡特先生則露出微笑。「沒有人知道她的長相，所以這樣做根本無妨。她的身分、經歷無一不是假造的，而她真正的任務，是竭盡所能從我方探取情報。你懂了嗎？」

「所以，你認為，」陶品絲停下話頭，好把事情想清楚。「他們就是要我以珍．芬恩的身分去巴黎？」

卡特先生的微笑似乎更疲憊了。

「你知道，我是相信巧合的。」他說。

# 05 朱立斯．賀士默先生

陶品絲一面極力恢復鎮靜，一面說道：「噢，真的好像是冥冥中注定一樣。」

卡特點點頭。

「我懂你的意思。我自己也很迷信，我相信運氣和所有這類的事情。你彷彿是被命運女神挑出來捲入這件事情似的。」

湯米咯咯咯笑起來。

「老天！難怪陶品絲脫口說出那個名字的時候，魏廷頓會激動莫名！換成是我，我也會這樣。不過，卡特先生，我們已經占用你太多時間了。在我們離開之前，你對我們可有什麼忠告？」

「我想沒有了。我方那些專家在這項任務上已經宣告失敗，他們辦事的方法永遠一成不變，而你們帶來了想像和無限的可能。如果你們也沒成功，不必氣餒。不過，對方有可能會被迫加快腳步。」

陶品絲皺起眉頭，表示不解。

「你和魏廷頓會面時，他們握有時間的優勢。根據我的情報顯示，他們本來計畫要在明年年初發起一場大政變，不過現在政府已經考慮要採取立法行動，這是對付罷工威脅的有效方法。即使他們現在還不知道，不久也會得到風聲，那時候他們說不定會設法提早行事。我自己希望如此。他們籌畫的時間愈短愈好。我只想警告你們，你們的時間並不多，而就算你們失敗了也不必洩氣。再怎麼說，這個任務並不容易。」

陶品絲站起身。

「在商言商，我想我們應該就事論事。你到底能給我們什麼支援，卡特先生？」

卡特先生嘴唇輕輕動了動，不過他的回答乾淨俐落。

「合理的經費，各種詳盡的情報，還有，這項任務官方不予承認。我的意思是，如果你們和警方有了麻煩，我不能以官方立場幫你們解圍，你們必須自立自強。」

陶品絲理性地點點頭。

「我理解了。等我有空的時候，我會擬一份清單，列出我想知悉的各項情報。現在，說到錢……」

「陶品絲小姐，你是說會有多少酬勞嗎？」

「其實不是。目前我們還有不少錢可以活動，不過如果我們需要更多……」

「錢會隨時準備好。」

「沒錯，不過……我絕對不是藐視政府，說不定你和政府就有關聯。你知道，要拿到錢真的得等好久好久！譬如說，如果我們必須填具一份藍色表格呈交上去，三個月後他們才寄回一份綠色表格，諸如此類的，呃，那就沒什麼意思了，你說對不對？」

卡特先生放聲大笑。

「別擔心，陶品絲小姐。你只要以個人身分寄一份請款單給我，錢就會以現鈔方式透過郵局匯給你。至於薪酬，我們就說定每年三百英鎊如何？當然，貝里福先生的薪資也是這個數目。」

陶品絲衝著他綻出燦爛的笑容。

「那太好了。你真好，我真的好愛錢！我會把我們的開支記得一清二楚；借方、貸方、收支餘額寫在右邊、總數下頭畫條紅線，底部的總金額也一樣。只要我認真思考，我會把帳記得很好。」

「這我相信。好吧，那就再見了，祝兩位好運。」

卡特先生和他們握手道別。下一分鐘，兩人已經踏在卡歐頓街二十七號的樓梯上，一邊往下走，腦裡一邊天旋地轉。

「湯米！你快告訴我，卡特先生到底是什麼人？」

湯米附上她耳朵，低聲道出一個名字。

「噢！」陶品絲驚呼一聲。

「而且我可以告訴你，他的才幹是很出色的！」

「噢！」陶品絲又是一聲驚呼。接著她若有所思地加上一句：「我喜歡他，你呢？他外表看來雖然疲憊不堪、厭煩透頂，但你可以感覺到他的內心就像鋼鐵般堅定，非常機靈而敏捷。噢！」她跳了一下。「擰我一下，湯米，趕快擰我一下。我不敢相信這是真的！」

貝里福先生遵命照辦。

「哎唷！夠了！沒錯，我們不是在作夢。我們有工作了！」

「而且是超棒的工作！合夥企業真的開張了。」

「這份工作比我原本想像的還要體面。」陶品絲若有所思地說。

「幸好我不像你對犯罪那麼有興趣！現在幾點了？我們去吃中飯吧。噢！」

兩人腦海裡不約而同閃過一個念頭，只是湯米先說出了口。

「朱立斯．賀士默！」

「我們沒跟卡特先生說我們收到了朱立斯的信。」

「呃，也沒什麼好說的，等我們見過他以後再說吧。來吧，我們最好搭計程車去。」

「現在奢侈浪費的是誰？」

「別忘了，所有的開支都可以報帳。快上車吧。」

「不管怎麼樣，我們搭計程車去效果會更好，」陶品絲一面舒舒服服地靠坐在座椅上，口裡一面說，「我相信勒索者絕對不會搭公車上門！」
「我們的身分已經不是勒索者了。」湯米提醒她。
「我可不敢說我不是。」陶品絲陰陰地說。
他們道明來意，說想見賀士默先生，旅館小弟立刻將他們帶往他的套房。小弟敲敲門，聽見一個不耐煩的聲音喊道「進來」，便立刻站在一旁，讓他們走進去。
朱立斯．賀士默先生比陶品絲或湯米想像的要年輕許多。陶品絲認為他年約三十五歲，高度中等，肩寬體闊，和他的下巴正好相稱。從那張臉看來，他是個好強爭勝的人，不過還算順眼。雖然他說話並無口音，不過一聽即知是美國人，絕不可能弄錯。
「兩位收到我的信了？請坐，請馬上告訴我，你們對我這個表妹的了解。」
「你的表妹？」
「對，珍．芬恩。」
「她是你的表妹？」
「我爸爸和她媽媽是兄妹。」賀士默先生細細解釋。
「啊！」陶品絲叫了起來。「那你知道她在哪裡？」
「不知道！」賀士默先生一拳捶在桌上。「我知道才怪！難道你們不知道？」
「我們登廣告是為了得到情報，不是提供情報。」陶品絲嚴正說道。
「這個我知道，我識字。但我以為你們只是想知道她過去的歷史。我以為你們知道她現在的下落。」

「噢，我們不反對聽聽她過去的歷史。」陶品絲說，口氣頗為戒慎。

可是賀士默先生似乎突然起了疑竇。

「聽著，」他說，「這裡可不是西西里島！就算我拒絕，你們也不能要求贖金或威脅要割掉她的耳朵。這裡是英國領土，所以別再要這種可笑的把戲了，否則我就把皮卡地里街上那個又高又壯的警察叫來。」

湯米趕緊解釋。

「我們並沒有綁架你表妹。正好相反，我們正在找她。我們受雇於人要找到她。」

賀士默先生往椅背上一靠。

「說來聽聽。」他的話很簡潔。

湯米遵從所囑告訴了他，但他對賀士默說的是戒慎的版本，只提到珍・芬恩的失蹤和她在不自覺中可能被捲入「某種政治活動」。湯米暗指自己和陶品絲是接受委託尋找珍・芬恩的「私家偵探」，還說賀士默先生若能提供任何相關細節，他們自會感激不盡。

男人點頭表示同意。

「我想那是我的權利。我剛才未免過於心急了，可是倫敦讓我很不舒服。我只了解我的老紐約。有問題就問吧，我會回答。」

這兩個年輕冒險家一時不知所措，不過陶品絲一面力圖鎮靜，一面在腦中回憶偵探小說的片段，開始問問題。

「你最後一次看到她——我是指你的表妹——是什麼時候？」

「我從來沒有見過她。」賀士默先生回答。

「什麼？」湯米問，顯然很是驚訝。

賀士默轉頭面向他。

「沒錯。我剛說過，我爸爸和她媽媽是兄妹，兩位大概也是，」湯米沒去糾正他們二人的關係。「可是他們處得不怎麼好。當初我姑媽決定要嫁給偏遠西部的窮教員亞莫士．芬恩時，我爸簡直氣瘋了！他說他一旦發了財（說得很順理成章），絕對不會給她一分錢。唉，我姑媽終究還是去了西部，而且從此再也沒有音訊。

「我老爸真的發了財。他投身石油開採、鋼鐵生產，還涉足鐵路事業，我可以告訴你們，是他讓華爾街揚眉吐氣的！」他頓了頓。「後來他過世了，是去年秋天的事，我繼承了他的財產。你們信不信？我竟然覺得良心不安！我常常自問：你那個遠走西部的姑媽怎麼樣了？我有幾分擔心。你知道，我認為亞莫士．芬恩絕對不可能發達，他不是那個料。後來我就雇人去找姑媽，結果發現她已經死了，亞莫士．芬恩也死了，不過他們留下一個女兒，就是珍。她搭乘露西塔尼亞號前往巴黎，船在航程中遭魚雷擊中，她被救了起來，可是這裡的人好像沒辦法打聽出她的下落。我想他們可能是不夠積極，所以我想親自過來一趟，把事情快馬加鞭辦好。我一來就打電話給蘇格蘭警場和英國海軍本部。海軍本部一口回絕了我，不過蘇格蘭警場倒是很有禮貌，說他們會進行調查，今天早上甚至派人來拿珍．芬恩的照片。我明天要去巴黎，去看看那邊辦得怎麼樣。我想如果我來來回回催促他們，他們應該會積極些！」

賀士默先生真是精力過人。他們對他肅然起敬。

「不過，」他下了結語。「你們去找她不是因為出了什麼事吧？蔑視法庭，還是冒犯了什麼英國法律？一個心高氣傲的美國女孩或許會認為貴國戰時的規章制度令人厭煩，所以故意去觸法犯規。如果是這樣，如果在英國賄賂這種事還行得通，我就出錢讓她脫罪。」

陶品絲讓他放了心。

「那好，我們就一起合作吧。去吃中飯怎麼樣？兩位想在這裡吃，還是到下樓的餐廳吃呢？」

陶品絲表示喜歡去餐廳吃，賀士默一鞠躬，表示贊同她的決定。

吃完牡蠣後，他們開始談天說地，這時候有人為賀士默送來一張卡片。

「傑派警官，刑事調查部。又是蘇格蘭警場的人，不過這回是另一個人。我知道的事，已經跟頭一個來的老兄說了，他還想知道什麼？希望他們不會把那張照片給弄丟了。那個攝影師的房子失火燒光了，所有的底片都毀了，那張照片是僅存的一張，我是從她學校的校長那裡拿到的。」

一陣莫名的涼意掠過陶品絲心頭。

「你……你不知道今天上午來的那個男人的姓名？」

「我知道……不對，我不知道。等等，他的名片上有寫名字。噢，我知道了！布朗警官，一個毫無架子、沉默寡言的傢伙。」

# 06 部署計畫

接下來半小時所發生的事，還是蓋上面紗不說為妙。只要說蘇格蘭警場並不知道有「布朗警官」這麼一個人就夠了。被警方視為無價之寶的珍・芬恩的照片，現在已無跡可尋。布朗先生又贏了一回。

這回挫敗造成了一個立竿見影的效果：重新築起了朱立斯・賀士默和年輕冒險家之間的友好關係。所有的藩籬應聲而倒。湯米和陶品絲覺得他們和這個年輕美國人好像認識了一輩子。他們放下「私家偵探」的戒慎說辭，把合夥企業的來龍去脈全盤道出，那個年輕人則說他「非常高興」。

聽完他們的敘述後，他轉過身來對陶品絲說：「我總以為英國女孩都有點守舊。你知道，就是很傳統又很溫柔，沒有隨從或侍女陪著就不敢跨出家門一步。我想我是有點落伍了！」

這種推心置腹的關係使得湯米和陶品絲立即住進了麗緻飯店，目的一如陶品絲所說，是為了和珍・芬恩唯一在世的親戚保持聯繫。

「有了這樣的發展，」她私底下對湯米說，「沒有人能對這筆開銷囉唆什麼！」

更好的是，確實也沒人囉唆。

「現在，」他們在飯店住下的隔天早晨，這位小姐如是說：「該工作了！」

貝里福先生放下手上的《每日郵報》，以不必要的熱情鼓起掌來。他的搭檔帶著禮貌說，請他別討人厭了。

「真要命，湯米，為了我們的錢，我們得做點事情。」

湯米嘆了口氣。

「沒錯。恐怕我們可愛的老政府不會贊成我們永遠無所事事地待在麗緻飯店裡。」

「所以，就像我說的，我們必須做點事情。」

「好，」湯米一面說，一面又拿起《每日郵報》。「你去吧！我不阻止你。」

「你知道，」陶品絲自顧自繼續說道，「我一直在想……」

她的話被一陣熱烈的鼓掌聲打斷了。

「湯米，你光坐在那裡耍寶倒是挺悠閒的。不過，動動腦筋對你不會有壞處。」

「我的工會，陶品絲，別忘了我的工會！我的工會不允許我在上午十一點以前工作。」

「湯米，你是不是希望我往你身上丟東西？我們應該立刻擬出戰略，這絕對必要。」

「說得好！說得好！」

「好了，我們就來計畫吧！」

湯米終於把報紙放在一旁。

「陶品絲，你真的有一個偉大的頭腦，只是大智若愚。說吧，我在聽。」

陶品絲說：「首先，我們握有什麼資料可以繼續追查？」

「一無所有。」湯米開心地說。

「錯了！」陶品絲搖搖指頭。「我們有兩條清清楚楚的線索。」

「什麼線索？」

「第一，我們認識這幫人當中的一個。」

「魏廷頓？」

「對。在任何地方我都認得出他來。」

「噢，」湯米的語氣中帶著懷疑。「我不認為這個可以稱為線索。你不知道到哪裡去找他，而你碰上他的機率只有千分之一。」

「這可不一定，」陶品絲邊想邊說，「我常注意到，一旦有了第一次巧合，之後它便會以最不可思議的方式重演。我敢說這是大自然的某種定律，只是至今我們還沒有發現，話說回來，一如你所說，我們不能依賴巧合。不過，倫敦有些地方是每個人遲早會出現的，皮卡地里廣場就是個例子。我有個主意，我每天站在廣場上，手裡端著一盤旗子。」

「吃飯問題怎麼辦？」講求實際的湯米問。

「多像個男人！不就是食物嗎，會有多重要？」

「說得倒容易。你剛吃完一大頓美味的早餐。陶品絲，沒有人的胃口比你更好，等到下午茶時分，你會把旗子、別針等全部吃下肚去。不過，老實說，我認為這個主意不怎麼樣。魏廷頓或許根本不在倫敦。」

「這倒是真的。我想第二條線索比較有希望。」

「說來聽聽。」

「其實沒什麼，只是個名字——麗塔，魏廷頓那天提過這個名字。」

「你打算刊登第三則廣告嗎？『尋人：女騙子，名叫麗塔』？」

「我不打算登廣告。我打算以邏輯的方式來推理。那個叫作丹佛斯的男人一路被人跟蹤，對吧？女人跟蹤他的可能性要比男人來得大……」

「我一點也不明白。」

「我有十足的把握，跟蹤他的是個女人，而且是個漂亮的女人。」陶品絲一派冷靜地回答。

「關於這些技術問題，我以你馬首是瞻。」貝里福先生低聲道。

「這個女人，不管她是什麼人，顯然被救了起來。」

「你是怎麼得到這個推論的？」

「如果她沒獲救，他們怎麼會知道珍．芬恩拿到了文件？」

「對。繼續說，噢，大偵探福爾摩斯！」

「所以，有可能這個女人就是『麗塔』，雖然我承認這個可能性非常小。」

「如果是的話呢？」

「如果真是這樣，我們就得找遍露西塔尼亞號所有的倖存者，直到我們找到她為止。」

「所以，第一件事是拿到倖存者名單。」

「我已經拿到了。我列出一份長長的清單，註明我想知道的資料，把它寄去給卡特先生。今天上午我收到了他的回覆，其中附有一份露西塔尼亞號得救者的正式報告。怎麼樣，聰明的陶品絲做得如何？」

「勤勞打滿分，謙虛打零分。不過關鍵的一點是，名單上有個『麗塔』嗎？」

「這我不知道。」陶品絲承認。

「不知道？」

「沒錯。你看，」他們一道彎下腰看名單。「你知道，填教名的人少之又少，幾乎都只填某太太或某小姐。」

湯米點點頭。

「這樣事情就複雜了。」他一面思索，一面低聲說道。

陶品絲又像小獵犬般抖了抖身子，這是她的招牌動作。

「我們必須查個明白，就是這樣。我們先從倫敦地區開始，請你把住在倫敦或附近的女性旅客的地址寫下來，我去戴帽子。」

五分鐘後，這對年輕人走上皮卡地里街，一輛計程車隨即載著他們朝向格藍道北街七號的月桂樓駛去。那是奧蒂加·濟思太太的住所，在湯米筆記本中所列的七個女人當中，她名列第一。

月桂樓是棟破舊的房子，和馬路有一段距離，幾棵無精打采的灌木立在屋前，勉強維持有個前院的假象。湯米付了車費，陪同陶品絲走到前門的門鈴前。她正要按門鈴，湯米抓住她的手。

「你打算怎麼說？」

「我打算怎麼說？呃，我會說……噢，老天，我不知道。真是難。」

「我想也是，」湯米說，狀甚滿意。「多像個女人啊！毫無先見之明！現在，請讓到一邊，看看我們男人應付這種場面是多麼輕鬆愉快。」

他按下門鈴。陶品絲守分寸地退到一旁。

一個長相邋遢的女僕來應門，她的臉其髒無比，兩眼還一大一小。

湯米拿出筆記本和鉛筆。

「早安，」他以輕快的語氣說，「我是漢普斯德鄉鎮委員會的員工，來更新投票登記人口。奧蒂加·濟思太太住在這裡，對吧？」

「對。」女僕說。

「教名是？」湯米問，手中拿著的鉛筆停在那裡。

「你是說女主人？伊蓮娜。」

「伊蓮娜，」湯米拼讀著名字。「有沒有二十一歲以上的兒子或女兒？」

「沒有。」

「謝謝，」湯米輕輕鬆鬆，啪地一下闔上筆記本。「再見。」

女僕說出她第一句完整的話：「我還以為你是來修煤氣的。」說完這麼一句有弦外之音的話後，她隨即把門關上。

湯米走到搭檔身邊。

「看吧，陶品絲，」他說，「在男人眼裡，這簡單得像是小孩在玩遊戲。」

「我承認，你這一次總算做得漂亮。我就絕不會想到要這麼說。」

「很好的說辭，對吧？而且我們還能即興修改。」

午餐時間，兩個年輕人在一家隱祕的小旅館裡大吃牛排和薯條，胃口極好。他們找完了兩個名字：格萊蒂．瑪麗和馬喬麗，還因為住址變動而找錯了門，不得不耐著性子聽一個精力充沛的美國女人長篇大論地談論普選權，最後終於知道她的教名是莎迪。

「啊！」湯米灌下一大口啤酒。「我覺得好些了。下一個目標在哪裡？」

桌上的筆記本就放在他們中間。陶品絲拿起筆記本。

「范德邁夫人，」她唸道，「南奧德利大樓二十號。惠勒小姐，巴特西區克萊平頓路四十三號。我記得她是個伺候老太太的女傭，所以可能人不住在那裡。不管怎麼說，她不可能是麗塔。」

「這麼說來，那位住在梅費爾區的女士顯然是第一站。」

「湯米，我開始灰心了。」

「打起精神來，老朋友，我們本來就知道可能性微乎其微。而且再怎麼說，我們才剛開始。如果我們在倫敦一無所獲，我們還可以到英格蘭、愛爾蘭和蘇格蘭好好旅行一趟。」

「沒錯，」陶品絲說，低落的情緒再度高漲。「所有開銷都有人支付！不過湯米，我真希望事情趕快水落石出。到現在為止，冒險不斷接踵而至，但今天上午真的是乏味之至。」

「你應該克制自己對庸俗刺激的渴望，陶品絲。別忘了，如果布朗先生就像別人說的那樣，他到現在還沒有置我們於死地已經是奇蹟了。這句話說得好，很有文學味道。」

「你真的比我還自負，而且藉口更少！哼！不過，布朗先生並沒有對我們進行報復，此事確有蹊蹺（你知道，我就可能做出這種事來）。我們一路上竟然毫髮無傷。」

「或許他認為我們並不值得他費心。」年輕人輕描淡寫地說道。

陶品絲聽了很不高興。

「你真討厭，湯米，好像我們微不足道似的。」

「抱歉，陶品絲。我的意思是，我們像鼴鼠一般在暗地裡工作，而他完全沒有疑心我們有什麼邪惡的陰謀。哈！哈！」

「哈！哈！」陶品絲一面站起身，一面附和。

南奧德利大樓是一座氣勢非凡的住宅大樓，就在帕克巷邊。二十號在二樓。

這回湯米已經駕輕就熟。他對前來開門、看來像個管家而非僕人的老太太脫口說出那套公式說辭，流利已極。

「教名是？」

「瑪格麗特，Margaret。」

湯米拼讀出名字，可是對方打斷他。

「不是，是gue。」

「噢，Marguerite，法語拼法，原來如此。」他頓了頓，接著大膽問道：「我們先前登記的名字是麗塔．范德邁，這名字對嗎？」

「先生，大家多半都這麼稱呼她，不過她的教名是瑪格麗特。」

「謝謝，這樣就行了。再見。」

湯米匆忙步下樓梯，幾乎壓不住內心的興奮。陶品絲在轉彎處等他。

「你聽到了嗎？」

「聽到了，噢，湯米。」

湯米緊握她的手臂，表示深有同感。

「我知道，老朋友，我和你的感覺一樣。」

「多麼美妙……你想像某些事情會發生，而它們果真就發生了！」陶品絲忘情地叫出聲來。

她的手依然握在湯米的手中。兩人走到大廳入口，上頭的樓梯傳來腳步和說話聲。陶品絲突然把湯米拉到電梯旁邊的小房間，那裡光線極暗。湯米大為意外。

「做什麼……」

「噓！」

兩個男人步下樓梯，穿過入口走到屋外。陶品絲的手緊緊抓住湯米的臂膀。

「快，跟蹤他們。我不敢，他可能會認出我來。我不認識另一個男人，但那兩人當中塊頭比較大的就是魏廷頓！」

# 07 蘇活區的房子

魏廷頓和他的同伴走得很快。湯米立刻追趕在後，及時看到他們在街角轉了個彎。他邁開大步，不久就愈走愈近，待他走到轉角處，他和兩人的距離已經大為縮小。梅費爾區的小街道行人較少，他想，只要讓對方保持在視線之內就可以了。

這種遊戲對他來說很陌生。雖然他對小說中描寫的偵查技術頗為熟悉，但他從來不曾試圖去「跟蹤」任何人，所以一旦付諸實行，他立即感到盯梢誠非易事。舉例來說，要是他們突然招來一部計程車怎麼辦？在書上，你只要跳上另一輛車，答應給司機一英鎊的舊金幣（或者和它等值的現代鈔票）就行了。可是事實如何呢？湯米已經預見到，到時候你可能根本沒有第二輛計程車可搭，所以他只得用跑的。一個在倫敦大街小巷中不停奔跑的年輕人會發生什麼事呢？在大街上，他或許可以造成錯覺，讓別人以為他是在趕公車。可是在那些高級住宅區的僻靜巷道中奔跑，他不免想到，好管閒事的警察很可能會把他攔下來要求解釋。

就在他沉浸於這些思緒的當兒，一輛掛著旗子的計程車正好彎過前面的街角。湯米屏住了呼吸。他們會跳上這部計程車嗎？

車子開了過去，他們並沒有招呼它停下，他這才鬆了一口氣。那兩個男人走的路線左彎右拐，為的是盡快走到牛津街。他們終於來到牛津街，接著繼續朝東走，湯米也稍稍加快了腳步。他離他們愈來愈近。在擁擠的人行道上，他不大可能引起他們的注意，可是他心裡著急，希望盡可能聽到他們談話的片語隻字。可惜他們說話的聲音甚低，而且街上車陣的嘈雜完全淹沒了他們的談話，令他大失所望。

兩人在龐德街地鐵車站前穿過馬路，沒有發現湯米正亦步亦趨緊跟在後。他們走進萊昂飯店，接著兩人上到二樓，在一張靠窗小桌旁坐定。時間不早了，客人逐漸散去。湯米選了他們旁邊的一張桌子，背對魏廷頓坐下以免被認出，另一方面還可仔細端詳另一個男人。那人一頭金髮，虛弱的臉很不討喜。湯米想，那人不是俄國人就是波蘭人，年紀約莫五十光景，說起話來雙肩微縮，一對狡獪的小眼睛不斷東張西望。

中午盡情吃過一頓大餐的湯米只點了一份威爾斯乾酪和一杯咖啡。魏廷頓為自己和同伴點了一頓分量可觀的中餐。女侍走開後，他把椅子朝桌邊挪近些，開始專心低聲說話。另外那人也加入對話。湯米儘管豎起了耳朵，也只能斷斷續續聽到一兩個字，不過大意似乎是那個大塊頭男人正對同伴下達某些指示或命令，而他的同伴則不時提出異議。魏廷頓叫那男人包羅思。

湯米數度聽見「愛爾蘭」這三個字，還有「宣傳」，但他們完全沒有提到珍．芬恩。突然，在餐廳的喧鬧暫時沉寂下來的那幾秒鐘，湯米聽到整整一段話。魏廷頓說：「啊，那是你不認識芙洛西。她真了不起，連大主教也敢發誓她是個聖人，她說的每句話都擲地有聲，這才是最重要的。」

湯米沒聽到包羅思的回答，不過魏廷頓接著又說：「當然，只有在緊急情況下……」之後又斷了話。可是未幾兩人的對話突然又變得清晰起來，湯米無法斷定這是因為他們不自覺提高了嗓門，還是自己的耳朵變得更敏銳了，不過有四個字對他這個偷聽者而言確實有提神醒腦之效，那就是出自包羅思之口的「布朗先生」。

魏廷頓好像在勸包羅思，而後者只是笑笑。

「為什麼不行，我的朋友？這是個可敬的名字，也是非常普遍的名字。難道他不是因為這樣才選用了這個名字嗎？啊，我真想見見他，這位布朗先生。」

魏廷頓口氣帶著一絲嚴峻答道：「誰知道？說不定你已經見過他。」

「咊！」他的同伴駁斥他。「這話像是小孩說的，像是對警察編造的故事。你知道有時候我心裡怎麼想嗎？我認為他是組織核心那些人虛構出來的人物，是用來嚇唬我們的妖怪。很可能是這樣。」

「也可能不是這樣。」

「我在想，他或許混在我們當中，而除了幾個精挑細選的人之外，其餘的人都渾然不覺？如果是這樣，他還真會保密。沒錯，這個點子甚好，我們永遠也不會知道。我們看來看去，知道我們中間有個人就是布朗先生，不過是哪一個呢？他是統帥，但也是士兵。他混在我們當中，是我們的一份子，而且沒人知道他是誰……」

俄國佬費了一番工夫才擺脫他的奇思異想。他看看手錶。

「沒錯，」魏廷頓說，「我們該走了。」

他吩咐女侍把帳單拿來。湯米也有樣學樣，沒多久就緊跟著兩人腳步下了樓。出來後，魏廷頓招了部計程車，告訴司機開到滑鐵盧。這裡的計程車不少，魏廷頓搭的那輛還沒開走，另一輛已經依照湯米果斷的手勢所指，乖乖停在路邊。

「跟著那輛車，」年輕人下達命令。「別跟丟了。」

老司機似乎毫無興趣，嘴裡只是咕噥幾句，一把拉下車頂上的旗子。一路上平靜無波。魏廷頓的車才剛停靠到火車出站的月台旁，湯米的計程車也停了下來。在售票口，湯米排在魏廷頓後面。魏廷頓買了一張頭等車廂的單程票到伯恩茅斯，湯米也跟著買了一張。魏廷頓買了票回來，包羅思對著牆上的鐘瞄了一眼說：「你太早了。還有差不多半小時的時間。」

包羅思的話在湯米腦海中激盪出一連串新的想法。顯而易見，魏廷頓是單獨旅行，包羅思則繼續留在倫敦，所以湯米必須做出抉擇，到底要跟蹤哪一個。很顯然他不可能同時跟蹤兩個人，除非……他像包羅思一樣，朝牆上的時鐘瞄了一眼，接著目光望向火車時刻布告欄。到伯恩茅斯的火車將於三點三十分開車。現在是三點過十分。魏廷頓和包羅思在書店旁邊踱來踱去。湯米帶著疑惑看了他們一眼，接著匆匆走進鄰近的電話亭。他不敢有半點耽誤，努力想聯絡上陶品絲，但她很可能還在南奧德利大樓附近。不過，他還有另一個盟友可找。他打電話到麗緻飯店，找朱立斯．賀士默先生接聽。喀噠一聲，接著是一陣嗡嗡聲響。噢，要是那個年輕美國人在房裡就好了！又是喀噠一聲，接著電話線裡傳來「喂」的一聲。那口音絕對錯不了。

「賀士默嗎？我是貝里福。我在滑鐵盧車站。我跟蹤魏廷頓和另一個男人到這裡來。沒時間解釋了；魏廷頓要搭三點半的火車到伯恩茅斯。你三點半趕得到這裡嗎？」

對方的回覆讓他放了心。

「沒問題。我會趕過來。」

電話掛斷了。湯米放回話筒，鬆了一口氣。他對朱立斯的充沛活力深感欽佩。他直覺認為，這個美國人一定會及時趕到。

魏廷頓和包羅思依然待在原地。如果包羅思還要留在這裡等著替朋友送行，那一切都好辦。接著，湯米摸摸口袋，像是想到什麼似的。儘管卡特賦予了他自由處置權，他還是沒養成出門隨身帶一大筆錢的習慣。買了一張到伯恩茅斯的頭等車票後，他口袋裡只剩下幾先令。他希望朱立斯來的時候口袋裡多帶點錢。

時間一分一秒流過。三點十五分，三點二十分，三點二十五分，三點二十七分。要是朱立斯不能及時趕到呢？三點二十九分，車門砰砰然就要關上了。湯米感到陣陣絕望的冷流傳遍全身。這時候，一隻手落在他的肩頭。

「我來了，小子。你們英國的交通簡直糟透了！快告訴我那兩個惡棍是誰。」

「那個就是魏廷頓……那個正踏進車門的大塊頭、黑皮膚的男人。另外一個是和他談話的外國佬。」

「我會盯住他們。兩人當中哪個是我的目標？」

湯米想到一個問題。

「你身上有沒有帶錢？」

朱立斯搖搖頭，湯米的臉色一沉。

「我想我身上頂多只有三、四百美元。」美國人解釋。

湯米發出如釋重負的輕呼。

「噢，老天，你們這些百萬富翁！我們簡直是雞同鴨講！上車吧，這是你的車票。魏廷頓交給你了。」

「我來盯魏廷頓！」朱立斯說。火車開動，他縱身一跳上了車。「再見，湯米。」

火車慢慢滑出車站。

湯米深吸一口氣。包羅思沿著月台走來。湯米讓他從身旁走過，再度尾隨在後。

包羅思從滑鐵盧車站搭乘地鐵到皮卡地里廣場，接著朝沙夫伯利大街走去，最後彎進蘇活區周遭迷宮似的破舊街道。湯米跟蹤在後，和他保持著適當的距離。

最後他們來到一個破敗的小廣場。那裡的房子又髒又破，透著一股邪氣。包羅思左右張望，湯米退到一個頗適合藏身的陽台下躲起來。這地方幾乎空無一人，又因為是條死路，所以沒有汽車經過。那人鬼鬼祟祟、東張西望的模樣激起了湯米的想像。從陽台遮棚下望出去，湯米看著他走上一棟看來尤其陰森的房子台階，以一種特別的節奏急急敲了門。門立刻打開，包羅思對那個守門人說了幾個字，隨即往裡走。門再度關上。

就在這個節骨眼上，湯米一時昏了頭。他該做的，也是任何頭腦清醒的人該做的，就是耐心候在原處，等待他跟蹤的人走出來。可是他的舉動和他堪稱特質的清楚理性背道而馳。一如他事後所說，他的腦袋彷彿突然掉了根筋。他想都沒想，就跟著上了台階，還依樣畫葫蘆以那種古怪的節奏敲了門。

那道門立刻打開，一如先前。門口出現一個滿臉凶相、頭髮剪得極短的傢伙。

「幹嘛？」他咕噥一聲。

湯米此刻才察覺到自己的愚蠢。但他不敢遲疑，抓住閃過心頭的幾個字。

「布朗先生？」他問。

令他詫異的是，那人立刻讓到一旁。

「樓上，」他說，大拇指往上一翹。「左側三樓。」

# 08 湯米歷險記

雖然被守門人的話嚇了一跳，不過湯米毫無猶豫。如果說他目前的進展是拜魯莽之賜，他希望魯莽繼續帶領他前進。他默默走進屋內，踏上搖搖欲倒的樓梯。屋內的一切骯髒至極，難以形容。積滿汙垢、花樣已模糊難辨的壁紙脫落殆盡，半懸半掛在牆上。每個角落都布滿了灰撲撲的蜘蛛網。

湯米不慌不忙地走著。當他走到樓梯轉角時，聽見樓下的守門人走進後頭的房間，消失了蹤影。顯然對方並未起疑。來這裡求見布朗先生，似乎非常合情合理。

湯米在樓梯頂端停步，思考下一步該怎麼走。他的面前是一條狹窄的通道，通道兩側的門都是開的。一陣含糊不清的低語聲從他左側近處的一道門中傳來。這就是守門人要他進去的房間。但他有興趣的卻是右面牆壁上一個狹小的凹洞，這個隱蔽的地方有一半被破爛的絨布簾幕遮住了。它直接面對左側的房門，而由於角度的關係，從這裡可以把樓梯的上半端看得一清二楚。那個凹洞有兩呎深、三呎寬，當作一個人（或是兩個人擠擠也行）的藏身處十分理想。湯米大受吸引。他以一貫慢條斯理、穩紮穩打的思考模式把情況評估了一番，認為布朗先生很可能是這個團體組織的通關暗語，而非專指某個人。他很幸運，碰巧用了這個暗語才得以進入屋內。目前為止，他尚未引起懷疑。可是他必須趕快決定接下來該怎麼辦。

要是他大著膽子，走進通道左側的房間呢？難道只要被允許進入這棟房子，就可以讓他長驅直入、進入房間嗎？不管怎麼說，進入房間很可能還需要其他暗語或身分證明。只看外表，守門人顯然並不認識這個組織的所有成員，不過樓上可能就不一樣了。整體而言，湯米到現在為止運氣甚好，可是要全憑運氣未免太不可靠。走進那個房間實在太冒險了。他不能指望自己永遠扮演目前的角色；他遲早會露出馬腳，到時候他會因為純粹的愚勇而浪擲了一個至關重要的機會。

樓下再度響起敲門的信號，湯米下定決心，立刻溜進藏身凹處，小心地把簾子拉好，以免別人看見自己。破舊的簾布上有幾處裂縫和開口，正好讓他把外頭看得清清楚楚。他能夠觀察這裡的一舉一動，更何況他隨時可以依照新來者的動作，如法炮製一番而加入房裡的那夥人。

從樓梯走上來的男人腳步極輕，還帶著鬼鬼祟祟的神情，湯米完全不認識他。那人顯然是社會的渣滓，倒垂的濃黑眉毛，凶殘惡狠的下巴，整張臉流露出一股獸性，這些特徵對年輕的湯米來說甚是陌生，卻是蘇格蘭警場的警察一眼就能認出的狠角色。

男人走過湯米的藏身處，邊走邊喘著粗氣。他在對面房間門口停下腳步，在門上敲出同樣的信號。房內有人高聲喊了什麼，這人便推門走了進去，湯米趁機往房裡瞥了一眼。他估計約有四、五個人圍坐在一張幾乎占滿了大半空間的長桌旁，不過他的注意力全放在一個高個子的男人身上。那人理著平頭，留著海軍般短而尖的鬍鬚，端坐在桌子的首位，面前一堆文件。新來的男人一進房間，他便抬頭瞄了一眼，口中問道：「你的編號，同志？」

湯米注意到他的發音怪異而精準。

「十四號，老大。」新來者粗啞的聲音回答。

「正確。」

門再度關上。

「如果那個人不是德國佬，我就不是人！」湯米自忖著。「掌控局勢條理分明、按部就班……德國人向來如此。幸好我沒闖進去。要是我說出錯誤的編號，那可就慘了。對，我就適合躲在這個地方。噢，又有人敲門。」

這回的訪客和前一個是完全不同類型的人。湯米認得他，是愛爾蘭新芬黨的黨員。布朗先生的組織確實是無遠弗屆。聲名狼藉的罪犯、有教養的愛爾蘭紳士、臉色蒼白的俄國人，加上效率奇高的德國主席。真是個古怪而陰森的組合！這些稀奇古怪、形狀各異的環節組成了一條不為人知的鎖鏈，而這條鎖鏈握在某個人手上，這人到底是誰？

這一回步驟完全一樣，那人先在門上敲出信號，被要求說出編號，然後得到「正確」的答覆。

樓下又接連傳來兩次敲門聲。第一個人對湯米來說十分陌生，是個安安靜靜、相貌聰明的男人，但穿著頗為寒酸，湯米認為他應該是市區裡的職員。第二個人屬於勞工階級，那張臉湯米似曾相識。

三分鐘後，又進來一個人，這人長相威嚴，穿著講究，顯然出身名門望族。雖然湯米一時叫不出名字，不過這人的臉對他來說並不陌生。

繼那人之後，湯米等了好一陣子。事實上，湯米斷定人已到齊，他正待小心翼翼地從藏身處鑽出，突然又傳來一陣敲門聲，他立刻躲回原處。

最後上樓的男人簡直是無聲無息，以至於湯米幾乎沒有察覺他的存在而險些和他碰上。那人個頭矮小，臉色甚白，一張臉溫柔得像個女人。除了他顴骨的稜角暗暗指出斯拉夫人的血統外，別無任何特徵看得出他的國籍。他從凹處前經過，緩緩轉過頭來，兩眼發出的奇異目光彷彿要把簾子燒穿了。湯米不敢相信這人竟然不知道他躲在裡頭，不禁不寒而慄。他和大部分的英國年輕人一樣不愛幻想，可是他覺得這個矮小男人身上散發出極不尋常的強大力量，而且這個感覺揮之不去。這人讓他想到一條毒蛇。

片刻後，他的感覺得到了證實。這個新來的人敲門的方式和其他人並沒有兩樣，可是得到的接待大大不同。留有短鬍鬚的男人站起身來，其他人也隨之起立。那個德國人走上前來和他握手，雙腳腳跟一碰，發出啪嗒一聲。

「我們非常榮幸，」他說，「真是不勝榮幸。我本來以為這是不可能的。」

那人以低而細的聲音回答：「是很難，恐怕以後是不可能了。但開一次會是必要的……為了闡明我的政策。如果沒有布朗先生，我什麼也做不成。他來了嗎？」

聽得出德國人的態度有了變化，因為他的回答帶著些許猶豫。

「我們接獲口信，他今天不能親自到場。」

他停下話頭，像是故意讓別人以為他沒把話說完。

大家臉上掠過一陣遲疑的笑。他四下望望那些不安的臉。

「啊！我了解。我研究過他的風格，他暗中工作，神不知鬼不覺，也不相信任何人。話又說回來，他很可能就在我們當中……」

他又四下望望，那群人臉上再度掠過恐懼。每個人都去看身旁的人，眼神充滿疑慮。

俄國人輕拍自己的面頰。

「就這樣吧。我們開始吧。」

德國人似乎在控制自己，意圖冷靜下來。他往他先前坐著的桌子首位一指。俄國人猶豫不決，德國人卻很堅持。

「這是只有一號才能坐的位置。十四號，你去把門關上好嗎？」

頃刻後，湯米再度和毫無裝飾的木頭門板大眼瞪小眼。門內的說話聲也再度變成一陣模糊的低語，聽不清楚。湯米開始不安起來。他偷聽到的談話激起了他的好奇，他覺得自己無論用什麼方法，非要多聽到一些不可。

樓下沒有動靜了，守門人似乎不可能上樓。湯米細聽了一兩分鐘，這才從簾後伸出頭，左右張望。走道上空無一人。湯米彎身脫了鞋，接著把鞋留在簾後，只穿著長襪躡手躡腳走出來，在緊閉的房門前屈膝跪下，小心翼翼地把耳朵貼近門上的裂縫。惱人的是，他依然聽不清楚，只有在裡頭說話聲音提高之際才偶爾聽到一兩個字，徒然讓他的好奇心更為強烈。

他帶著遲疑，看著門上的把手。他能以非常輕、非常慢的動作扭開把手而不引起房裡的人注意嗎？他認為只要十分小心，這應該辦得到。湯米屏住呼吸，極緩極慢、一次一點、萬分小心地扭動把手。再來一點。再來一點。難道永遠扭不完嗎？啊！終於，門把再也扭不動了。

他等了一兩分鐘，這才深吸一口氣，輕輕地把門往內推。那門動也不動，湯米很火，如果他多用點力氣，房門勢必會發出嘎嘎聲。他等到房內說話聲音提高了些，又試著推了一次。門還是不動。他更用力了，難道這個該死的門卡住了嗎？最後他放手一搏，用盡全身力氣去推門，可是那門依舊不動如山。他終於恍然大悟，門不是從裡面上了鎖就是插了閂。一時之間，湯米怒火中燒。

「呸，真氣人！」他說，「多麼卑鄙的手段！」

氣憤冷卻下來，他準備面對現實。他該做的第一件事顯然是將把手歸回原來的位置；如果他立刻鬆手，房裡的人勢必會注意到。所以湯米按捺住同樣無止無盡的痛苦，以同樣的手法將把手朝反方向退轉回去。一切順利，他舒了口氣，站起身來。湯米身上有種執拗，讓他不輕易承認失敗。目前他雖然受挫，但絕對沒有放棄這場戰鬥，他仍然想知道上了鎖的房裡發生了什麼事。第一個計畫既已失敗，他必須另謀他策。

他四下環顧了一番。通道再過去一點，左側還有一扇門。他躡手躡腳沿著通道走到門前，側耳傾聽片刻，這才伸手去扭門把。門應聲而開，他溜了進去。

這個房間沒人住，從家具擺設看來是間臥室。一如這棟房子裡的所有東西，家具破爛不堪，若說有什麼區別，這裡的灰塵積得更厚。

但令湯米感興趣的是他先前希望能找到的東西：兩個房間的隔間門，就在左面的窗戶邊。湯米小心關上通往走道的房門，走到這頭對著這道隔間門仔細端詳了一番。門上插著門，而且鏽得厲害，顯然好久沒人動它了。湯米來回輕扭門閂，總算把門閂拉了出來，而且沒有發出什麼聲響。接著他故技重施，又輕又慢地扭動門把。這回他非常成功，門晃了晃便打開了。雖然僅是一個小空隙、一條小裂縫，但已足以讓湯米聽到房間內的動靜。這扇門的內側有個天鵝絨布的門簾，正好把湯米的視野擋住。雖然他看不見，但能清晰辨認出隔壁房間裡說話的聲音。

說話的是那個新芬黨員，他洪亮的愛爾蘭口音絕對錯不了。

「那很好。可是一定要有更多的錢。沒有錢，就沒成果。」

另外一個聲音（湯米認為很像包羅思）答道：「你保證會有成果？」

「我向你保證，從現在算起一個月後……或是照你希望的期限也行，在愛爾蘭會出現一次恐怖暴動，絕對能動搖大英帝國的國本。」

一陣停頓後，一號那柔細的嗓音傳來。

「好！你會拿到錢的。包羅思，這事由你負責。」

包羅思問了一個問題。

「還是一如往常，透過愛爾蘭籍的美國人和波特先生嗎？」

「我想這沒問題，」一個陌生的聲音說，是大西洋對岸的口音。「不過我想指出一點：目前的情況變得有點棘手。過去的同情聲浪已經消了音，現在輿論的同情已經大不如前，而且愈來愈多人認為愛爾蘭可以處理自己的內務，不需要美國插手。」

湯米想，包羅思在回答的時候一定聳了聳肩。

「只因為這筆錢名義上是來自美國，就變得那麼重要嗎？」

「最大的困難在於武器彈藥的運送，」新芬黨員說，「匯錢倒很容易……幸虧有這裡的同志幫忙。」

另一個聲音說話了，湯米猜想是那個儀表堂堂、自己似曾相識的高大男子。

「想想看，如果貝爾法斯特的人民聽到你這麼說，心裡做何感想！」

「那就這麼決定了，」柔細嗓音的人說，「現在，說到要貸款給一家英國報社的事，你的細節都已經安排得令人滿意了嗎，包羅思？」

「我想是的。」

「很好。如果必要，莫斯科的正式否認聲明隨時會到。」

一陣停頓後，德國人清晰的話語打破了靜默。

「我受布朗先生指示，要將不同工會的報告為各位做個總結。礦工工會的報告令人非常滿意；鐵路工會方面必須暫停；工程師聯合工會可能會有麻煩。」

好長一段時間沒人說話，只聽見翻閱文件的沙沙聲和德國人偶爾插入的短短幾句解釋。接著湯米聽見手指輕敲桌子的聲音。

「還有，日期呢，我的朋友？」一號說。

「二十九日。」

俄國人似乎在思索。

「時間挺急的。」

「我知道。不過這是那些勞工領袖自己訂的，我們似乎不宜干預太多。他們一定以為這完全是他們的事。」

俄國人似乎覺得好笑，輕聲笑了起來。

「沒錯，沒錯，」他說，「你說得對。他們一定不知道，我們是為了自己的目的在利用他們。他們很誠實……他們對我們的價值就在於此。很奇怪，可是沒有誠實的人，你就製造不了革命。靠民眾的天性絕對萬無一失。」他頓了頓，又說了一次，彷彿這句話令他極為開心。「每一場革命都有誠實的人，只是事後很快就被清除掉。」
他的口氣透著陰險。德國人接著說：「克里莫該走了，他知道得太多。這件事由十四號負責。」
接著是一陣粗啞的低語。
「沒問題，老大。」片刻後，「要是我被抓到呢？」
「會有最優秀的法律人才為你辯護，」德國人靜靜回答，「不過，你無論如何要戴著那副手套，上頭的指紋是屬於某個惡名滿天下的竊賊，所以你沒什麼好怕的。」
「噢，我不怕，老大。一切都是為了我們的志業，就像俗語所說，街道上將會血流成河，」他的話帶著一股陰毒。「有時候，我確實會有這樣的夢想。鑽石、珍珠，全都落在馬路旁的排水溝裡，任人予取予求。」
湯米聽見有人挪了挪椅子。接下來一號開口說道：「這麼說，一切都已安排就緒。有人可以向我們保證，這事一定會成功嗎？」
「我……我想可以。」可是德國人這句話並沒有他一貫的自信。
一號的聲音突然透出一絲危險意識。
「出了什麼事？」
「沒什麼，只是……」
「只是什麼？」

「是那些勞工領袖。一如你所說，沒有他們，我們什麼也辦不成。要是他們不肯宣布要在二十九日大罷工……」

「他們為什麼不肯宣布？」

「一如你剛才說的，他們很誠實。所以，儘管我們盡了一切努力，千方百計要動搖他們對政府的信心，可是說不定他們對政府還保有一絲信心和信念，這連我也不敢保證。」

「可是……」

「我知道，他們罵政府罵個沒完。不過整體來說，公眾輿論還是偏向政府那邊。他們不會和民意作對。」

俄國人的手指再度輕敲桌面。

「說重點吧，我的朋友。有人告訴過我，目前有一份文件存在，可以作為我們成功的保證。」

「確實如此。如果把那份文件攤在勞工領袖面前，效果一定立竿見影。他們會把文件刊登出來，向整個英國廣播，還會毫不猶豫地宣布革命。政府遲早會垮台。」

「那你還需要什麼？」

「就是那份文件。」德國人說得直截了當。

「啊！文件不在你手上？可是你該知道文件在哪裡吧？」

「不知道。」

「有沒有人知道文件的下落？」

「有個人可能知道，可是我們連這個都不確定。」

「那人是誰？」

「是個女孩。」

湯米屏住了呼吸。

「一個女孩？」俄國人提高了嗓門，表示不屑。「你們沒有逼她開口？在俄國，我們有的是辦法逼女孩子開口。」

「情況不同。」德國人說，似乎帶著慍怒。

「怎麼個不同法？」他頓了頓，接著又說：「女孩現在在哪裡？」

「你是說那個女孩？」

「對。」

「她在……」

可是湯米再也聽不到了。他的頭遭到重重一擊，眼前頓時一片漆黑。

# 09 陶品絲開始幫傭生涯

湯米動身去跟蹤那兩個男人的時候，陶品絲好不容易才克制住和他一塊去的衝動。不過她盡可能往好處想，想到事情的發展證實了她的推論，就感到無限安慰。那兩個男人無疑來自二樓的住戶，而「麗塔」這個名字所顯露的微弱線索，使得兩個年輕冒險家再度和帶走珍・芬恩的人連上了線。

問題是，接下來該做什麼？陶品絲最討厭浪費時間。湯米忙著追蹤，她又不能和他一起去，一時之間，陶品絲有點茫然失措。她沿著原路，回到大樓的入口大廳。一個電梯小弟在大廳裡，一面擦拭銅器配飾，一面開心地吹著流行新歌的口哨，吹得還挺準的。

陶品絲進得門來，他轉頭瞄了她一眼。這女孩身上有股活潑調皮的氣息，任何情況下都能輕易贏得小男生的歡心。兩人之間似乎立刻有了默契。陶品絲自忖，這男孩不能小看，因為她打算爭取他作為敵營中的盟友。

「啊，威廉，」她以醫院裡一大早打招呼的方式興高采烈地說，「擦東西擦得開心吧？」

男孩咧嘴一笑，算是回答。

「我叫艾柏，小姐。」他糾正她。

「就算是艾柏吧。」陶品絲說。她神祕兮兮地朝大廳東張西望，而且動作相當誇張，就怕艾柏沒注意到。她身子趨近男孩，降低嗓門說道：「我想和你說句話，艾柏。」

艾柏放下手中的銅器，嘴巴微微張開。

「你看，你知道這是什麼嗎？」

陶品絲以戲劇化的動作把大衣左邊往後一撩，露出一枚琺瑯徽章。艾柏絕對不可能知道這種東西……沒錯，這個道具對陶品絲的計畫來說深具關鍵性，因為這枚徽章是她在參加家鄉訓練部隊時發下的（那支訓練隊伍一開始是由副主教在戰爭初期發起的）。它之所以在陶品絲的大衣裡，是因為一兩天前她拿這枚徽章當別針用，把幾朵花飾別在大衣上。陶品絲眼睛很尖，她剛才就留意到艾柏口袋裡露出的廉價偵探小說。此刻艾柏兩眼立刻睜得大大的，表示她的計謀已經成功，魚兒就要上鉤了。

「美國偵探協會！」她的聲音極低。

艾柏上鉤了。

「老天！」他不斷喃喃說道，驚喜已極。

陶品絲對他點點頭，擺出非常了解的神態。

「知道我在找什麼人嗎？」她柔聲問。
艾柏的兩眼依舊圓睜，喘著粗氣問：「在這裡的某間公寓裡？」
陶品絲點點頭，大拇指朝樓上一翹。
「二十號。她自稱范德邁。范德邁！哈！哈！」
艾柏的一隻手悄悄插進口袋。
「她是個騙子？」他急急問道。
「騙子？我想可以這麼說。在美國，大家都叫她『冷靜麗塔』。」
「冷靜麗塔，」艾柏激動地又說了一遍。「啊，這簡直像電影一樣！」
沒錯。陶品絲是電影院的常客。
「安妮老說她是個大壞蛋。」男孩又說。
「安妮是誰？」陶品絲隨口問問。
「她的客廳女傭，她今天就要走了。安妮曾經跟我說過好多次：『記住我的話，艾柏，要是警察哪天找上她，我可不會意外。』正是如此。不過她看起來挺惹人注目的，對吧？」
「她算是個美人，」陶品絲謹慎地附和。「她的美貌對她這一行一定很管用。對了，她最近有沒有戴過翡翠？」
「翡翠？就是綠色的寶石，對吧？」
陶品絲點點頭。

「我們追蹤她就是為了這個。你知道一個叫作賴思岱的老先生嗎？」
艾柏搖搖頭。
「彼得・賴思岱，他是石油大王？」
「我好像有點耳熟。」
「那些寶石是他的。他的翡翠收藏是全世界數一數二，價值好幾百萬美元！」
艾柏忘情地大叫：「天哪！點點滴滴聽起來都像電影一樣。」
陶品絲露出微笑，對自己的成就感到非常滿意。
「其實我們還無法證實，不過我們正在跟蹤她。我想，」她故意慢條斯理眨了眨眼。
「這回她可沒辦法帶著翡翠跑了。」
艾柏又發出一聲狂喜的叫喊。
「喂，小子，我可得提醒你，」陶品絲突然說，「你一個字也不能說。我想我本來是不該讓你知道的，不過在美國，觀察一個年輕人是不是聰明，我們只要看一眼就知道。」
「我一個字也不會說，」艾柏急急為自己辯護。「有沒有我可以幫忙的？幫忙盯梢，或是諸如此類的？」
陶品絲裝模作樣想了想，搖搖頭。
「現在不行，不過我會記住你，小子。你說那個女傭要離開，這是怎麼回事？」
「你是說安妮？她老是和主人吵架。就像安妮說的，現在傭人可不能小看，應該得到良好的對待，而且就憑她到處傳出的耳語，范德邁夫人不會那麼容易就找到另一個傭人。」

「不會嗎？」陶品絲若有所思地說。「我在想……」

她腦海裡有個想法慢慢成形。她思索了一兩分鐘，接著在艾柏肩膀上輕輕一拍。

「聽著，小子，我有個點子。如果你跑去跟她說，你有個年輕的表姐，或是你朋友的朋友可能適合這個工作，你說怎麼樣？你懂我的意思嗎？」

艾柏立刻接口。

「我懂。小姐，包在我身上，我三兩下就可以把事情安排好。」

「好小子！」陶品絲一面誇獎，一面點頭表示讚許。「你可以跟她說，這個女孩可以立刻上工。如果事情辦妥了，回個話給我。明天十一點我會再來。」

「我要去哪裡通知你？」

「麗緻飯店，」陶品絲回答得乾脆。「我姓考利。」

艾柏看著她，眼神甚是豔羨。

「這種差事一定很棒，我是說偵探這一行。」

「一點也沒錯，」陶品絲的尾音故意拖得長長的。「尤其賴思岱老先生會簽付帳單。不過，小子，你別心急。如果這件事辦得好，你就算是站上一壘了。」

留下這樣的承諾，她和新盟友道別後，就踏著輕快的腳步走出南奧德利大樓，心裡對自己這一上午的工作無限得意。

不過，沒時間可浪費了。她直接回到麗緻飯店，簡簡單單寫了幾句話給卡特先生。短信寄出後，湯米尚未歸來（她並不意外），於是她去大採購，除了中間喝了茶、吃了幾塊什錦蛋糕外，她馬不停蹄地買個不停，直到傍晚六點多才拖著疲憊身軀回到飯店，不過心裡對自己採買的東西倒是很滿意。她從一家廉價服飾店開始逛，接著是兩家舊貨商店，最後在一家知名的美容院裡畫下一天的句點。現在，在幽靜的臥室裡，她打開最後買到的東西。五分鐘後，她對著鏡中的反影露出滿意的笑容。她用一支女演員用的眉筆，微微改變了眉型，再加上一頭新添的蓬鬆金髮，她的外表就大大變了樣。她深信，就算魏廷頓和她當面遇上也不會認出她。到時候她會在鞋子裡加上厚墊，配上帽子和圍裙，這副偽裝就更完美了。拜醫院工作經驗之賜，她非常清楚，護士如果不穿制服，病人往往就認不出來。

「沒錯，」陶品絲對著自己鏡中淘氣的模樣大聲說，「你會瞞過他們。」

接著她又換回自己的原本面目。

陶品絲一個人吃晚餐。湯米竟然還沒回來，令她非常訝異。朱立斯也不在，不過對她來說，這比較容易解釋。他的「催促」活動並不限於倫敦地區，他的突然消失又出現已被年輕冒險家視為理所當然，認為是他日常工作的一部分。如果朱立斯．賀士默認為他能在君士坦丁堡找到失蹤表妹的線索，很可能說走就走，現在已經身在異地。這個渾身是勁的青年已經讓蘇格蘭警場好幾個探員坐立難安，海軍本部的電話接線生一聽到那聲熟悉的「喂」也心驚膽戰。他曾在巴黎花了三個小時纏著地方官員不放，最後終於帶著一個想法歸來：他可以在愛爾蘭找到表妹謎蹤的真實線索……這很可能是某個法國官員在精疲力竭之餘告訴他的。

「我敢說，他現在一定火速趕往愛爾蘭去了，」陶品絲想，「這挺好的，只是我這裡就太無聊了！我現在有滿肚子的情報，卻連個能傾訴的人都沒有！湯米可能打過電話來，不知道他現在在哪裡。無論如何，他絕不能像俗語所說的『失去蹤跡』。這倒提醒了我……」

考利小姐突然停止沉思，叫了個飯店小弟來。

十分鐘後，這位小姐一面抽著菸，一面舒舒服服地躺在床上，專心讀著《少年偵探巴納比．威廉斯》。這本書也和其他幾本廉價的驚悚小說一樣，是她差遣那個小弟去買來的。她相信，在和艾柏進一步打交道之前，她需要好好充電一番，好讓自己更像個美國偵探。

隔天早上，卡特先生的回信到了。

親愛的陶品絲小姐：

你已經有了個極好的開端，我謹在此恭喜你。不過，我認為我應該再次提醒，你冒的風險極大，尤其如果你打算照你所提出的方式追蹤下去。那些人都是狗急跳牆之輩，不可能慈悲為懷或有任何惻隱之心。我覺得你低估了風險，所以再次提出告誡：我不能承諾你任何保護。如果你現在選擇退出，沒人會怪你。無論如何，在你做出抉擇之前，請三思再三思。

如果你不顧我的警告，決定要依計畫進行，你會發現，一切俱已安排妥當。你曾經和妲富琳小姐在藍尼利的牧師公館同住了兩年……范德邁夫人很可能會向她要你的推薦信。

請容我進一兩句忠言。言行盡可能接近真相，這會讓「失誤」的危險性降到最低。我建議你實話實說，說你曾是某志願救護支隊的隊員，後來才選擇家庭服務為業。這年頭這種例子很多，這樣就可以解釋你言行舉止方面的不相宜之處，否則很可能會引起懷疑。

無論你的決定為何，祝你好運。

你真誠的朋友　卡特先生上

陶品絲的情緒立刻高漲起來，卡特先生的警告全被拋到了腦後。這位小姐太有自信了，對那些忠言聽若罔聞。

她帶點不甘不願，放棄了先前為自己勾勒出的有趣角色。雖然深信自己有能力演好這個角色，不過她畢竟理智，足以體會出卡特先生看法的重要性。

湯米依然杳無音信，不過早上郵差送來一張帶點汙漬的明信片，上面龍飛鳳舞地寫了幾個字：「一切安好」。

十點半，陶品絲滿意地看了看她那稍嫌破舊的錫鐵皮箱，裡面裝著她的新行頭。箱子用細繩捆紮得十分精巧。她拉鈴吩咐小弟把箱子抬進計程車，自己看著都有點臉紅。她搭車到派汀頓，把箱子留在衣帽間，接著拎起手提袋，來到安靜的女士等候室。過了十分鐘，改頭換面之後，陶品絲一本正經走出車站，踏上公共汽車。

十一點過幾分，陶品絲再度走進南奧德利大樓的前廳。艾柏一面等她，一面做著自己的工作，只是態度有點漫不經心。他沒有馬上認出陶品絲，等到認出她來，簡直佩服得五體投地。

「我完全認不出你來！這套衣服好極了。」

「很高興你喜歡我的行頭，艾柏，」陶品絲謙虛地回答，「對了，我現在到底是不是你的表姐？」

「你的聲音也變了，」男孩興奮地大喊，「道地的英國腔。不是，我告訴她我有個朋友認識一個女孩可以來幫傭。安妮不大高興。她做到今天為止……她嘴巴上說是幫忙，其實是為了讓你對這個職位心生畏懼。」

「真是個好女孩。」陶品絲說。

艾柏沒察覺到她話中有刺。

「她有自己的風格，把保存銀器餐具當作樂事一樁，不過，相信我，她的脾氣可是夠大的。您要上樓嗎，小姐？請進電梯。您說您要到二十號？」

他對她眨眨眼。

陶品絲瞪他一眼要他安靜下來，這才走進電梯。

當她按下二十號的門鈴，她感覺到艾柏的目光直往樓下張望。

一個漂亮的年輕女孩來開門。

「我是來應徵的。」陶品絲說。

「這是個爛地方，」年輕女孩劈頭就說，毫不猶豫。「那個老太婆，老是管東管西。她還罵我亂翻她的信。老天！那信封的封口早就開了一半。廢紙簍裡永遠什麼都沒有……她什麼東西都燒掉。她是個壞東西，絕對沒錯。打扮光鮮，可是沒有品味。廚娘知道她一些祕密……不過她不會說出來，因為她怕主人怕得要死。還有，她有疑心病！你和別人說話，她馬上就緊盯著你看。我可以告訴你……」

可是即使安妮還想多說，陶品絲也絕不可能聽到，因為這時候一個剛硬無比的嗓音清楚喊道：「安妮！」

漂亮女孩跳起來，彷彿被子彈擊中似的。

「夫人，有什麼吩咐？」

「你在和誰說話？」

「一個來應徵工作的年輕小姐，夫人。」

「帶她進來，馬上進來。」

「是的，夫人。」

陶品絲被帶入長長走道右側的一個房間。壁爐邊站著一個女人，她的青春已經不再，曾經難以掩蓋的美貌如今變得冷酷而剛硬。她年輕時，想必是豔光照人；稍稍整飾過的淺色金髮，在頸部捲出波浪，注視人的時候，藍色眼眸發出電光般的銳利光芒，彷彿可以穿透人的靈魂。她穿著一襲靛藍色的漂亮縐緞長袍，更襯托出她美好的身材。然而，儘管她具備迷人的優雅，臉蛋又如此嬌豔，你可以清楚感覺到她身上具備的冷酷和威脅特質。無論是她說話的語調還是鑽子般的眼神，在在透出金屬般的強硬。

陶品絲第一次感到害怕。她不怕魏廷頓，可是這女人不一樣。彷彿中了魔似的，她緊緊望著女人曲線玲瓏的紅唇上那條殘忍的長紋，一陣恐慌再度傳遍她全身。她往常的自信已蕩然無存。她隱隱感覺到，欺騙這個女人和欺騙魏廷頓大不相同。卡特先生的警告浮現在她腦海。確實，她不能指望在這裡找到慈悲。

陶品絲極力壓抑住恐慌和很想夾著尾巴就跑的本能，以堅定而有禮的眼神迎向那女人的目光。

像是對第一關考驗的結果頗為滿意似的，范德邁夫人用手指指椅子。

「你可以坐下來。你怎麼知道我要找個打掃客廳的女傭？」

「是透過一個朋友知道的，他認識這裡的電梯小弟。他認為這個職位很適合我。」

又一次，那蛇蠍般的目光好像穿透了她。

「聽你說話的樣子，你讀過書？」

陶品絲依照卡特先生所建議的台詞，很流利地道出了自己想像的職業生涯。她一面說，一面感到范德邁夫人緊繃的態度慢慢鬆弛下來。

「原來如此，」她終於開口說道，「我可以寫信給什麼人去要推薦信呢？」

「我最後的雇主是妲富琳小姐，住在藍尼利的牧師公館。我在她那裡做了兩年。」

「後來你想，到倫敦來可以賺更多的錢，是這樣吧？嗯，對我來說這不重要。我給你五十到六十英鎊……隨你要多少。你能立刻上工嗎？」

「可以的，夫人。如果您願意，我今天就來。我的皮箱放在派汀頓。」

「那你就搭計程車去拿回來。我這裡很舒服，我常常不在家。對了，你叫什麼名字？」

「我叫璞丹絲・古柏，夫人。」

「很好，璞丹絲，去拿你的箱子吧。我要出去吃中飯，廚娘會把一切交代給你。」

「謝謝您，夫人。」

陶品絲退了出來。漂亮安妮沒有露面。樓下的大廳裡，一位外表稱頭的腳夫已把艾柏派到後頭工作去了。陶品絲溫順地走出大樓，看也沒看他一眼。

冒險已經開始，可是她不再像早上那般興奮莫名。她想，如果那個素不相識的珍・芬恩真的落入了范德邁夫人的手中，下場可能很慘。

# 10 詹姆斯．皮爾．艾格敦爵士登場

新上任的陶品絲完全沒有半點笨手笨腳的樣子。副主教的女兒在家務方面具有非常堅實的基礎。她們也是訓練「生手」的能手，而無可避免的結果是：那些生手一旦受完訓就會離去，因為她們憑著新學到的技能，可以賺得的薪酬遠比副主教羞澀的荷包所能負擔的來得高。

因此，陶品絲不遺餘力，努力證明自己的工作效率。范德邁夫人的廚娘令她感到不解，她顯然怕主人怕得要死。陶品絲暗忖，那位女主人很可能握有她的把柄。除此之外，她的廚藝有如大廚，那天晚上陶品絲正好有機會觀察到。范德邁夫人在等一個客人前來晚餐，陶品絲因此備妥兩人進餐的桌子，把它擺得漂漂亮亮。對於這位來客，她心中不免感到忐忑。說不定這個客人就是魏廷頓。雖然她很有信心，魏廷頓不可能認出她來，不過如果客人是個完全陌生的人，她會更放心些。可是她毫無辦法，只好盡量往好處想。

八點過幾分，前門的鈴響了，陶品絲內心帶著惶恐去開門。看見客人後，她鬆了口氣。是湯米跟蹤的兩個男人中的第二個。

客人道出身分，他自稱是史蒂帕諾夫伯爵。陶品絲報出男人姓名，只見范德邁夫人從低矮的長沙發上款款站起身來，低聲表示歡迎。

「很高興見到你，包羅思．伊凡諾維奇。」她說。

「夫人，彼此彼此。」他深深鞠了個躬。

陶品絲退回廚房。

「史蒂帕諾夫伯爵，」她一面裝出毫不掩飾的好奇，一面直接問道：「那人是誰？」

「是一位俄國紳士，我想。」

「他常來嗎？」

「偶爾會來。你問這個做什麼？」

「我只是想，他說不定是夫人的情人，如此而已，」陶品絲解釋完，還故作慍怒狀加上一句：「你還真多疑！」

「我很擔心我做的蛋白牛奶酥。」廚娘解釋。

「你一定知道一些內情。」陶品絲暗自思忖，不過口裡說道：「現在就要上菜了嗎？沒問題。」

陶品絲一邊侍候進餐，一邊豎起耳朵聆聽兩人的談話。她記得這人是湯米跟蹤對象中的一個，她最後一次看到湯米就是那時候。雖然她不願承認，但她開始為她的搭檔感到心焦。他現在在哪裡？為什麼沒有片語隻字捎來？她在離開麗緻飯店前就做好了安排，所有的信件或留言會有專人立刻送到附近的一家小文具店，而且她已吩咐艾柏經常去看看。確實，她昨天上午才和湯米分手，現在就為湯米憂心未免可笑。但話說回來，他完全沒有音訊也太不尋常了。

可是儘管她用心傾聽，餐桌談話並沒有提供任何線索。包羅思和范德邁夫人談的淨是一些不相干的話題：看過的戲劇、新辦的舞會、社交圈的最新八卦。晚餐後他們走進小客廳，范德邁夫人慵懶地躺在矮背長沙發上，看起來更加嫵媚。陶品絲送來咖啡和烈酒，不情不願地退出房間。才剛踏出門，她就聽見包羅思問：「新來的，是吧？」

「今天才來的，前面那個人討厭極了。這女孩看起來不錯，伺候人伺候得挺好。」

陶品絲在門邊逗留片刻（她先前特意不把門關好），只聽見包羅思說：「我想，她很安全吧？」

「真是的，包羅思，你多疑得可笑。我想她是大廳搬貨小弟的表姐之類的。別人作夢也不會想到，我和我們那個共同的朋友——布朗先生——會有任何關聯。」

「看在老天的份上，麗塔，說話小心點。房門沒關上。」

「噢，那就去關上吧。」女人大笑。

陶品絲趕緊離開。

她不敢離開後面的廚房太久，不過她以在醫院裡練就的驚人速度，片刻就把餐具收拾乾淨了。接著她又悄悄溜回小客廳的門邊。廚娘現在空閒了些，但依然在廚房裡忙著，她要是沒看見女傭，只會以為她在準備鋪床好讓主人就寢。

可惜的是，客廳的談話聲音太低，她一點也聽不見。無論如何輕巧，她都不敢再把門打開。范德邁夫人幾乎就坐在房門的正對面，陶品絲對這位女主人犀利的觀察力敬畏三分。

不過，她還是很想偷聽正在進行的談話。要是先前發生了什麼意外，她或許能獲知湯米的消息。她極力思索了半晌，接著臉色一亮。她沿著走道，快步朝范德邁夫人的臥室走去。那間臥室有個長長的法式落地窗，可以通到屋內所有房間共用的陽台上。陶品絲一溜煙穿過落地窗，接著無聲無息地走到小客廳的窗邊。一如她所料，小客廳的窗戶開著一條縫，裡頭的說話聲音清晰可聞。

陶品絲專心傾聽，可是裡頭並未提到任何和湯米有關的事。范德邁夫人和俄國人似乎在某個話題上意見分歧，最後俄國人惡狠狠地說：「你這樣一意孤行，魯莽行事，遲早會毀了我們！」

「才怪！」女人笑了。「惡名只要善用得宜，是消弭懷疑最好的辦法。總有一天你會領悟到……說不定很快就會領悟到！」

「可是，這段期間你一直和皮爾・艾格敦到處同進同出！他不但是英國最著名的王室法律顧問，還有個特殊嗜好：犯罪學！你這麼做簡直是瘋了！」

「我知道他的雄辯口才曾經將許多人從絞刑架下救出來，」范德邁夫人依然從容冷靜。

「那又怎麼樣？說不定哪天我就需要他的協助。果真如此，有這樣一個法律界的朋友是多麼幸運……或許我該說，在法庭上有這樣的朋友多麼幸運。」

包羅思站起身，開始大步走來走去，非常激動。

「你是個聰明的女人，但你也是個笨蛋！聽我的話，別去惹皮爾・艾格敦。」

范德邁夫人輕輕搖搖頭。

「我不要。」

「你拒絕？」俄國人的聲音裡帶有一股凶惡。

「我拒絕。」

「那麼，老天在上，」俄國人大肆咆哮。「我們等著瞧……」

范德邁夫人也站起身，雙眼閃著光芒。

「你忘了，包羅思，」她說，「我不對任何人負責，我只接受布朗先生的命令。」

絕望的包羅思雙手猛然一舉。

「你這人無可救藥，」他咬牙切齒低聲說道，「無可救藥！恐怕已經太晚了。大家都說皮爾・艾格敦能夠嗅出罪犯的氣味！他突然對你感興趣，我們怎麼知道他有何居心？說不定他已經心生懷疑，他會猜……」

范德邁夫人掃了他一眼，目光滿是輕蔑。

「你放一百二十個心，親愛的包羅思，他什麼也沒有懷疑。你以往的騎士風度到哪裡去了？你好像忘了，我可是個公認的美女。我向你保證，這就是皮爾．艾格敦對我感興趣的唯一原因。」

包羅思搖搖頭，表示懷疑。

「在這個國家裡，沒有人比他對犯罪的研究更為精通。你認為你能騙得過他？」

范德邁夫人瞇起眼睛。

「倘若他真的如你所說，那我更有興趣試試了！」

「老天，麗塔……」

「更何況，」范德邁夫人又說，「他非常有錢。我不是那種鄙視金錢的人，那是『戰爭的資源』，你應該懂，包羅思。」

「錢，錢！這就是你危險的地方，麗塔，我相信你會為了錢出賣你的靈魂。我相信，」他頓了頓，以低沉陰險的聲音緩緩說道：「有時，我甚至認為你會出賣……我們！」

范德邁夫人露出微笑，聳聳肩膀。

「那價格一定得是天價才行，」她說道，「除非是百萬富翁，否則沒人出得起。」

「哼！」俄國人再度咆哮。「你看，我說的沒錯。」

「親愛的包羅思，你聽不懂笑話嗎？」

「這是笑話嗎？」

「當然。」

「那我只好說，你的幽默感還真特別，親愛的麗塔。」

范德邁夫人淡淡一笑。

「我們就別吵了，包羅思。你按個鈴，我們來喝點酒。」

陶品絲立刻退兵。她止步片刻，在范德邁夫人的長鏡前端詳了一番，確信自己的外表絕無不妥之處，這才故作端莊地去應鈴。

她偷聽到的談話雖然有趣，而且無疑證明了麗塔和包羅思的同謀關係，可是對她身負的任務卻完全沒幫助。珍．芬恩這個名字連提都不曾提及。

第二天上午，和艾柏簡短交談幾句後，陶品絲知道文具店裡並沒有任何訊息等著她。這可真令人難以置信。如果湯米一切順利，他不可能不給她個片語隻字。她的心彷彿被一隻冰冷的手揪得緊緊的。要是……她勇敢地把自己的恐懼壓住。擔心無益，可是她緊緊抓住了范德邁夫人主動提供的一個機會。

「你通常哪一天外出，璞丹絲？」

「通常是星期五，夫人。」

范德邁夫人柳眉一挑。

「今天就是星期五！不過，我想你今天不會打算外出吧，因為你昨天才來。」

「我正在思量這事，不知道可否向您提出請求，夫人。」

范德邁夫人打量她足足一分多鐘，接著露出微笑。

「但願史蒂帕諾夫伯爵可以聽到你這麼說，他昨晚就提出了一個建議。」她的笑容更深了，看來好像一隻貓。「你的請求非常……正常，我很滿意。這裡的一切你還不清楚，不過你今天可以外出。對我來說沒兩樣，因為我今天不在家吃飯。」

「謝謝您，夫人。」

一離開這個女人，陶品絲頓時感到如釋重負。她再次對自己承認，她懼怕這個有著殘酷眼神的美麗女人，而且是非常害怕。

就在她懶懶地擦拭銀器的當兒，前門一陣鈴聲，她放下手中的工作去開門。這回的來客既不是魏廷頓也不是包羅思，而是一個相貌出眾的男人。

雖然他的身材只比一般人略高，卻讓人覺得他高頭大馬。刮得乾乾淨淨的臉表情靈活，神情凸顯出不同於常人的能力和影響力。他渾身好似散發出一股磁力。

陶品絲一時難以斷定這人是個演員還是律師，不過當他報出姓名後，她的疑惑便豁然消除：詹姆斯．皮爾．艾格敦爵士。

她帶著興味重新打量了他一番。這個男人就是那位知名的王室法律顧問，在英國無人不知、無人不曉。陶品絲也曾聽說，有朝一日他會成為首相。據說他為了忠於自己的職業而拒絕了官職，寧可在蘇格蘭選區當個普通的議員。

陶品絲邊走回餐具室邊想，這個大人物令她印象深刻。她懂得包羅思的焦慮。皮爾．艾格敦可不是個好騙的人。

約莫一刻鐘後，搖鈴響了，陶品絲走到大廳送客人出去。先前他曾以敏銳的目光瞥過她一眼，而現在，在她將帽子和手杖遞給他之際，她感覺他的目光又從頭到腳把她打量了一番。她打開門，站立一旁讓他出去，可是他在門邊停下腳步。

「來這裡沒多久，對吧？」

陶品絲抬起眼，驚訝不已。從他的眼神裡，她看到了親切以及某種難以言傳的東西。他點點頭，彷彿陶品絲已經回答他了。

「志願救護隊的隊員，缺錢用，我猜得對吧？」

「是范德邁夫人告訴您的？」陶品絲問，心裡頗有疑竇。

「不是的，孩子，是你的模樣告訴了我。這個工作還好嗎？」

「很好，謝謝您，先生。」

「啊，不過好工作現在多得很，有時候變化一下也無妨。」

「您的意思是……」陶品絲問。

可是詹姆斯爵士已經走下最後一級階梯。他轉過身來，眼光依然和藹而敏銳。

「只是個建議。如此而已。」

陶品絲回到餐具室，陷入更長的深思。

# 11

## 朱立斯自述經過

陶品絲打扮得恰如其分，開始放她的「下午假」。艾柏一時不見蹤影，於是陶品絲親自到文具店跑了一趟，看看是不是真的沒有信件。確定後，她逕自回到麗緻飯店，問過櫃檯後，發現湯米還是沒回來。雖然她早已料到，但這個回答還是像一枚釘子，刺破了她的希望。她決定向卡特先生求援，告訴他湯米於何時何地開始跟監，請他設法追查湯米的蹤跡。一想到有卡特先生可以幫忙，陶品絲立刻精神大振，接著她又問櫃檯，朱立斯·賀士默在不在。她得到的答覆是：賀士默先生大約半小時前回來過，不過隨即又出了門。

陶品絲的精神更振奮了。和朱立斯見面很重要，或許他有辦法查明湯米究竟如何了。她在朱立斯的客廳寫了封短箋給卡特先生。她正打算在信封上寫上地址，門倏地打開。

「到底搞什麼鬼……」但隨即控制住自己。「對不起，陶品絲小姐，樓下那些笨蛋說貝里福先生已經不住這裡了……他從星期三起就沒住在這裡了，是這樣嗎？」

陶品絲點點頭。

「你不知道他在哪裡？」他輕聲問。

「我？我怎麼會知道？我沒收到他任何消息。不過昨天上午我曾經發過電報給他。」

「我相信，你的電報還在旅館的辦公室裡，原封未動。」

「可是他到哪裡去了呢？」

「我不知道，我本來還指望你能告訴我呢。我告訴你，自從星期三和他在車站分手後，我就沒有他的半點消息。」

「哪個車站？」

「滑鐵盧，在你們倫敦西南路上。」

「滑鐵盧車站？」

陶品絲皺起眉頭。

「對。他沒告訴你嗎？」

「我一直都沒見到他，」陶品絲不耐地回答，「再把滑鐵盧的事講清楚，你到那裡去做什麼？」

「他打了電話給我，在電話裡要我開始行動，幫忙跟蹤。他說他正在跟蹤兩個壞蛋。」

「噢！」陶品絲說，兩眼圓睜。「原來如此，繼續說。」

「我立刻趕了過去，貝里福在那裡等我，他把那兩個壞蛋指給我看。我負責大塊頭，就是被你唬住的那個。湯米把一張車票塞進我手裡，要我快上車，他去跟蹤另一個傢伙。」朱立斯頓了頓。「我還以為你對這些都很清楚。」

「朱立斯，」陶品絲正色說道，「你不要走來走去，我會頭暈。請坐在那張扶手椅上，把事情全都告訴我，盡量不要賣關子。」

賀士默先生照辦了。

「沒問題，」他說，「你要我從哪裡說起？」

「就是你剛才沒說完的地方，滑鐵盧車站。」

「噢，」朱立斯開始敘述，「我剛走進貴國那種可愛的老式頭等車廂，火車就開了。我知道的第一件事是，列車員走過來，彬彬有禮地告訴我，車廂內不准吸菸。我給了他五美分，事情就擺平了。我沿著通道走到下一節車廂，對裡頭的旅客瀏覽了一番。沒錯，魏廷頓在裡面。我看到那個惡棍，看到那張保養得宜的大肥臉，想到可憐的珍就在他的魔爪下，我簡直要抓狂了。可惜我身上沒帶槍，否則我非好好地整一整他不可。

「我們順利抵達了伯恩茅斯。魏廷頓招來一部計程車，對司機說了個旅館的名字，我也依樣畫葫蘆。我的車緊隨在後，和他保持不超過三分鐘的差距。他租了個房間，我也照做。到目前為止一切順利，他根本沒想到會有人跟蹤他，光是坐在旅館大廳內看報紙、無所事事，直到晚餐時分。他甚至不慌不忙，沒趕去吃晚飯。

「我開始思忖，他這樣什麼事也不做，說不定這趟旅行只是出於健康理由。不過我又想到，這可是個高級旅館，他竟然沒去換衣服進晚餐，很可能是因為稍後他要出門辦正事。

「果不其然，約莫九點左右，他出門了。他搭計程車穿過市鎮……順便說一句，那個市鎮還真漂亮，我想等我找到珍以後，我會帶她去那裡住上一陣子。他付了錢把車子打發走，接著就沿著峭壁頂端的松林前行。你知道，我就在他後面。我們走了大約半小時，一路上經過許多別墅，不過似乎愈走愈稀落。最後，我們終於來到一棟房屋前面，它似乎是這堆別墅中的最後一棟。這是一棟大宅邸，四周淨是大片的松林。

「那天晚上很黑，通向房子的車道也和夜色一樣漆黑。雖然我看不見他，不過我聽得到他在前面的動靜。我走得小心翼翼，以免他察覺有人跟蹤。我拐了個彎，及時看到他按了門鈴，走進屋內，我就留在原地。天開始下雨了，沒多久我就被雨水淋得全身溼透，而且冷得要命。

「魏廷頓一直沒出來，我愈來愈不安，開始在四周悄聲徘徊。一樓的窗子全都關得密密實實，可是我注意到二樓（這是棟兩層樓的房子）有扇窗子裡頭有燈，而且窗簾沒拉上。

「窗子對面正好有棵樹。那棵樹離房子約有三十呎遠，我心中閃過一個念頭，我想要是我爬到樹上，或許可以看見屋裡發生的事。當然，我知道魏廷頓不一定就待在這個房間，事實上，他更可能在另一個房間……樓下某個接待室。不過我想，反正已經費了這麼大的勁在雨中站了這麼久，做點事總比什麼都不做要好，所以我開始爬樹。

「事情並不是那麼容易，難得很！樹枝因為淋了雨而變得異常滑溜，爬樹時我只有一個立腳處，不過我一點一點地往上爬，總算爬到和窗戶等高的地方。

「可是我失望了。我的位置太偏左，只能看見室內的走道。我只看得到一點窗簾、一碼左右的壁紙，對我來說這毫無用處。我正打算放棄並垂頭喪氣爬下樹的時候，突然瞥見裡面有人走動，身影投射在我見到的那一小片壁紙上——老天，那人正是魏廷頓！

「我不禁熱血沸騰，心想我非瞧見房裡的動靜不可。我想到一個方法，我注意到那棵大樹上有一根很長的樹枝伸向右邊，只要沿著它把身子挪到中間，問題便可迎刃而解。可是，樹枝能不能承受我的重量呢？我毫無把握。但我下定決心要冒個險，於是我開始行動。我一吋一吋、非常小心地往前爬去。樹枝發出嘎嘎聲響，左右劇烈搖晃，萬一掉下去真是不堪設想。不過，我終於安全爬抵理想的位置。

「那房間格局中等，擺設非常陽春。房間中央放著一張方桌，上頭有盞檯燈，魏廷頓所坐的位置正好面對著我。他正在和一個穿著像是醫院護士的女人說話。那女人背對著我，所以我看不見她的臉。百葉窗雖然拉起，但窗戶本身是關著的，所以他們的談話我一個字也聽不到。魏廷頓好像說個不停，而那護士只是靜靜地聽，時而點頭，時而搖頭，像在回答問題。魏廷頓看來情緒高漲，有一兩回還用拳頭捶桌子。雨已經停了，天空突然放晴，一如它陰晴不定的脾氣。

「沒多久，他的問話好像接近了尾聲。他站起身，護士也跟著站起來。他朝窗外張望，問了些什麼……我猜他是問雨停了沒有。不管他問了什麼，她也筆直走過來往外張望。這時候，月亮從雲層後面露出臉來。我擔心被那個女人看見，因為我整個人正暴露在月光下。我試著往後退，可是用力太猛，老朽的樹枝承受不了，嘩啦一聲，樹枝斷了，而我整個人也跟著往下摔！」

「噢，朱立斯，」陶品絲屏住呼吸說道，「太刺激了！說下去。」

「呃，幸運的是，我掉在一塊鬆軟的泥土上，不過一定是昏了過去，因為接下來我只知道我躺在床上，床的一側坐著一個護士（不是和魏廷頓講話的那個），另一側是個戴著金邊眼鏡、蓄著黑鬍鬚的矮小男人，一看就知道是醫生。我瞪著他看，他揚起眉毛，搓著雙手說道：『啊！我們這位年輕朋友醒過來了。太好了，太好了。』

「我耍了一個慣用的伎倆，我問：『發生什麼事了？』又問：『我在哪裡？』不過我很清楚後一個問題的答案。我的腦子可沒壞掉。『護士小姐，我想這樣就可以了。』小個子男人說。護士以受過良好訓練的輕快步子走了出去。不過在她踏出房門之際，我看到她對我投以十分好奇的眼神。

「那種眼神頓時讓我有了個主意。『喂，醫生，』我一面開口一面想在床上坐直，可是右腳感到一陣劇痛。『輕微扭傷，』醫生解釋，『不嚴重，幾天後你就可以下床走動了。』」

這時陶品絲打了個岔。

「我就注意到你走路有點跛。」

朱立斯點頭，又繼續說下去。

「『怎麼會這樣？』我又問。他帶著調侃的語氣回答：『你從樹上摔下來，把我一棵樹上的樹枝拉下一大把，又掉在我新種的一塊花圃上。』

「我喜歡這個人，他似乎很幽默。我想，他這人起碼很直爽。於是我說：『醫生，我很抱歉弄壞了你的樹，還有那些新種的花，全都算在我頭上吧。不過，你或許想知道我在你的花園裡做什麼？』他回答『對』。『我想這件事確實需要解釋。首先我得聲明，我可沒有吸毒。』

「他露出微笑。『這是我的第一個推論，但不久我就改變了想法。對了，你是美國人，對吧？』我就把我的名字告訴他。『你呢？』

「『我是霍爾醫生，而這裡，你應該很清楚，是我的私人療養院。』

「我本來是不知道的，但我不想讓他知道。我很感激他提供的情報。我喜歡這個人，覺得他是個直腸子，可我不打算把來龍去脈告訴他，因為他可能根本就不相信。

「我立刻做了決定。我說：『啊，醫生，我想我看來一定像個大傻瓜，但是我應該讓你知道，我做的並不是比爾．賽克斯[2]的勾當。』接著我囉囉唆唆地說了一個女孩的事。我故弄玄虛，編了個她因為監護人太嚴格導致精神崩潰的故事，又說我好像在療養院的病人中

2　比爾．賽克斯（Bill Sikes）是英國作家狄更斯（Charles John Huffam Dickens, 1812-1870）小說《孤雛淚》（*Oliver Twist*）中一個下層階級的凶殘盜賊。

認出她來，所以演出了這齣夜間探險記。

「我想，他心中料想的正好就是這種故事，所以等我說完，他只是和氣地說：『真浪漫。』我接著又說：『醫生，你能不能對我坦誠相告？你的療養院裡，不管是現在還是之前，有沒有一個名叫珍．芬恩的年輕女孩？』他一面唸著這個名字，一面若有所思地說：『珍．芬恩？沒有這個人。』

「我非常懊惱，而且一定表現在臉上。『你確定嗎？』他說，『非常確定，賀士默先生。這個名字並不尋常，我不可能忘記。』

「這倒是事實。不過這也讓我有了下台階，我心裡有點希望我的搜尋就到此為止。最後我說：『只好這樣了。噢，還有一件事。我攀在那根爛樹枝上的時候，還以為我認出了一個老朋友，他正在和你院裡的護士說話。』我故意不提名字，因為魏廷頓很可能會在這裡用不同的稱呼，可是那醫生立即回答：『是不是魏廷頓先生？』我說：『就是他。他在這裡做什麼？可別告訴我他的精神有毛病。』

「霍爾醫生大笑。『他沒毛病。他是來看一個護士，她叫伊迪絲，是他的侄女。』我大聲說：『啊，真沒想到！他還在嗎？』『不，他馬上就回去城裡了。』我大喊：『好可惜！不過，或許我可以和他的侄女說說話……你剛說她的名字是伊迪絲小姐，對吧？』

「可是醫生搖搖頭。『恐怕這也不可能，今天晚上伊迪絲小姐也陪一個病人外出了。』我說：『看來我運氣不好。你有他城裡的地址嗎？我回家後想去拜訪他。』他說：『我不知道他的地址。如果你想要地址，我可以寫信給伊迪絲小姐。』我謝謝他，並說道：『請別告訴她是什麼人要他的地址，我想給他一個小小的驚喜。』

「這就是我到目前為止所做的一切。當然，如果那女孩真的是魏廷頓的侄女，她可能非常機靈不會掉進圈套，不過畢竟值得一試。接下來，我發了封電報給貝里福先生，告訴他我人在哪裡，如今因為腳扭傷躺在床上，如果他不忙，請他過來一趟。我的措辭必須戒慎小心。不過我沒收到他的回音，而且我的腳傷很快就好了；只是稍微扭到，並不是真正的扭傷。所以今天我向小個子醫生告別，請他在收到伊迪絲小姐的回信後告知我一聲，接著就立刻趕回城裡。陶品絲小姐，你的臉色怎麼這麼蒼白？」

「是因為湯米，」陶品絲說，「他可能出了什麼事呢？」

「振作一點，我想他一定沒事。他怎麼會有事呢？你想想，他跟蹤的是個長得像外國人的傢伙。說不定他們已經出了英國……到波蘭之類的地方去了？」

陶品絲搖搖頭。

「沒有護照和相關證件，他不可能出國。再說，我後來還見過那個男人，叫包羅思什麼的。昨天晚上他和范德邁夫人一起吃飯。」

「什麼夫人？」

「我忘了告訴你。當然，這一段你完全不知道。」

「我在聽，」朱立斯說，隨即說出他最喜歡的四個字。「說來聽聽。」

於是，陶品絲將過去兩天內發生的事情敘述了一番。朱立斯聽了驚訝不已，敬佩之情溢於言表。

「你真厲害！想不到你會去當傭人。想到這裡我就想笑！」接著他臉色一正，口裡說道：「不過，陶品絲小姐，坦白說我不喜歡現在這種情況，真的不喜歡。你的膽量不輸人，但我希望你不要插手此事。我們對抗的是一幫惡棍，他們隨時會像殺男人一樣殺死女人，毫不留情。」

「你以為我害怕嗎？」陶品絲憤然回答，勇敢地不去回想范德邁夫人冷酷無情的目光。

「我以前就說過，你非常有膽量，可是這改變不了事實。」

「噢，真是煩死我了！」陶品絲不耐地說，「我們想一想，湯米可能出了什麼事。我已經寫信給卡特先生告知他這件事。」

她把信的內容大致對朱立斯說了一遍。

朱立斯點點頭，臉色凝重。

「我想，事情到目前為止還算不錯。不過，我們應該採取行動，想點辦法才對。」

「我們能做什麼呢？」

陶品絲的精神慢慢振奮起來。

「我想我們最好去追蹤包羅思。你說他曾去你工作的地方，他有沒有可能再去？」

「可能吧，但我不確定。」

「這樣啊。嗯，我想我最好買輛車，一流的車，打扮成司機等在外頭。如果包羅思來了，你打個信號，我就去跟蹤他。這個主意如何？」

「好極了，但他也可能好幾個星期都不來。」

「我們得碰碰運氣。我很高興你喜歡這個計畫。」

他站起身來。

「你去哪裡？」

「當然是去買車，」朱立斯回答，狀甚驚訝。「你喜歡什麼牌子的車？我想，在整件事結束之前，你還可以搭車兜兜風。」

「啊，」陶品絲輕輕地說，「我喜歡勞斯萊斯，不過……」

「沒問題，」朱立斯立刻同意。「你說了算，我這就去買。」

陶品絲叫起來。

「可是你不可能立刻買到，買這種車有時候要等上好久好久。」

「我朱立斯可不用等，」賀士默先生胸有成竹。「你不要擔心，我半個小時後就把車開回來。」

陶品絲站起身。

「你真好，朱立斯，可是我總認為這樣做的希望渺茫，我其實是把希望寄託在卡特先生身上。」

「那我就不該把希望寄託在他身上。」

「為什麼？」

「只是我的一個想法。」

「噢，可是他非想辦法不可，我沒有別人可以指望。對了，我忘記告訴你，今天上午發生了一件奇怪的事。」

她將自己意外遇見詹姆斯．皮爾．艾格敦爵士的情形說了一遍，朱立斯很感興趣。

「你認為他是什麼意思？」他問。

「我不很清楚，」陶品絲一面思索一面說，「不過，我認為他是想警告我，只是他的方式很有律師風格：模稜兩可、在法言法、不懷成見。」

「他為什麼要警告你？」

「我不知道，」陶品絲承認。「但他看起來很慈祥，又是一副聰明絕頂的模樣。我不反對去找他，把一切向他和盤托出。」

朱立斯卻立刻加以否決，這令她有點吃驚。

「聽我說，」他說，「我們不能讓律師參與此事，任何律師都不行。那個人不可能對我們有任何幫助。」

「可是我認為他可以。」陶品絲固執地又說了一遍。

「你別想。再見，我半小時後回來。」

三十五分鐘後，朱立斯回來了。他拉著陶品絲的手臂，陪她走到窗前。

「車子在那裡。」

「噢！」陶品絲往下一望，看見一輛豪華大車，不禁帶著敬畏喊道。

「我可以告訴你，這可是最新款式。」朱立斯得意地說。

「你怎麼買得到呢？」陶品絲喘著大氣問。

「它正被送往某個要人的家。」

「所以呢？」

「我就跑到那個人家裡，」朱立斯說，「說我估計這款車子價值兩萬美元。接著我又說，如果他願意退讓，這輛車對我來說值五萬美元。」

「所以呢？」陶品絲說，欣喜欲狂。

「所以，」朱立斯回答，「他就把車讓了出來。就是這樣。」

# 12 患難之交

星期五和星期六平靜無波。陶品絲收到卡特先生一封簡短的回信。卡特先生在信中指出，青年冒險家公司自願冒險來承擔這項任務，而且事前也被充分告知危險性，如果湯米出了事，他深表遺憾，可是他愛莫能助。

這是冷冰冰的安慰。不知怎地，沒有了湯米，這場冒險好像洩了氣，而且陶品絲第一次對它能否成功感到懷疑。他們在一起的時候，她從未有過一絲懷疑。雖然她習慣帶頭，而且以自己的急智自豪，但她對湯米其實甚是依賴，只是她自己不知道罷了。湯米非常清醒、頭腦冷靜，判斷力和眼光不偏不倚，少了他，陶品絲覺得自己有如一艘無舵的船。奇怪的是，朱立斯無疑比湯米聰明許多，但就是不能讓她產生同樣的依賴感。她曾經指責湯米是悲觀主義者，確實，他總是看到不利之處和困難，而她對那些則是樂觀地視而不見，但她對湯米的判斷其實非常依賴。湯米腦筋或許動得慢，可是非常穩健。

陶品絲頭一回意識到，他們以輕鬆心態承擔下來的任務其實充滿艱險。一開始，它有如一頁浪漫小說，而今卻失去了當初的魅力，變成了冷酷的現實。湯米……才是最重要的。在白天，陶品絲多次毅然決然地眨著眼睛，硬是把淚水擠掉。「小傻瓜，」她提醒自己。「不要哭。你當然喜歡他，你已經認識他一輩子，可是，你沒有必要多愁善感。」

另一方面，包羅思也毫無消息。他沒有再到公寓來，朱立斯和汽車只是徒勞地在外面等待。陶品絲的腦袋瓜又有了新的構想，她承認朱立斯的反對自有道理，不過她並沒有完全放棄向詹姆斯．皮爾．艾格敦爵士求助的想法。確實，她甚至在紅皮書[3]上查過他的地址。那天他不是有意對她示警嗎？如果真是這樣，為什麼呢？她當然有權要求解釋，他看著她的眼神是如此溫柔，說不定他可以告訴他們一些范德邁夫人的事情，從中或許可以找到線索，得知湯米的下落。

不管怎麼說，陶品絲肩頭一如往常那樣一聳，認定這值得一試。她一定要去試試。星期日下午是她的外出假，她要去見朱立斯，說服他接受她的想法，然後兩人一起直搗虎穴。

星期日到來，勸服朱立斯幾乎耗盡了陶品絲的口舌，不過她態度堅定。「絕對不會有壞處。」她的結語永遠是這一句。朱立斯終於讓步，兩人開車去了卡爾頓豪斯街。

3　紅皮書（redbook）是英國官方出版的人名錄，因封面為紅色硬紙板而得名。

一個無懈可擊的男管家來開門，陶品絲有點緊張。再怎麼說，她這麼做說不定太厚顏了。她決定不問詹姆斯爵士是不是「在家」，而以私事為由求見。

「請你問問詹姆斯爵士，我能不能見他幾分鐘？我有個重要消息要告訴他。」

男管家退下，沒多久就回來了。

「詹姆斯爵士可以見兩位。請這邊走好嗎？」

他帶他們走進房宅後半部一個擺設有如書房的房間，其中收藏之豐令人讚嘆。陶品絲注意到，有一整面牆全部是有關犯罪和犯罪學的著作。房裡有幾張真皮的厚墊扶手椅，還有一個寬大的舊式壁爐。窗戶邊擺著一張有捲蓋的大書桌，桌面堆滿文件，主人就端坐在桌旁。

兩人進門後，他站起身來。

「你有個消息要告訴我？啊……」他認出陶品絲時露出微笑。「是你，對吧？我想，你是替范德邁夫人帶口信給我？」

「其實不是，」陶品絲說，「事實上，恐怕我必須那麼說才可能踏入這個屋子。噢，對了，這位是賀士默先生，這是詹姆斯．皮爾．艾格敦爵士。」

「幸會。」美國人一面說，一面伸出手來。

「兩位請坐。」詹姆斯爵士說完，拉來兩張椅子。

「詹姆斯爵士，」陶品絲放膽直言，「我敢說你一定認為我太厚臉皮，竟然如此冒昧找上門。因為這件事和你無關，而且你是個非常重要的人物，而我和湯米卻是無名小卒。」

她頓了頓，喘了口氣。

「湯米？」詹姆斯爵士問道，目光望向美國人。

「不是他，他是朱立斯，」陶品絲解釋，「我很緊張，所以說話辭不達意。我真正想知道的是，那天你對我說的話是什麼意思？你是想警告我要提防范德邁夫人嗎？你是這個意思，對吧？」

「親愛的小姐，就我記憶所及，那天我只是說，別處也可以找到一樣好的工作。」

「沒錯，我知道。但那是個暗示，對吧？」

「呃，也許是吧。」詹姆斯爵士承認，狀甚嚴肅。

「噢，我想多了解一些。我想知道你為什麼要給我暗示。」

詹姆斯爵士看見她認真的表情，不覺露出微笑。

「要是那位女士說我誹謗她，而把我告上法庭怎麼辦？」

「當然，」陶品絲說，「我知道律師總是十二萬分地小心。可是，難道我們不能先『心無成見』，接著再說我們想說的話？」

「噢，」詹姆斯爵士的微笑依然掛在臉上。「心無成見，那我就這樣說吧，如果我有個妹妹不得不去找工作謀生，我不會希望看見她去為范德邁夫人效命。我覺得我有責任給你暗示。對一個涉世未深的年輕女孩來說，那地方完全不適宜。我只能告訴你這個。」

「原來如此，」陶品絲若有所思地說，「非常謝謝你。不過，你知道，我並不是那麼的涉世未深。我去應徵工作的時候就很清楚，她不是好人……事實上，這就是我去她那裡工作的原因……」她突然停住話頭，看見律師臉上現出迷惑，於是繼續往下說：「詹姆斯爵士，我想我最好把一切都告訴你。我有種感覺，如果我沒說實話，你立刻就會知道，所以我乾脆一開始就讓你了解事情的來龍去脈吧。你認為呢，朱立斯？」

「既然你有心這麼做，那我會一五一十把實情都說出來。」一直坐在那兒一語不發的美國人回答。

「沒錯，把一切都告訴我吧，」詹姆斯爵士說，「我想知道湯米是誰。」

得到鼓勵後，陶品絲開始敘述，而大律師專心聽著。

「非常有意思，」待陶品絲說完，他說：「小姐，你告訴我的故事內容，我多半已經知道。我對這位珍．芬恩有我自己的一些看法。到目前為止，你們的表現非常出色，可是卡特先生——你們知道他是做什麼的吧——竟然讓你們兩個年輕人捲進這種事，這是極為不當的。順便問一聲，賀士默先生當初怎麼會涉入此事的呢？你剛才沒有說清楚。」

朱立斯自己回答了這個問題。

「我是珍的大表哥。」

他一面解釋，一面迎視大律師銳利的目光。

「這樣啊！」

「詹姆斯爵士，」陶品絲突然迸出一句。「你認為湯米出了什麼事？」

「嗯，」律師站起身，慢慢地來回踱步。「親愛的小姐，你們來的時候我正好在收拾釣具，打算搭乘夜班火車到蘇格蘭去釣幾天魚。但釣魚的種類包羅萬象，現在我想留下來，看看我們能不能找到那個年輕人。」

「啊！」陶品絲大喜過望，不覺雙手緊扣並叫道。

「話說回來，我剛說過，卡特安排你們這兩個小朋友去做這種事，實在太不妥當了。噢，別生氣，呃，小姐貴姓？」

「考利。璞丹絲．考利。不過我的朋友都叫我陶品絲。」

「噢，陶品絲小姐，既然我是你的朋友，當然要這麼稱呼你。請不要因為我覺得你太年輕而生氣。青春是一種弱點，但很容易就過去了。現在，關於你那位年輕朋友湯米……」

「怎麼樣？」陶品絲再度緊扣十指。

「坦白說，情況似乎對他不利。毫無疑問，他在不需要他的地方硬是冒出頭來。不過，別放棄希望。」

「這麼說，你真的要幫助我們？你看，朱立斯！他當初還不讓我來。」她又轉頭補上一句，作為解釋。

「嗯，」律師說，銳利的眼光再度瞄向朱立斯，不過這回是表示讚許。「你當初為什麼反對？」

「我是想，拿這種雞毛蒜皮的小事來麻煩你不太好。」

「原來如此，」他頓了頓。「這種你所謂的雞毛蒜皮的小事，直接關係到一樁大事，而且那樁大事的重要程度恐怕超過你或陶品絲小姐的想像。如果這個年輕人還活著，很可能可以提供我們非常有價值的情報。所以，我們必須找到他。」

陶品絲大聲說：「沒錯，可是怎麼找呢？我什麼法子都想過了。」

詹姆斯爵士微微一笑。

「有個人近在眼前，這人很可能知道湯米的下落，或是至少知道他可能在哪裡。」

「這人是誰？」陶品絲不解地問。

「范德邁夫人。」

「對，可是她絕對不會告訴我們。」

「啊，這就是我可以派上用場的地方。我想，我或許有辦法讓范德邁夫人把我想知道的告訴我。」

「怎麼做？」陶品絲又問，兩眼睜得大大的。

「噢，只要問她一些問題就好，」詹姆斯爵士回答，口氣甚是輕鬆。「你知道，那就是我們辦事的手法。」

他的手指輕敲著桌面，陶品絲再次感受到這人身上散發出的強大力量。

「要是她不說呢？」陶品絲突然問了一句。

「我想她會說的。我有幾個有力的法寶。話說回來，雖然她受賄的可能性微乎其微，但總是有可能。」

「那當然。這是我可以派上用場的地方！」朱立斯喊道，一拳捶在桌上。「你可以信賴我，如果需要，我拿得出一百萬美元來。沒錯，一百萬美元！」

詹姆斯爵士坐下，對他仔細打量了半晌，這才說道：「賀士默先生，這是一筆很大的數字。」

「沒錯，那些人可不是幾分錢就可以打發的。」

「依照目前的匯率，這筆錢超過二十萬英鎊。」

「確實如此。或許你以為我是在信口開河，不過我一定會穩穩地把錢送到，外加足夠的錢支付你的費用。」

詹姆斯爵士的臉微微泛紅。

「費用不是問題，賀士默先生，我不是私家偵探。」

「很抱歉。我想我是有點操之過急了，只是錢的問題一直讓我很不舒服。幾天前我想提出高額懸賞好得到珍的消息，不過貴國固執的蘇格蘭警場勸我別那麼做。他們說這種做法不可取。」

「他們說得可能沒錯。」詹姆斯爵士語帶諷刺地說。

陶品絲出來打圓場。

「可是對朱立斯來說，這完全行得通。他不是在扯你們後腿。他真的是家財萬貫。」

「是我老爸大把大把堆起來的，」朱立斯說，「現在，我們談正事吧。你有什麼點子？」

詹姆斯爵士思索片刻。

「沒時間可耽誤了。我們愈早出擊愈好。」他轉向陶品絲。「你可知道今晚范德邁夫人會不會出外吃飯？」

「會，我想她會，但她不會太晚回來。要不然她會帶著鑰匙出門。」

「那好，我會在十點左右去找她。你應該什麼時候回去？」

「大約九點半或十點，不過我可以早點回去。」

「無論如何你都不能早回去。如果你不在外面逗留到預定的時間，很可能會引人疑竇。你得等到九點半再回去。我會在十點左右到達。賀士默先生或許可以在樓下的計程車裡等候。」

「他有一輛勞斯萊斯。」陶品絲說，彷彿替他驕傲。

「那更好。如果我能從范德邁夫人口中套出地址，我們可以直接出發，如果有必要，還要帶她一起去。明白嗎？」

「明白，」陶品絲一陣雀躍地站起身來。「啊，我感覺好多了！」

「陶品絲小姐，不要期望太高，放輕鬆點。」

朱立斯轉過身來面對律師。

「那麼，我九點半左右開車來接你，好嗎？」

「這樣最好。沒有必要弄兩輛車在外頭等。陶品絲小姐，我給你一個忠告：去吃一頓豐盛的晚餐，一頓真正的大餐。還有，在你能插手幫忙之前，別想太多。」

他和他們握過手，不久兩人已來到屋外。

「他這人很可愛，對吧？」陶品絲一面輕快地走下台階，一面喜形於色地說，「噢，朱立斯，他好可愛，對吧？」

「呃，我承認他這人是有點料。當初我認為去找他不會有用，是我誤判了。喂，我們直接回麗緻飯店如何？」

「我得散散步，我太興奮了。請你在公園讓我下車，好嗎？還是你也想散散步？」

朱立斯搖搖頭。

「我要去加油，」他解釋道，「還要發一兩封電報出去。」

「好吧，七點我們在麗緻飯店見。到時候我們在樓上吃飯，我不能穿晚餐服露面。」

「沒問題，我會叫費立克幫我點菜，他好像是領班。回頭見。」

陶品絲先看看腕錶，接著邁開輕快的腳步，朝史朋廷街走去。現在是六點左右。她想到自己今天沒喝下午茶，不過因為太興奮了，並不感覺餓。她一直走到肯辛頓花園，再悠閒地循原路走回去，新鮮空氣加上運動，讓她的心情好極了。不過，要她遵從詹姆斯爵士的忠告，把晚上可能發生的事情拋諸腦後，這可不容易。眼看自己離海德公園的轉角愈來愈近，她簡直無法抵擋想返回南奧德利大樓的誘惑。

她下定決心。反正只是回去看看那棟大樓，不會有問題的。看一眼後，或許她就能耐下心來，乖乖等到十點。

南奧德利大樓一如往常。陶品絲也不知道自己期望看到什麼，不過大樓堅實牢固的紅磚多少緩和了她那無緣無故愈來愈不安的心情。她正待轉身離去，突然聽見一聲刺耳的哨音。

忠心耿耿的艾柏從大樓內朝她跑來。

陶品絲皺起眉頭。她不該讓人注意到自己出現在附近，這完全不在計畫之中。可是艾柏滿臉紅紫，難掩激動。

「我說，小姐，她要溜了！」

「誰要溜了？」陶品絲立刻問。

「那個壞女人，冷靜麗塔，范德邁夫人。她正在收拾東西，她剛傳話給我，要我替她叫部計程車。」

「什麼？」

陶品絲抓住他的臂膀。

「是真的，小姐。我想也許你還不知道。」

陶品絲叫道：「艾柏，你真棒。要是沒有你，這就讓她溜掉了。」

艾柏聽見讚美，高興得臉都紅了。

「沒時間了，」陶品絲邊說邊穿越馬路。「我得攔住她。不管付出任何代價，我都必須讓她留下來，直到……」她的話戛然而止。「艾柏，這裡有電話，對吧？」

男孩搖搖頭。

「大部分的住戶都有自己的電話，小姐。不過，街角處就有個電話亭。」

「你跑去電話亭，馬上去，撥個電話到麗緻飯店，找賀士默先生。如果你找到他，要他去聯絡詹姆斯爵士，然後立刻趕來這裡，因為范德邁夫人正打算溜走。如果你找不到賀士默先生，就撥個電話給詹姆斯．皮爾．艾格敦爵士，他的電話號碼在電話簿裡找得到，你把這裡的事情告訴他。這些名字你不會忘記吧？」

艾柏把那兩個名字複述了一遍，流利極了。

「你信任我，小姐，這事沒問題。可是你怎麼辦？你一個人應付她你難道不怕？」

「我不怕，沒事的。趕緊去打電話，快。」

陶品絲深吸一口氣，隨即進入大樓，直跑到樓上二十號的門外才停步。她不知道自己該如何在那兩個男人趕到前將范德邁夫人拖延住，可是無論如何她得拖住她，而且還得單槍匹馬完成這項任務。范德邁夫人為什麼要如此倉卒地離開？是不是對她起了疑心？

猜測無濟於事，陶品絲堅定地按了門鈴。她或許可以從廚娘口中套出一些話。

什麼動靜也沒有。等了幾分鐘後，陶品絲又去按門鈴，手指還在門鈴上壓了好一陣子。終於，她聽到裡頭響起了腳步聲。片刻後，范德邁夫人親自來開門，一看見她，兩道柳眉就挑得老高。

「是你？」

「夫人，我突然牙痛，」陶品絲說得很順。「所以我想回家來，安安靜靜地過一晚。」

范德邁夫人沒說話。她後退一步，讓陶品絲走進客廳。

「真可憐，」她口氣冰冷地說，「你最好上床睡覺去。」

「噢，我待在廚房就好，夫人。廚娘會……」

「廚娘出去了，」范德邁夫人說，口氣甚是不悅。「是我要她出去的。所以，你知道，你最好去睡覺。」

陶品絲突然感到害怕。她非常不喜歡范德邁夫人的語氣。更何況，這女人正慢慢將她逼入走道。陶品絲依然試圖轉圜，她轉過身來。

「我不想……」

只是一瞬間，冰冷的槍口已經抵住她的太陽穴，范德邁夫人的聲音聽來冰冰冷冷，也充滿威脅。

「你這個該死的小傻瓜！你以為我不知道嗎？不，不要回答。如果你抵抗或喊叫，我就像打狗一樣，一槍把你打死。」

頂在太陽穴的槍抵得更緊了。

「現在，你進去，」范德邁夫人又說，「這邊，進我的房間去。待會把你安置好之後，你就會照我告訴你的一樣，去睡覺。你會睡……啊，沒錯，我的小間諜，你會睡得很好！」

最後那句話透著一絲恐怖的快感，陶品絲打從心底泛起寒意。一時之間她無法可想，只好順從地走進范德邁夫人的臥室。那把手槍始終沒離開過她的額頭。臥室裡一片凌亂，衣服扔得到處都是，一口皮箱和一個帽盒只收拾了一半，放在地板的中間。

陶品絲力圖振作。她的聲音有些顫抖，但她鼓起勇氣大聲說：「少來了，胡說八道。你不會開槍打死我。因為整棟大樓的人都會聽見槍聲。」

「我願意冒這個險，」范德邁夫人得意地說，「但只要你不呼叫求救，你就沒事……諒你也不敢叫。你是個聰明的女孩，還真把我給唬住了，我絲毫沒有對你起疑。所以我相信你一定很清楚，現在的我是高高在上，而你是階下囚。聽著，去坐在床上，兩隻手高舉放在頭上。如果你愛惜自己的生命，手就別動。」

陶品絲只好服從。她敏銳的直覺告訴她，除了接受眼前的局勢外別無他法可想。如果她大喊救命，不但很難讓人聽見，而且范德邁夫人很可能會開槍打死她。另一方面，她能拖多久就多久，每分鐘都很寶貴。

范德邁夫人將手槍放在洗臉台邊伸手可及的地方，一雙眼睛依然像山貓一樣緊盯著陶品絲，以防她輕舉妄動。范德邁夫人從大理石架上取出一個封了口的小瓶，往一只玻璃杯裡倒了幾滴，接著將玻璃杯裝滿水。

「這是什麼？」陶品絲立刻問。

「是會讓你好睡的東西。」

陶品絲的臉色微微發白。

「你打算對我下毒？」她輕聲問。

「也許。」范德邁夫人說，臉上露出微笑。

「我不會喝的，」陶品絲斬釘截鐵地說，「我寧可被開槍打死。不管怎麼說，開槍會發出很大的聲響，有人可能會聽見。我不要像羔羊一樣，一聲不響地被殺掉。」

范德邁夫人一跺腳。

「別傻了！你真以為我希望背負著殺人罪名而被人大肆張揚、到處追緝嗎？如果你還算聰明，你會知道毒死你對我完全沒好處。這是安眠藥，如此而已。明天上午你會醒過來，而且毫髮無傷。我可不想費事把你綁起來或塞住你的嘴，除非我別無選擇，我可以告訴你，你不會喜歡那樣。如果我選擇那麼做，我會很粗暴。所以，當個乖女孩，喝下這杯水，你不會有事的，它一點也傷不了你。」

陶品絲內心深處是相信她的。她提出的理由確實不假。想暫時不讓陶品絲擋路，這是既簡單又有效的方法。不過，她想到自己一聲不吭、連爭取自由的嘗試都不做就乖乖去睡覺，心裡就老大不願意。她認為范德邁夫人一旦甩掉他們，找到湯米的最後一線希望也將化為烏有。

陶品絲反應很快。所有這些思緒如同閃電一般掠過她的腦海，她從中看見了機會，一個極其渺茫的機會。她決定使出全力，做最後的一搏。

她突然從床上滑下，屈膝跪在范德邁夫人面前，死命抓住她的裙子。
「我不相信你的話，」陶品絲呻吟道，「它是毒藥……我知道它是毒藥，噢，請不要逼我喝毒藥，」她扯開嗓門，近乎叫喊：「不要逼我喝毒藥！」
范德邁夫人手裡拿著玻璃杯，雙唇緊抿，低頭望著這突如其來的崩潰畫面。
「站起來，你這個小白癡！別再說傻話。我真想不出你當初怎麼有膽量假扮女傭，」她一跺腳。「站起來，我叫你站起來。」
可是陶品絲依然一面哭一面緊緊抱著她，還抽噎地說些請求憐憫的話。拖延每一分鐘都大有好處。更何況，她一面趴俯在地，還一面悄悄朝目標挪近。
范德邁夫人發出一聲不耐煩的叫喊，猛然把女孩一把拖到膝上。
「馬上喝下去！」
她把玻璃杯強壓在女孩嘴上。
陶品絲發出一聲絕望的呻吟。
「你發誓它不會傷害我？」
她還在爭取時間。
「它當然不會傷害你，別傻了。」
「你願意發誓嗎？」
「願意，願意！」那女人不耐煩地說，「我發誓。」

陶品絲伸出顫抖的左手，準備去拿玻璃杯。

「好吧。」

她怯怯地張開嘴巴。

范德邁夫人如釋重負地呼出一口氣，一時失去了警覺。這時候陶品絲快如閃電，奮力抓住玻璃杯往上一推，杯中的水濺在范德邁夫人臉上，就在她喘息的瞬間，陶品絲急速伸出右手，抓住放在臉盆台邊上的手槍。接著她一躍而起，往後退了一步，把手槍穩穩地握在手上，直指范德邁夫人的心臟。

在此勝利的時刻，陶品絲顯露的神情有點不符合運動員精神。

「現在，是誰高高在上，誰是階下囚？」她趾高氣揚地說。

對方的臉因為憤怒而扭曲。有那麼一剎那，陶品絲以為她會撲到自己身上，這會讓自己陷入難堪的困境，因為她本來打算就此打住，不能真的開槍。然而范德邁夫人勉強克制住了憤怒，一抹邪惡的冷笑慢慢爬上她的臉。

「你畢竟不是個笨蛋！你這一招夠帥的，女孩，不過你會為它付出代價……噢，沒錯，你會為它付出代價！我記性很好的！」

「我很驚訝，你竟然這麼容易上當，」陶品絲輕蔑地說，「你真以為我是那種會在地板上打滾求饒的女孩？」

「你會的……總有一天！」范德邁夫人意味深長地說。

她那冷冰冰、惡狠狠的態度令陶品絲感到整個背脊一陣冰涼，但她不打算屈服。

「我們坐下來吧，」她和顏悅色地說，「我們現在的局面顯得有點滑稽。不，不是坐在床上，拉張椅子到桌邊來。很好，現在，我會坐在你對面，手槍放在我面前……只是以防萬一，好極了。現在，我們來談一談。」

「談什麼？」范德邁夫人沉著臉說。

陶品絲一面注視著她，一面若有所思。她記起了幾件事，像是包羅思說的：「我相信你會出賣……我們！」而她一派輕鬆地回答：「價格一定得是天價才行。」沒錯，不過難道這沒有絲毫的可能？很久以前，魏廷頓不是問：「是誰洩的密，麗塔？」麗塔・范德邁會不會是布朗先生組織中的一個弱點？

陶品絲雙眼緊盯著對方的臉，一面靜靜回答：「談錢。」

范德邁夫人吃了一驚。她顯然沒料到會聽到這樣的回答。

「你是什麼意思？」

「我來告訴你。你剛才說，你的記性很好。記性好還比不上荷包滿滿！我敢說，心裡揣想用各種可怕的手段來對付我，這的確能讓你的情緒得到發洩，可是，那實用嗎？報復不會讓人滿足，大家都這麼說。可是，錢……」陶品絲重溫她最得意的信條。「錢不會令人失望，對吧？」

范德邁夫人語帶輕蔑地說：「你以為我是會出賣朋友的那種女人？」

「沒錯，」陶品絲立刻說，「如果價碼夠高的話。」

「你頂多出得起一百英鎊，微不足道！」

「不，」陶品絲說，「我的出價是：十萬英鎊！」

節儉的本性使然，她沒說出朱立斯提出的數目：整整一百萬美元。

范德邁夫人的雙頰變得通紅。

「你說什麼？」

她問，手指神經質地撥弄戴在胸前的胸針。這時候，陶品絲知道魚兒上鉤了，她頭一次覺得自己愛錢的本性很恐怖。這讓她對坐在對面的女人滋生出一種可怕的親近感。

「十萬英鎊。」陶品絲又說了一遍。

范德邁夫人眼中的光彩消失了。她往椅背上一靠。

「呸！」她說，「你沒有這筆錢。」

「沒錯，」陶品絲承認，「我沒有……可是我認識一個人，他有。」

「是誰？」

「我的一個朋友。」

「那他一定是個百萬富翁。」范德邁夫人說，一副不相信的口氣。

「事實上，他是個百萬富翁。他是美國人。他會付錢給你，一句話也不會囉唆。你可以相信我，這個建議是百分之百的誠心。」

范德邁夫人再度坐直身子。

「我是打算相信你。」她緩緩說道。

好一陣子兩人都沒開口，范德邁夫人終於抬起頭來。

「你這個朋友，他想知道什麼？」

陶品絲一時感到掙扎，不過那畢竟是朱立斯的錢，他的利益應當優先。

「他想知道珍．芬恩在哪裡。」她大膽地說。

范德邁夫人並不顯得意外。

「我不確定她現在在哪裡。」她回答。

「可是你查得出來？」

「噢，可以，」范德邁夫人的回答有點漫不經心。「這一點也不難。」

「還有，」陶品絲的聲音有些顫抖。「有個年輕人，他是我的朋友，我擔心他出了什麼事，這和你的夥伴包羅思有關。」

「他叫什麼名字？」

「湯米．貝里福。」

「沒聽過。不過我會問問包羅思。他會把他知道的都告訴我。」

「謝謝，」陶品絲覺得自己精神大振，因而激發了她更大膽的嘗試。「還有一件事。」

「什麼事？」

陶品絲身子前傾，壓低嗓門問道：「布朗先生是誰？」眼尖的她看見那張漂亮的臉驟然變得蒼白。范德邁夫人力圖鎮靜，想恢復原來的風度，但也只能故作鎮靜。

她聳聳肩膀。

「如果你不知道沒人知道布朗先生是誰，那你對我們的了解就不算多……」

「可是你知道他是誰。」陶品絲靜靜地說。

血色再度從女人的臉上消退。

「你為什麼會這麼認為？」

「我不知道，」女孩說的是實話。「不過我敢確定。」

范德邁夫人凝視前方良久。

「沒錯，」她終於嘶啞著聲音說，「我認識他。我以前很漂亮，你知道，非常漂亮……」

「你現在還是很漂亮。」陶品絲語帶羨慕地說。

范德邁搖搖頭，如電的藍色眼眸裡閃著一絲奇怪的光芒。

「不夠漂亮，」她說，聲音輕得駭人。「不，夠，漂，亮！有時候，尤其是最近，我一直在害怕……知道得太多是很危險的！」她的身子向前靠過來。「你要發誓，你不能把我的名字說出來……除了你我，任何人都不能知道。」

「我發誓。再說，一旦他被抓，你就脫離危險了。」

范德邁夫人臉上掠過一陣驚恐。

「是嗎，我能脫離危險嗎？」她抓住陶品絲的手臂。「你對錢的事有把握嗎？」

「很有把握。」

「我什麼時候可以拿到錢？絕對不能耽誤。」

「我的朋友隨時會到。他可能必須發個電報之類的，但他不會耽誤，他辦事效率奇高。」

范德邁夫人臉上的表情說明她下了決心。

「我會說的。這是一大筆錢，再說，」她露出一抹難以理解的微笑。「拋棄我這樣的女人，實在太不明智！」

好一陣子，她就這麼一邊微笑，手指一邊輕敲桌面。突然她緊張起來，臉色發白。

「那是什麼？」

「我什麼也沒聽見。」

范德邁夫人害怕的眼神東張西望。

「要是有人在偷聽……」

「胡說，誰會在這裡偷聽。」

「隔牆有耳，」對方的聲音近乎耳語。「我跟你說，我很怕。你不了解他！」

陶品絲安慰她。

「想想那十萬英鎊吧。」

范德邁夫人的舌頭在乾燥的嘴唇上舔了舔。

「你不了解他，」她嘶啞的聲音又說了一遍。「他是……啊！」

她發出一聲恐怖的尖叫，立刻跳了起來。她伸出手，越過陶品絲的頭向前指去。接著她身子一歪，跌在地板上昏死了過去。

陶品絲轉過頭去，想看看是什麼把她嚇成這樣。

只見門口處，站著詹姆斯．皮爾．艾格敦爵士和朱立斯．賀士默。

# 13 守夜

詹姆斯爵士從朱立斯身邊擦過，急急彎腰去看這個倒臥在地的女人。

「心臟病，」他立刻說，「她一定是因為突然看見我們而休克了。白蘭地，快，不然我們就要失去她了。」

朱立斯匆匆走向洗臉台。

陶品絲轉過頭對他說：「不在這裡，在餐廳的酒瓶架上。沿著走道一直走，第二個門就是了。」

詹姆斯爵士和陶品絲扶起范德邁夫人，把她抬到床上。他們拿水輕灑她的臉，可是沒用。律師以手指摸摸她的脈搏。

「分秒必爭，」他低聲說，「希望那年輕人趕緊把白蘭地拿來。」

就在這時候，朱立斯走了進來，手中端著一個裝有半杯酒的玻璃杯。他將杯子遞給詹姆斯爵士。陶品絲扶起女人的頭，律師往她緊閉的雙唇間灌進一點酒。女人終於虛弱地張開雙眼，陶品絲把杯子湊到她嘴邊。

「把這個喝下去。」

范德邁夫人順從地喝了。白蘭地將血色帶回她蒼白的雙頰，她奇蹟似的甦醒過來。她試著坐起來，呻吟一聲又倒了下去，一隻手放在身體一側。

「我的心臟，」她低聲說，「我不能說話。」

她閉起雙眼，又躺了回去。

詹姆斯爵士的手指繼續在她的手腕上按了一分多鐘，這才點點頭，縮回手來。

「她沒事了。」

三人一起走開，站在一旁低聲交談。每個人都感到掃興，目前顯然是不可能對這女人進行訊問。他們一時給難住了，可是束手無策。

陶品絲告訴他們，范德邁夫人表示願意揭開布朗先生身分之謎，也同意去查明珍．芬恩的下落後把結果告知他們。朱立斯對此表示祝賀。

「很好，陶品絲小姐。好極了！我想，對那個女人來說，十萬英鎊在明天早上和今晚到手都是一樣美妙。沒什麼好擔心的，不過我敢打賭，沒看到錢她是不會說的。」

這句話確實很有道理，陶品絲感到一絲安慰。

「你說得沒錯，」詹姆斯爵士一面思索一面說，「不過我得承認，我真希望你們的談話沒有因為我們闖進來而被打斷。話說回來，這麼想也無濟於事，現在只有等到明天早上了。」

他放眼望向床上那個靜臥的人影。范德邁夫人閉著眼睛，動也不動地躺在那裡。他搖搖頭。

「好吧，」陶品絲說，語氣盡量輕快。「我們必須等到早上，就是這樣。不過，我想我們不應該離開公寓。」

「要你那個靈光的小徒弟過來守著她如何？」

「你是說艾柏？要是她醒過來設下圈套，艾柏可擋不住她。」

「我想她不會把錢推得遠遠的。」

「說不定她會，她好像很怕布朗先生。」

「什麼？她真的那麼怕他？」

「沒錯，她東張西望，甚至說隔牆有耳。」

「或許她是指竊聽器？」朱立斯說，語氣透著興趣。

「陶品絲小姐說得對，」詹姆斯爵士輕聲說，「為了范德邁夫人，我們不該離開這裡。」

朱立斯瞪著他。

「你認為布朗先生會追擊她？從現在起到明天上午這段時間？可是他怎麼可能知道這裡的事？」

「你忘了你自己提到的竊聽器，」詹姆斯爵士語帶諷刺。「我們的對手是很可怕的。我相信如果我們謹慎行事，他很有可能會落入我們手裡。但我們不能疏忽，要做好防範。我們有個重要的證人，她必須受到保護。賀士默先生，我建議陶品絲小姐去睡覺，而你和我輪流守夜。」

陶品絲正待開口抗議時，不經意地朝床上瞄了一眼，只見范德邁夫人兩眼半睜半閉，她臉上那種恐懼與惡毒交織的表情，讓陶品絲硬是把嘴邊的話吞了回去。

一時之間，陶品絲懷疑范德邁夫人的昏死和心臟病突發是個大騙局，可是一想起當時她那死白的臉色，很難相信那是裝出來的。她再定睛一看，那種表情已經像魔術一般消失了。范德邁夫人靜臥在床，一動不動地躺著，就像先前一樣。一時之間，陶品絲心想那張臉一定是自己幻想出來的。不過，她決定無論如何要提高警覺。

「好吧，」朱立斯說，「我想，無論如何，我們得想個辦法再離開這裡。」

其餘二人同意他的建議。詹姆斯爵士又摸了摸范德邁夫人的脈搏。

「非常令人滿意，」他壓低嗓門對陶品絲說，「只要休息一個晚上，她就會完全恢復。」

陶品絲在床邊躊躇了片刻。先前那女人的緊張神情讓她大為吃驚，也留給她很深的印象。范德邁夫人抬起眼皮，像是掙扎著想說什麼。陶品絲彎下身去。

「不要……離開……」她好像說不下去了，只含糊不清地說了「想睡覺」之類的話。她張開嘴又試了一次。

陶品絲把身子彎得更低。那聲音有如遊絲。

「布朗……先生……」聲音停了。

可是，她半睜半閉的眼睛好像還在發出痛苦的訊息。

女孩感到一股衝動，立刻說道：「我不會離開公寓，我會守著你一整夜。」

范德邁夫人閉上眼睛前，臉上閃過一絲如釋重負的表情。現在她顯然是睡著了，但她的話在陶品絲的心裡掀起新的不安。那句有如耳語的話是什麼意思？「布朗先生」？陶品絲緊張地回頭猛看。出現在她眼前的大衣櫥，看起來頗為陰森。那衣櫃大得足以讓一個男人藏在裡面……陶品絲為自己的膽小感到羞愧，她打開衣櫃門往內張望，沒有人，當然沒人！她又蹲下去看床底。不可能有藏身之處。

陶品絲又做出她的招牌動作，把肩膀一聳。真是荒謬，這麼神經緊張！她慢慢走出房間，朱立斯和詹姆斯爵士正在低聲交談，詹姆斯爵士轉過身望著她。

「請從外面把門鎖上，陶品絲小姐，把鑰匙取出來。這樣任何人都不可能走進那個房間。」

他慎重其事的態度讓他們感到事態嚴重，陶品絲為剛才一陣神經緊張而羞愧的心情因此減輕了些。

「喂，」朱立斯突然說，「陶品絲靈光的小徒弟呢？我想我最好下去安慰安慰他稚嫩的心靈。他這個小孩可真不賴，陶品絲。」

「對了，你們是怎麼進來的？」陶品絲突然問了一句。「我剛剛忘了問。」

「噢，艾柏用電話聯絡到我，我就跑去找詹姆斯爵士，兩人就直接到這裡來了。你的小徒弟替我們把風，他還擔心你會不會出事。他一直在公寓門外偷聽，可是什麼也沒聽見。總而言之，他建議我們搭運煤的電梯上來，不要按鈴。果然，我們到了碗碟儲藏室，直直走來就找到了你。艾柏還在樓下，這時候一定急得跳腳。」

話一說完，朱立斯就匆匆走了。

「聽著，陶品絲小姐，」詹姆斯爵士說，「你比我更熟悉這個地方，你建議我們在哪裡當據點最好？」

陶品絲思索了好半晌。

「我想，范德邁夫人的小客廳最舒適。」她終於開口說道，隨即在前帶路。

詹姆斯爵士帶著讚許的目光四下環顧。

「這裡很好。現在，我親愛的小姐，你得上床去好好睡一覺。」

陶品絲堅決地搖搖頭。

「我不能睡，謝謝你，詹姆斯爵士。我整晚都會夢見布朗先生！」

「可是你會累壞的，孩子。」

「不，我不會。我寧可不睡，真的。」

律師讓步了。

幾分鐘後，朱立斯回來了，他平息了艾柏的疑慮，還十分慷慨地獎賞了他的服務。他也勸不動陶品絲去睡覺，於是毅然說道：「無論如何，你得馬上吃點東西。食品櫃在哪裡？」

陶品絲指給他看，幾分鐘後他拿來一個冷餡餅和三個盤子。

吃飽後，女孩對自己半小時前的想法嗤之以鼻。金錢的誘惑不可能會失敗。

「現在，陶品絲小姐，」詹姆斯爵士說，「我們來聽聽你的冒險經歷。」

「沒錯。」朱立斯跟著附和。

陶品絲帶著幾分志得意滿，將她的冒險故事敘述一番，朱立斯不時插進一聲讚嘆：「厲害！」詹姆斯爵士則是一語不發，等她說完後才輕聲開口道：「幹得好，陶品絲小姐。」

他的讚美讓陶品絲高興得紅了臉。

「有件事我不明白，」朱立斯說，「為什麼她會打算開溜呢？」

「我不知道。」陶品絲承認。

詹姆斯爵士一面摩挲著下巴，一面若有所思。

「房間裡亂七八糟，看來她想開溜並非出於事前的謀畫，她似乎是從某人處得到一個突如其來的警告。」

「我想，八成是從布朗先生那裡吧。」朱立斯語帶調侃。

律師盯著他看了一兩分鐘。

「有何不可？」他說，「別忘了，你自己也曾是他的手下敗將。」

朱立斯氣得滿臉通紅。

「每當我想到自己像一頭羔羊般乖乖地把珍的照片拿出來交給他，我就覺得快要抓狂。要是我重新拿回照片，我會永遠抓著它不放！」

「要重新拿回照片，機會可是非常渺茫。」律師的語氣透著諷刺。

「我想你說得對，」朱立斯快人快語。「不管怎麼說，我要找的是照片的本人。你認為她現在可能在什麼地方，詹姆斯爵士？」

律師搖搖頭。

「這沒法說。不過，我很確定她曾經去過一個地方。」

「是嗎？什麼地方？」

詹姆斯爵士露出微笑。

「就在你夜間探險的地方，伯恩茅斯療養院。」

「療養院？不可能，我問過了。」

「不，親愛的賀先生，你是問有沒有一個叫作珍・芬恩的人去過那裡。可是如果那女孩真的被安置在那裡，勢必用的是假名。」

「真有你的，」朱立斯大聲說，「我從來沒想到這一點！」

「這非常顯而易見。」爵士說。

「說不定醫生也參了一腳。」陶品絲說。

朱立斯搖搖頭。

「我想不會，我一見到那個醫生就喜歡。不，我相信霍爾醫生沒問題。」

「你說那醫生的名字是霍爾？」詹姆斯爵士問，「那就奇怪了，真的非常奇怪。」

「為什麼？」陶品絲問。

「因為今天早上我正好遇見他。我和他相識好多年了，不過只是淺交，而今天早上我在街上碰見他。他告訴我，他住在梅特波飯店，」他轉身對朱立斯說：「難道他沒告訴你他要進城？」

朱立斯搖搖頭。

「奇怪，」詹姆斯爵士思索道，「今天下午你沒提到他的名字，要不然我會建議你帶著我的名片去找他，好得到更多情報。」

「我想我真是個笨蛋，」朱立斯說，語氣中透著在他身上不常見的謙遜。「我應該想到他們改名換姓的手法。」

「你從樹上摔下來，怎麼可能想到這麼多？」陶品絲大聲說道，「我相信換作其他任何人，早就當場摔死了。」

「唉，反正現在也無關緊要了，」朱立斯說，「范德邁夫人現在在我們手上，這才是我們需要的。」

「對。」陶品絲說，可是聲音聽來並不確定。

三人靜默了一陣。睡魔慢慢籠罩住他們。家具偶爾發出嘎嘎聲，窗簾也沙沙作響，陶品絲突然跳起來，大聲叫道。

「布朗先生現在就在公寓裡某個地方。我感覺得到！」

「陶品絲，他怎麼可能在這裡？這扇門就開向客廳，任何人從前門進來，我們都看得見也聽得見。」

「可是我覺得他現在就在這裡！這種感覺揮之不去。」

她懇求似地看著詹姆斯爵士，而他嚴肅地回答：「陶品絲小姐，我很尊重你的感覺，但我看不出如果有別人在這公寓裡，我們怎麼可能不知道。」

他的話讓陶品絲感到些許安慰。

「熬夜不睡覺往往會讓人神經兮兮。」她承認。

「沒錯，」詹姆斯爵士說，「我們的處境有如置身一場降靈會，如果現在這裡有靈媒，我們很可能會有豐碩的收穫。」

「你相信靈異之說？」陶品絲問，眼睛睜得老大。

律師聳聳肩。

「毫無疑問，其中確有幾分道理。不過大多數的證詞都經不起證人席的檢驗。」

時間一分一秒過得很慢。晨曦初現，詹姆斯爵士拉開窗簾。他們看見太陽冉冉升起，照耀著依然沉睡的城市，能看見這種景象的倫敦人並不多。隨著光明來臨，昨夜的種種恐懼和胡思亂想顯得荒唐可笑。陶品絲的情緒恢復了正常。

「萬歲！」她說，「今天會是極為美好的一天！我們會找到湯米，還有珍．芬恩，一切都會很順利。我要問問卡特先生，我可不可能受勳成為女爵士！」

七點鐘，陶品絲自願去沏茶。她端著托盤回來，上頭有一只茶壺和四個茶杯。

「另外一個茶杯是給誰的？」朱立斯問。

「當然是我們的囚犯。我想我們可以這麼稱呼她吧？」

「送茶給她喝，這好像和昨晚的表現有如天壤之別。」朱立斯若有所思地說。

「沒錯，確實如此，」陶品絲承認。「不過，反正事情就是這樣。你們兩個要不要一起來？免得她向我撲過來或是怎麼樣。你知道，我不知道她醒來後的心情會是如何。」

詹姆斯爵士和朱立斯陪她走到門邊。

「鑰匙呢？啊，當然，在我身上。」

她將鑰匙插入鎖孔一轉，接著停頓片刻。

「要是她跑掉了呢？」她喃喃自問。

「絕不可能。」朱立斯向她保證。

而詹姆斯爵士什麼也沒說。

陶品絲深吸一口氣，走進房間。她看見范德邁夫人依然躺在床上，不覺鬆了一口氣。

「早安，」她開心地問候。「我替你送茶來了。」

范德邁夫人沒有回答。陶品絲把茶杯放在床邊的小桌上，走到窗邊把窗簾拉開。當她轉過身來，范德邁夫人依然動也不動地躺著。一陣恐懼突然攫住她，陶品絲跑到床邊。她執起范德邁夫人的手，那隻手已經冰冷。范德邁夫人永遠不能說話了。

兩個男人聽見她的叫喊，急急忙忙走過來。范德邁夫人死了……想必已經死了好幾個鐘頭。她顯然是在睡夢中死去的。

「真是倒楣到家了。」朱立斯絕望地大叫。

律師比較冷靜，可是他的眼神透著一絲奇異的光芒。

「這恐怕不是運氣的關係。」他回答。

「你該不會是認為……可是，那怎麼可能，沒有人進得來。」

「確實，」律師說，「我也不知道他們怎麼進得來。話說回來，她正要說出布朗先生是誰就死了。難道這純粹是巧合？」

「可是，怎麼會……」

「沒錯，怎麼會這樣！我們必須查個清楚。」

他默默佇立半晌，一面摩挲著下巴。

「我們一定要查清楚。」他輕聲說。

陶品絲有個感覺，如果她是布朗先生，她不會喜歡這幾句話的語調。

朱立斯的目光朝窗口望去。

「窗子是開著的，」他說，「你認為……」

陶品絲搖搖頭。

「陽台只通到小客廳那裡就沒了，昨晚我們就在小客廳裡。」

「那人可能已經溜了出去……」朱立斯說。

詹姆斯爵士打斷他。

「布朗先生的手法不會那麼粗糙。現在，我們應該去請醫生來。不過在找醫生之前，這個房間裡可有什麼對我們有價值的東西？」

三人手忙腳亂地搜尋了一番。壁爐中的灰燼顯示范德邁夫人在逃跑前燒了一些文件。他們也搜了其他房間，不過沒找到任何重要的東西。

「你們看，那裡，」陶品絲突然說，一面指著牆上一個舊式的小保險櫃。「我相信那是用來裝珠寶的，不過裡頭或許有其他東西。」

鑰匙就插在鎖孔上，朱立斯立刻旋開保險櫃的小門，在裡頭搜索了好一陣。

「怎麼樣？」陶品絲不耐煩地問。

片刻後才聽到朱立斯的回答。他從保險櫃縮回頭，關上保險櫃的門，口裡說道：「什麼也沒有。」

他們匆匆忙忙請了個醫生來。五分鐘後，一個身手敏捷的年輕醫生就趕到了。當他認出詹姆斯爵士後，顯得畢恭畢敬。

「心臟衰竭，也可能是安眠藥過量，」他的鼻子嗅了嗅。「空氣中有種氣味，很像是三氯乙醛。」

陶品絲想起她之前打翻的玻璃杯。她心念一動，快步走到洗臉台處，並且找到了范德邁夫人曾經倒出幾滴藥水的小瓶。

原本四分之三滿的小瓶，現在已經空了。

# 14 調查

拜詹姆斯爵士巧妙處理之賜，一切都安排得乾淨俐落。對陶品絲來說，沒有比這個更令人驚奇和不解的了。對於范德邁夫人不小心服用過量三氯乙醛的說法，年輕醫生輕易就接受了。他不確定是否需要驗屍，如果必要，他會告知詹姆斯爵士。據他了解，范德邁夫人原本隔天就要出國，她的僕人是否已經離去？詹姆斯爵士和他的兩個年輕朋友來看她，她突然發病倒地，他們不願留下她單獨一人，因此在公寓裡待了一晚。他們可知她有任何親戚？不知道，不過詹姆斯爵士請醫生去找范德邁夫人的律師問問。

未幾，一個護士來料理後事，其餘人都離開了這座不祥的大樓。

「現在怎麼辦？」朱立斯擺出絕望的姿勢。「我想我們永遠沒希望了。」

詹姆斯爵士若有所思地摩挲著下巴。

「不對，」他輕聲說，「還是有機會的，霍爾醫生或許可以告訴我們一些事情。」

「唉！我把他給忘了。」

「機會很小，但也不容忽視。我想我告訴過你們，他住在梅特波飯店。我建議我們盡早去找他，洗完澡吃完早餐就去，好嗎？」

大家說好，陶品絲和朱立斯先回麗緻飯店，然後開車來接詹姆斯爵士。一切都按計畫進行，十一點剛過，三人便驅車來到梅特波飯店門口。他們開口說要找霍爾醫生，一個小弟就去找他。幾分鐘後，小個頭醫生匆匆忙忙向他們走來。

「霍爾醫生，請你挪出幾分鐘時間給我們，可以嗎？」詹姆斯爵士和顏悅色地說，「容我為你介紹，這位是考利小姐。至於賀士默先生，我想你已經認識了。」

醫生和朱立斯握手時，目光透著疑問。

「啊，沒錯，是我那個從樹上掉下來的年輕朋友！腳踝沒問題了吧？」

「多虧你的精心治療，腳傷已經好了，醫生。」

「心呢？哈！哈！」

「依然尋找之中。」朱立斯答得簡短。

「言歸正傳，我們能和你私下談談嗎？」詹姆斯爵士問。

「當然可以。我知道這裡有個房間，在那裡不會有人打擾我們。」

醫生在前帶路，其他人尾隨。大家就座後，醫生以詢問的眼神望向詹姆斯爵士。

「霍爾醫生，我急著要找一個年輕女孩，希望從她那裡得到一份陳述。我有理由相信，她曾在你伯恩茅斯的療養院待過。我向你詢問此事，希望沒有逾越你的職業規範。」

「我想，事情應該和作證有關吧？」

詹姆斯爵士猶豫片刻，然後回答：「是的。」

「那我很樂意向你提供在我權限內的任何訊息。那位年輕女孩叫什麼名字？我記得賀士默先生也曾問過我……」

他半轉過身來，望著朱立斯。

「姓名，」詹姆斯爵士直言道，「其實無關緊要。她被送到你那裡的時候，很可能是用假名。不過我想知道，你認不認識一位范德邁夫人？」

「范德邁夫人，住在南奧德利大樓二十號的那位？我對她稍有了解。」

「你不知道出事了嗎？」

「你是什麼意思？」

「你不知道范德邁夫人已經死了？」

「啊！天哪！我完全不知道，什麼時候的事？」

「昨天晚上，她服了過量的三氯乙醛。」

「是故意的嗎？」

「大家認為她是不小心服用過量，但我個人不這麼認為。不管是什麼原因，有人今天早上發現她死了。」

「真慘，一個出眾的大美人，我想她是你的朋友吧，因為你對這些細節這麼熟悉。」

「我之所以熟悉這些細節，是因為……呃，是我發現她死了。」

「真的？」醫生吃驚地說。

「是的。」詹姆斯爵士一面說，一面若有所思地摩挲著下巴。

「這確實是個不幸的消息，不過請你見諒，我不懂這和你要詢問的事有何關聯？」

「它和那件事的關聯是這樣的：范德邁夫人曾將她一個年輕的親戚託你照顧，對吧？」

朱立斯身體前傾，一臉急切。

「確有此事。」醫生輕聲說道。

「病人用的是什麼名字？」

「珍妮特．范德邁，我以為她是范德邁夫人的侄女。」

「她是什麼時候來找你的？」

「我記得是在一九一五年的六月或七月。」

「她精神有問題嗎？」

「她的神智完全正常，如果你是這個意思的話。我從范德邁夫人口中了解到，露西塔尼亞號客輪沉沒的時候，女孩和她都在那艘船上，結果女孩的精神嚴重受創。」

「我們摸對路子了，我想？」

詹姆斯爵士望望四周的人。

「我以前就說過，我是個笨蛋！」朱立斯說。

醫生好奇地看著他們。

「你說你希望聽取她的陳述，」他說，「如果她不能給你呢？」

「為什麼？你剛說她神智完全正常。」

「她的神智正常，可是如果你想聽她陳述一九一五年五月七日之前的事件，她都說不出來。」

他們瞪著這個小個子男人，呆若木雞。醫生卻得意地點點頭。

「很可惜，」他說，「非常可惜，尤其據我推測，詹姆斯爵士，這件事情一定很重要。但事實就是如此，她不可能告訴你們任何事情。」

「可是為什麼呢，老兄？該死，為什麼呢？」

小個子男人仁慈的目光轉向情緒激動的美國青年身上。

「因為珍妮特．范德邁已經完全喪失了記憶！」

「什麼？」

「一點也沒錯。這是個有趣的病例，非常有趣。其實這種事不如你們想像的那麼不尋常，有好幾個非常有名的病例都和這起類似。這起病例是我親自觀察到的首例，我得承認，實在非常有趣。」小個子男人流露出有如嗜屍般的自得情緒。

「她什麼都不記得了。」詹姆斯爵士緩緩說道。

「只要是一九一五年五月七日以前的事，她都不記得。至於那天以後的事，她的記憶和你我一樣好。」

「那麼，她記得的第一件事是什麼？」

「是和倖存者一起登陸。至於之前的一切，全都一片空白。她不知道自己的姓名、從何處來，也不知道自己身在何處，她甚至不能說自己的母語。」

「這一切難道不是非同尋常？」

朱立斯打了個岔。

「不，這位先生，在某種情況下這是非常正常的。神經系統一旦受到嚴重刺激，記憶幾乎就會同時喪失。當然，我曾經為范德邁夫人建議過一位專家——巴黎有個高手，他就是研究這些病例。可是范德邁夫人不同意，說那樣很可能會把事情傳揚出去。」

「可想而知，她不會同意。」詹姆斯爵士說，面帶慍色。

「我同意她的看法。這些病常會讓人聲名狼藉，而這女孩如此年輕，才十九歲吧，我想，如果她這種病被傳揚開來很可惜，很可能會傷害到她的前途。更何況，這種病尚無特殊的療法可循。其實，只有等待一途。」

「等待？」

「是的，記憶遲早會恢復……就像喪失記憶一樣的突然。不過，這女孩很可能會完全忘記其中的一段時期，只重拾當初她記憶中斷的片刻……露西塔尼亞號沉沒時。」

「你認為這種情況什麼時候會發生？」

醫生聳聳肩膀。

「啊，我無法預測。有時候要幾個月，有時候據我所知可以長達二十年！有時候再受一次刺激後就會恢復記憶。再度受刺激往往能恢復前一次刺激時所喪失的記憶。」

「再受一次刺激，嗯？」朱立斯若有所思地說。

「確實如此，美國科羅拉多州就有過這樣的病例……」小個子男人的聲音似乎愈來愈遠，雖然熱切但聽不真切。

朱立斯似乎沒在聽，他深陷於自己的思緒中，雙眉緊鎖。接著，他突然從沉思中清醒過來，拳頭往桌面用力一拍，砰然一聲嚇得每個人都跳起來，尤其是醫生。

「我明白了！醫生，我要把你的醫學觀點用在我擬定的計畫中。如果珍再度飄洋過海，再次經歷同樣的事情，潛水艇、沉船、大家爭著登上救生艇等等，這樣應該會有效吧？這應該會對她潛意識中的自我產生劇烈衝擊……不管專有名詞怎麼說，然後立刻恢復功能，對吧？」

「非常有趣的推論，賀士默先生。依我之見，你的推論成立。不幸的是，你建議的那些條件完全沒有重演的可能。」

「醫生，靠自然或許不能，不過我說的是藝術。」

「藝術？」

「沒錯，這有什麼難的？租一艘客輪……」

「租一艘客輪！」霍爾醫生輕聲說。

「雇一些旅客，租一艘潛水艇……我想，這是唯一的困難之處。各國政府對於戰爭武器多半比較保守，他們不會輕易把武器賣給第一個出價的人。不過，我想這是可以克服的。聽過『移花接木』這個成語嗎，各位？這種伎倆屢試不爽！我想我們不必真的發射魚雷。只要大家你推我擠，大叫船正在下沉，對珍這樣單純的女孩來說已經足夠了。待她套上救生圈，被擠上救生艇，一大堆演技精湛的表演藝術家在甲板上施展出歇斯底里的演技，她便可立刻回到一九一五年五月當時的情景。這個計畫大綱如何？」

霍爾醫生看著朱立斯，他無法言傳的一切在目光中表露無遺。

「不，」朱立斯迎著霍爾醫生的目光。「我沒發瘋，這種事完全可行。在美國，每天都有人為了拍電影而這麼做。難道你們沒看過銀幕上的火車相撞？買火車和買輪船有什麼不一樣？道具到手後，你就可以馬上行動！」

霍爾醫生總算插上話。

「但是，親愛的先生，你得考慮費用。」他提高嗓門。「費用，費用非常之高！」

「我一點也不擔心錢的問題。」朱立斯回得簡短。

霍爾醫生帶著懇求的表情轉向詹姆斯爵士，詹姆斯爵士只是淡淡一笑。

「賀士默先生非常有錢，真的非常有錢。」

醫生的目光又回到朱立斯身上，這回換上了一種微妙的新眼神，朱立斯不再是個老愛從樹上摔下來的古怪年輕人。醫生的目光顯現出對這位大富翁的尊敬。

「非常出色的計畫，非常出色，」醫生低聲說，「電影，當然！這是你們美國人對我們劇院的稱呼，很有意思。恐怕我們英國的表現手法有點落伍了。你真的打算將你出色的計畫付諸實行？」

「當然是真的，你可以拿你全部的錢和我打賭。」

醫生相信了他……這是對他國籍的肯定。如果提出這種建議的是個英國人，醫生會深深懷疑，不知對方神智是否正常。

「我想我應該說清楚，」他直言道，「我不敢保證會治好。」

「沒問題，」朱立斯說，「你只要把珍帶出來，其他的包在我身上。」

「珍？」

「珍妮特．范德邁小姐。我們是打個長途電話到你那裡去，請他們把她送來，還是我開車去接她？」

醫生愣住了。

「請原諒，賀士默先生，我還以為你知道。」

「知道什麼？」

「那位范德邁小姐已經不由我照顧了。」

# 15 求婚

朱立斯跳起來。

「什麼？」

「我還以為你知道。」

「她是什麼時候離開的？」

「讓我想想。今天是星期一，對吧？那一定是上星期二了，呃，沒錯，就在你，呃，你從樹上摔下來的同一天晚上。」

「是那天晚上？在我摔下之前還是之後？」

「我想想……啊，想到了，是之後。我收到一封來自范德邁夫人的緊急信件，所以那位小姐和負責照料她的護士就搭乘夜班火車離開了。」

朱立斯重重跌坐在椅子上。

「護士伊迪絲……跟一個病人一起離開了，我記得。」他喃喃自語。「老天，我們曾經近在咫尺！」

霍爾醫生似乎十分困惑。

「我不懂，難道那位小姐現在並沒有和她的姑媽在一起？」

陶品絲搖搖頭。她正待開口，詹姆斯爵士警告的眼神讓她閉上了嘴。律師站起身來。

「非常謝謝你，霍爾，對於你告知我們的一切，我們都很感激。恐怕我們得重新追查范德邁小姐的行蹤了。那位陪伴她的護士怎麼樣？我想你不知道她現在在哪裡吧？」

醫生搖搖頭。

「事實上，我們一直沒有她的消息，我本來以為她會陪伴范德邁小姐好一段時間。不過到底發生了什麼事，那女孩該不會被人綁架了吧？」

「這尚待查明。」詹姆斯爵士說，臉色凝重。

醫生躊躇片刻。

「你認為我該不該去報警？」

「噢，不必，那位年輕小姐八成是和她的親戚在一起。」

醫生不太滿意，但他看得出詹姆斯爵士是存心不想多說。醫生知道想從這位著名的王室法律顧問身上套出更多消息只是徒勞，於是起身送客。三人離開了旅館，站在車子旁邊交談了幾分鐘。

「真令人抓狂，」陶品絲大聲說，「想想看，朱立斯和她竟然曾經在同一個屋簷下共處了好幾個鐘頭。」

「我真是個十足的白癡。」朱立斯沮喪地說。

「你那時候又不知道，」陶品絲安慰他，又對詹姆斯爵士說：「他怎麼可能知道，你說對吧？」

「我勸你不要擔心，」詹姆斯爵士柔聲說，「你知道，為打翻的牛奶哭泣是沒有用的。」

「重要的是下一步該怎麼做。」務實的陶品絲說。

詹姆斯爵士聳聳肩膀。

「你可以刊登廣告尋找陪伴那個女孩的護士。這是我唯一的建議，不過我得承認，我認為不會有太大收穫。除此之外，我們無法可想。」

「無法可想？」陶品絲說，狀甚茫然。「那，湯米怎麼辦？」

「我們應該往最好的方向想，」詹姆斯爵士說，「啊，沒錯，我們必須繼續保持希望。」

陶品絲沮喪地低下了頭，詹姆斯爵士無意間和坐在她背後的朱立斯四目相接。他以幾乎覺察不出的輕微動作對朱立斯搖搖頭，朱立斯立時明白，律師認為這件事沒有希望了，美國青年的臉色愈來愈凝重。詹姆斯爵士握住陶品絲的手。

「如果有進一步的線索，一定要讓我知道。所有信件都可以轉寄過來。」

陶品絲茫然地望著他。

「你要離開了嗎？」

「我告訴過你，難道你不記得了？我要去蘇格蘭。」

「對，可是我還以為……」女孩猶豫著沒說完。

詹姆斯爵士聳聳肩。

「親愛的小姐，恐怕我的能力到此為止了。所有的線索都斷了，相信我，已經無法可想了。如果又出了什麼事，我很樂意也會極力提供建言。」

他的話令陶品絲感到分外淒涼。

她說：「我想你說得對。不管怎麼說，我要謝謝你對我們的幫助，再見。」

朱立斯正彎著腰檢查汽車，詹姆斯爵士看著女孩垂頭喪氣的臉龐，銳利的目光中閃過一抹同情。

「不要太難過，陶品絲小姐，」他輕輕說，「要記住，假日不要鎮日嬉戲。有時候，要設法安排一點工作。」他話中的弦外之音讓陶品絲猛然抬起頭來。他帶著微笑，搖搖頭。「不，我不再多說了，說太多會釀成大錯。記住我的話，絕不要把你知道的事情說出去……即使是你最熟悉的人，懂嗎？再見。」

他邁著大步走開了，陶品絲凝視著他的背影。她慢慢懂得詹姆斯爵士的作風了，當初他曾以那種漫不經心的態度給過她一個暗示，這次也是暗示嗎？這段短短的話到底是什麼意思？難道他是說，其實他並沒有放棄這個案子？他依然會暗中進行調查……

她的思緒被朱立斯打斷了。他要她「快上車」。

「你看起來心事重重，」汽車開動後，朱立斯說，「那個老傢伙又跟你說了什麼？」陶品絲衝動地張開嘴，接著又閉上。詹姆斯爵士的話在她耳邊盤旋：「絕不要把你知道的事情說出去……即使是你最熟悉的人。」她的腦海突然閃現出另一個記憶。在公寓裡，朱立斯站在保險櫃前，對自己提出的問題停頓片刻後，回答「什麼都沒有」。裡面真的什麼都沒有嗎？他是不是發現了什麼不願讓別人知道的東西？如果他可以有所保留，她也可以。

「沒什麼。」她回答。

她感覺到朱立斯斜睨了她一眼。

「喂，我們去公園兜兜風怎麼樣？」

「如果你想去的話。」

好一陣子，汽車在樹下急速行進，兩人都默默無言。天氣真好，在空中風馳電掣的感覺讓陶品絲的情緒再度振奮起來。

「喂，陶品絲小姐，你認為我會找到珍嗎？」

朱立斯的聲音透著沮喪。這種情緒和他是如此的不相稱，陶品絲不禁轉過臉來，訝異地瞪著他看。他點點頭。

「沒錯，我對這檔子事已經心灰意冷了。詹姆斯爵士現在也不抱任何希望了，我看得出來。我不喜歡他——不知道為什麼，我們就是處不來——不過他非常聰明，我想只要有一絲成功的機會，他是不會放棄的，對吧？」

陶品絲感到不吐不快，不過她認為朱立斯也對她隱瞞了一些事情，所以她還是堅持守口如瓶。

「他建議我們刊登廣告找那個護士。」她提醒他。

「沒錯，不過他的口氣是『希望微乎其微』的味道！不，我受夠了。我甚至想立刻回美國。」

「噢，不！」陶品絲喊出聲來。「我們必須找到湯米。」

「我還真把貝里福給忘了，」朱立斯的語氣帶著歉意。「沒錯，我們必須找到他。不過……呃，從我開始這趟旅行以來，我一直在作白日夢，而這些夢讓我煩透了，我必須擺脫掉。喂，陶品絲小姐，有件事我想問你。」

「什麼事？」

「你和貝里福之間是怎麼樣？」

「我不懂你的意思，」陶品絲語帶尊嚴地答道，接著又牛頭不對馬嘴地加上一句：「總而言之，你想錯了！」

「你們彼此之間沒有一種溫柔的好感嗎？」

「當然沒有，」陶品絲帶著火氣說道，「湯米和我是朋友，如此而已。」

「我想，每一對情侶都曾說過這種話。」朱立斯說。

「亂講！」陶品絲怒氣沖沖地說，「我看起來像是那種老是身陷情網的女孩嗎？」

「你不像，你看來像是那種常常讓別人墜入情網的女孩。」

「噢！」陶品絲嚇了一跳。「我想，這是恭維吧？」

「當然是。現在，我們把事情講清楚，假設我們一直找不到貝里福，而……而……」

「喂，你就說出來吧！我有能力面對事實，假設他……他死了，那又怎樣？」

「而所有這些事都煙消雲散了，你打算做什麼？」

「我不知道。」陶品絲可憐兮兮地說。

「你會很寂寞的，可憐的女孩。」

「我不會有事的。」

陶品絲突然火冒三丈，她一向討厭任何形式的同情。

「嫁人怎麼樣？」朱立斯問，「你對婚姻有何看法？」

「我當然想結婚，」陶品絲回答，「換句話說，如果……」她頓了頓，故意賣個關子，接著勇敢說出自己的觀點。「如果我找到一個有錢人，而他值得讓我踏入婚姻的話。我說得太白了，對吧？我敢說，你會因此而看不起我。」

「我絕不會看不起會做生意的人，」朱立斯說，「你腦海裡有沒有一個具體的輪廓？」

「輪廓？」陶品絲問，狀甚不解。「你的意思是高矮胖瘦？」

「不是，我是說數目……對方的收入。」

「噢，我……我還沒想到。」

「我怎麼樣？」

「你？」

「是的。」

「啊，不行！」

「為什麼不行？」

「我告訴你，我不能嫁給你。」

「為什麼不能？」

「這似乎太不公平了。」

「我看不出這有什麼不公平。我出牌而你叫牌，如此而已。陶品絲小姐，我非常仰慕你，遠遠超過我認識的所有女孩。你膽識過人，我只想給你一個真正美好的生活。只要你點頭，我們馬上去最高級的珠寶店，把戒指訂下來。」

「我不能。」陶品絲喘著大氣說。

「是因為貝里福嗎？」

「不，不，不！」

「那是為什麼？」

陶品絲只是猛搖頭。

「你不可能找到比我擁有更多美金的人。」

「啊，不是這個原因，」陶品絲說，她笑得幾乎喘不過氣來。「不過非常謝謝你和你所說的一切。我想我還是拒絕比較好。」

「幫我一個忙，好好考慮一夜，明天再答覆我，我會不勝感激。」

「沒有用的。」

「我想，這件事就這樣吧。」

「好吧。」陶品絲順從地說。

兩人在回到麗緻飯店之前，都沒再說話。

陶品絲回到樓上自己的房間。在和作風強勢的朱立斯爭執了一番之後，她感受到天人交戰後的疲乏。她坐在鏡前，對著鏡中的自己瞪了好幾分鐘。

「傻瓜，」陶品絲輕聲說，一面扮了個鬼臉。「小傻瓜。這是你要的一切，是你一直想要的東西，你卻像隻小笨羊一樣，發出一個『不』字。這是你的大好機會，為什麼不抓住，你還想要什麼？」

彷彿回答自己的問題似的，她的目光落在湯米的一張小快照上。那張照片裝在一個舊相框裡，放在她的梳妝檯上。她努力自持了片刻，然後拋下所有的矯飾，拿起湯米的照片湊到唇邊，開始哭泣起來。

「噢，湯米，湯米，」她邊哭邊喊，「我真的很愛你，不過我可能以後再也見不到你了……」

五分鐘後，陶品絲坐直身子，擤了鼻子，把頭髮往後梳攏。

「就是這樣，」她堅定地說，「我得面對現實。我好像愛上了一個愣小子，而他說不定根本就不在乎我，」她頓了頓。「不管怎麼說，」她彷彿在和一個看不見的對手辯論。「我不知道他愛不愛我。就算愛，他也不敢說出口。我總是感情用事；現在，我比任何人用的感情都深。女孩子真是笨！我一向就這麼認為。我想我睡覺的時候該把他的照片放在枕頭底下，整夜都夢見他。想到自己一直在做違心之論，這種感覺真可怕。」

陶品絲想到自己的墮落，不覺悲傷地搖搖頭。

「我真不知道該怎麼對朱立斯說。噢，我覺得我真是個大傻瓜！我總得對他說點什麼。他是個典型的美國人，會追根究柢，堅持要我給他一個理由。不知道他在那個保險櫃裡找到什麼東西……」

陶品絲的思緒轉了個方向。她不斷回想昨晚發生的事，想得非常仔細。不知道為什麼，那些事好像和詹姆斯爵士那些高深莫測的話有關……

她突然大驚失色。臉上的血色褪去，兩眼圓睜，失神似的瞪著前方。

「不可能，」她喃喃自語，「不可能！再繼續想下去，我一定會發瘋。」

太恐怖了！然而，這就解釋了一切……

思索片刻後，她坐下寫了一封短信，還逐字推敲了一番，最後她滿意地點點頭，將信箋裝入信封，在信封上標明「朱立斯收」。她走過甬道，來到他的客廳門前，敲敲門。一如她所料，房間空無一人，她把信箋留在桌上。

當她回到自己房間時，一個小弟正在門外等候。

「您的電報，小姐。」

陶品絲從托盤裡拿起電報，漫不經心地撕開，接著發出一聲驚叫。原來電報是湯米發出的！

# 16 湯米二度歷險

在不時閃點著火星的黑暗中，湯米慢慢恢復了知覺。當他終於睜開雙眼後，只感到太陽穴一陣劇痛，他隱約感覺自己置身於一個陌生環境。他現在人在哪裡？發生了什麼事？他疲弱地眨了眨眼。這裡不是他麗緻飯店的房間，而他的頭到底出了什麼毛病？

「該死！」湯米一面說，一面試著坐起來。

他記得自己曾經去過蘇活區的一棟陰森的房子。他呻吟一聲，又倒了下去。透過他微張的眼皮，他仔細探索著周遭。

「他醒過來了。」湯米耳邊有個聲音說。

他一聽就知道，這是那個蓄著鬍鬚、做事講究效率的德國人。他躺在那兒，動也不動。他為自己甦醒得過快感到遺憾。直到頭痛稍微減輕後，他才得以專心思考一些事情。他吃力地回憶曾經發生的事。顯然有人趁他偷聽談話的當兒，從他的背後當頭狠狠敲下去。如今在這些人眼裡，他是個間諜，他們十之八九會要他做一個簡短的懺悔。毫無疑問，他身處困境。沒人知道他在哪裡，所以他不必指望得到任何援助，只能靠自己的智慧。

「好吧，該來的就讓它來吧。」湯米低聲自語，接著又唸了一遍：「要命！」

他這回總算坐了起來。

德國人立刻走上前來，把一個玻璃杯放在他嘴邊，下了一道簡短的命令：「喝。」

湯米聽話地喝了。那東西烈得他幾乎嗆到，卻也神奇地讓他的頭腦清醒過來。

他躺在一張長沙發上，而這裡就是那些人舉行會議的房間。他的一側站著德國人，另一側是那個面目猙獰、讓他進來的守門人，其他人站得較遠，不過有張臉湯米沒看到。那個被稱為一號的人不在那裡。

「好些了嗎？」德國人拿走空杯，口裡問道。

「是的，謝謝。」湯米輕快回答。

「年輕人，你的頭蓋骨長得這麼厚，算你運氣。我們康拉德出手可是很重的。」

他向臉色猙獰的守門人點點頭。

那人咧開嘴笑了。湯米吃力地把頭轉過來。

「噢，」他說，「原來你就是康拉德，對吧？能敲到我的厚頭骨算你走運。一看到你我就同情，我竟然能騙過你這個劊子手。」

那人咆哮起來，而蓄鬍男人只是靜靜地說：「他不會冒那種風險。」

「隨你高興吧，」湯米回答，「我知道看扁警察是種流行，但我寧可相信警察。」

他的態度滿不在乎。湯米．貝里福只是個普通英國青年，才智並不特出，可是一旦自知身處困境，就會有上乘的表現。他們天生的膽怯和謹慎就像手套一樣，輕易就能脫去。湯米非常清楚，他的機智是他逃跑機會之所繫。在他漫不經心的態度後面，他的腦袋其實轉個不停。

德國人開始問話，他的聲音冷冽如冰。

「在你以間諜罪被處死之前，有沒有什麼話要說？」

「很多。」湯米帶著一貫的溫文態度回答。

「難道你否認你在這扇門前偷聽？」

「我不否認，我真的很抱歉。不過你們的談話如此有趣，害我顧不了這麼多了。」

「你是怎麼進來的？」

「是因為親愛的老康拉德，」湯米臉上輕蔑地對他笑了笑。「我很遲疑是否該建議你們付點養老金打發這個忠僕，不過你們真的應該養隻更好的看門狗。」

蓄鬍男人立刻轉過身來看著康拉德，康拉德只好無力地嘟囔一聲。

「他有說暗號，我怎麼知道？」

「沒錯，」湯米插話道，「他怎麼知道？不要責怪這可憐的傢伙。因為他的草率，我才有榮幸和大家面對面。」

湯米的話在那群人當中造成些許騷動，不過機警的德國人手一揮，大家便安靜下來。

「死人是不會說話的。」他靜靜地說。

「啊，」湯米說，「可是我還沒死。」

「你很快就要死了，年輕人。」德國人說。

眾人發出一陣贊同的低語。

湯米的心跳得更快了，可是漫不經心的快活模樣依然未變。

「我想不會，」他說得很堅定。「因為我非常反對。」

湯米從那些人的臉上看得出來，他的話讓他們覺得困惑。

「你能不能說個理由，為什麼我們不該處死你？」德國人問。

「理由有好幾個，」湯米回答，「聽著，你們問了我許多問題，現在調換一下，該我問你們一個問題。你們為什麼不在我恢復知覺之前把我殺掉？」

德國人猶豫片刻，湯米立刻趁勝追擊。

「因為你們不知道我知道多少，也不知道我是從什麼地方得到那些情報。如果你們現在殺了我，你們永遠都不可能知道。」

這時包羅思的情緒已經一發不可收拾。他走過來，一面揮舞著雙臂。

「你這個地獄惡犬，天殺的魔鬼間諜！」他尖叫著，「我們馬上就要讓你贖罪。殺死他！殺死他！」

接著是一陣如雷的掌聲。

「聽見了嗎？」德國人一面說，一面看著湯米。「你還有什麼好說的？」

「說什麼說？」湯米聳聳肩膀。「一群笨蛋！讓他們問自己幾個問題，我是怎麼走進這裡來的？別忘了親愛的老康拉德剛說的話：是用你們自己的暗號，對吧？我怎麼會知道你們的暗號？你們總不會以為我是沒頭沒腦走上台階，隨便想到什麼就脫口而出吧？」

湯米對自己最後這幾句話很是滿意。唯一的遺憾是陶品絲不在場，欣賞不到它所產生的莫大效果。

「沒錯，」那個勞工階級突然說，「同志們，有人出賣了我們！」

現場揚起一片混亂的低語聲。湯米帶著鼓勵的神情看著他們。

「這樣好多了。如果你們不動腦筋，怎麼可能會成功呢？」

「你得告訴我們，是誰背叛了我們，」德國人說，「不過那也救不了你……對，救不了你！你得告訴我們你所知的一切，包羅思知道各種讓人吐實的方法！」

「呸！」湯米不屑地說，努力把胃裡的不適感強壓下去。「你們不會折磨我，也不會殺死我。」

「為什麼？」包羅思問。

「因為這樣做，你們等於是殺死一隻會下金蛋的鵝。」湯米從容回答。

這時現場陷入了片刻靜默。湯米堅持到底的自信終於征服了他們，他們對自己不再那麼有把握了，那個穿著寒酸的人用尋思探究的目光猛盯著湯米看。

「他在唬你，包羅思。」他輕聲說道。

湯米討厭這傢伙，難道他把自己給看穿了？

德國人慢慢轉過半身，望著湯米。

「你是什麼意思？」

「你認為我是什麼意思？」湯米顧左右而言他，腦子拚命思索著。

包羅思突然走向前來，在湯米面前晃著拳頭。

「說，你這個英國豬玀！給我說！」

「別那麼激動，我的老兄，」湯米說，依然一派冷靜。「你們外國人就是這點最糟糕，老是不能保持冷靜。喂，我問你，我看起來可像是害怕你們殺我？」

他胸有成竹地望望四周，很高興他們聽不見自己因為說謊而不斷猛撞的心跳。

「不，」包羅思終於繃著臉承認。「看不出來。」

感謝上帝，他看不透別人的心思，湯米自忖，並繼續吹捧自己的優勢何在。

「為什麼我這麼有自信？因為我知道一些情報，足以讓我和你們談一筆交易。」

「談交易？」蓄鬍男人立刻插口。

「沒錯，談交易。我以生命和自由，用來交換……」他頓了頓。

「交換什麼？」

這群人全擠上前來，屋裡頓時安靜得連根針掉在地上也聽得見。

湯米這才慢慢地張口說道：「丹佛斯從美國搭乘露西塔尼亞號帶來的文件。」

他的話像是帶有電流，讓所有人都呆若木雞。德國人揮揮手，要他們退後，自己則彎身靠向湯米，一張臉激動得發紫。

「太好了！這麼說，文件在你手上？」

冷靜得出奇的湯米搖搖頭。

「那你知道它在哪裡？」德國人追問。

湯米還是搖頭。

「完全不知道。」

「那，那……」

德國人又氣又急，一時竟說不出話來。

湯米環顧四望，每張臉上都露出憤怒和困惑之色，但他的冷靜自持已發揮了效果……所有的人都認為他話中有話。

「我不知道文件在哪裡，但我相信我可以找到它。我有個推論……」

「呸！」

湯米揚起一隻手，嫌惡的喧鬧聲頓時消了音。

「我雖然說那是個推論，不過我對我所知的事實很有把握。這些事除了我之外，沒有半個人知道。反正你們不會有任何損失。要是我把文件交出來，你們就還我生命和自由。這算合理吧？」

「如果我們拒絕呢？」德國人低聲問。

湯米往沙發椅背一靠。

「二十九日，」他說，像是思索著什麼。「已經不到兩個星期了……」

一時之間，德國人猶豫不決。他向康拉德打了個手勢。

「把他帶到另一個房間去。」

湯米在隔壁那個骯髒房間的床上坐了約莫五分鐘，一顆心在劇烈跳動，他已經孤注一擲。他們會怎麼決定？這段時間內，這個痛苦的問題不斷纏繞著他，而他對康拉德說話之無禮，終於把那個脾氣火爆的守門人激到了幾乎要瘋狂殺人的地步。

門終於打開，德國人以專橫的口氣要康拉德回去。

「希望法官還沒戴上他的黑帽子，」湯米以輕浮的口氣說，「這就對了，康拉德，帶我去吧。犯人要上庭受審了，各位。」

德國人再度在桌旁坐下，一面示意湯米坐在他對面。

「你的條件，」他以嘶啞的聲音說道，「我們接受。不過在放你自由之前，你必須把文件交給我們。」

「白癡！」湯米說，可是語氣溫和。「想想看，如果你把我一直綁在這裡，我怎麼去找文件？」

「那你打算怎麼樣？」

「你們必須放我自由，我才能以自己的方式去辦事。」

德國人大笑。

「你當我們是小孩，就憑你留給我們的這個信誓旦旦的美麗故事，我們就讓你從這裡走出去？」

「不，」湯米邊想邊說，「雖然這樣簡單得多，但我不認為你們會同意這樣的計畫。好吧，我們就來個妥協吧。你把康拉德留在我身邊，亦步亦趨，怎麼樣？他這傢伙對你們忠心耿耿，而且非常喜歡用他的拳頭。」

「我們寧可把你留在這裡，」德國人冷冷地說，「由我們當中某個人去執行你的指示。如果情況過於複雜，他會回來找你，你再給他進一步的指示。」

「你們這等於是綁住我的手，」湯米抱怨，「這是樁非常棘手的事，其他人很可能會把事情搞砸，那我怎麼辦？我不相信你們誰有這種能力。」

德國人敲著桌子。

「這就是我們的條件，否則你只有死路一條。」

湯米往後一靠，狀甚疲累。

「我喜歡你的風格：簡潔，不過很有吸引力。好，就這樣吧。可是有個先決條件。我必須見那女孩。」

「什麼女孩？」

「當然是珍．芬恩。」

德國人怪異的眼神望著他好幾分鐘，這才慢慢地、彷彿字斟句酌地說道：「你難道不知道，她無法告訴你任何事情嗎？」

湯米的心跳加速。他和他要找的這個女孩到底見得了面嗎？

「我不要求她告訴我任何事，」他靜靜地說，「換句話說，我不要求她多說話。」

「那你為什麼要見她？」

湯米為之語塞。

「我要問她一個問題，然後觀察她的表情。」他終於說。

德國人的眼裡再度出現那種湯米難以理解的目光。

「她不可能回答你的問題。」

「那沒關係。我問她的時候，就會看到她的表情。」

「你認為她的表情可以透露一些事情？」他發出一聲刺耳的短笑。湯米越發覺得其中定有蹊蹺，只是他不能理解。德國人看著他，像是搜尋什麼。他柔聲說道：「我想，你知道的其實不如我們想像的那麼多吧？」

湯米覺得自己的優勢比剛才減弱了。他的立場稍稍動搖。不過他覺得奇怪，自己說錯了什麼嗎？」一時衝動下，他脫口而出：「有些事或許你們知道而我不知道，我並沒有假裝知道所有的事。同樣的，我也知道一些你們並不知道的祕密。這是我占上風的地方，丹佛斯那傢伙非常聰明……」

他突然頓住，彷彿自己說得太多了。

可是德國人的臉亮了起來。

「丹佛斯，」他低聲說，「原來如此。」他頓了頓，接著向康拉德一揮手。「把他帶走。樓上……你知道。」

「等一等，」湯米說，「那女孩怎麼樣？」

「或許可以安排。」

「你一定要安排。」

「再說吧，只有一個人能夠決定。」

「誰？」湯米問，其實他知道答案是什麼。

「布朗先生。」

「我能見他嗎？」

「或許可以。」

「走。」康拉德凶巴巴地說。

湯米順從地站起身。來到門外，看門人示意他先上樓，自己緊隨在後。到了樓上，康拉德打開一道門，湯米走進一間狹小的房間。康拉德點上一盞嘶嘶作響的煤油燈，隨即走了出去。湯米聽見鑰匙在鎖孔裡轉動的聲音。

湯米開始檢視他的牢房。房間比樓下的那間小，整個房間顯得悶塞不通，缺乏空氣。原來這裡沒有窗戶。他沿著四周走動，四壁又髒又臭，和其他地方沒有兩樣。四幅畫斜掛在牆上，張張都是歌德名著《浮士德》中的情境：瑪格麗特和她的珠寶盒、那間教堂、西貝爾和他的鮮花，浮士德和魔鬼梅菲斯托特。最後那幅讓湯米再度想起布朗先生。在這個封閉的牢房裡，沉重的門緊緊關閉，他感到與世隔絕，犯罪主腦邪惡的力量顯得更真實了。就算大聲喊叫也沒人聽得見，這地方是座活墳墓。

湯米努力振作，倒在床上認真思索。他的頭痛得厲害，還有，他很餓。這地方一片死寂，令人喪氣。

「無論如何，」湯米說，盡量讓自己開心起來。「我就要看見他們的主腦了……那位神祕的布朗先生。如果運氣不錯，還會看見神祕的珍·芬恩。在那之後……」

在那之後，湯米不得不承認，他的前景很不樂觀。

# 17 安妮特

不過，一想到眼前的苦惱，未來的苦惱很快就不足為道了。當前最大的苦惱莫過於饑餓。湯米的胃口極佳，中餐吃的牛排和薯條好像已經屬於另一個年代。他不無遺憾地體會到，如果他絕食抗議示威，絕對不會成功。

他在牢房裡漫無目的地走來走去。有一兩回他放下尊嚴，拚命敲門，可是沒人理會。

「該死！」湯米義憤填膺地說，「他們該不會是存心要把我餓死吧。」

一種新的恐懼在他心中油然而生：說不定這就是逼囚犯說話的「巧妙手段」之一，正是包羅思的拿手絕活。不過再想一想，他認為不可能。

「是那個面目猙獰、禽獸不如的康拉德，」他斷定地說，「總有一天我要好好報復他一頓。我相信這是他故意挾怨耍我，一定是。」

湯米進而想像，要是拿個東西當頭朝康拉德的蛋型腦袋重重敲下去，那感覺不知有多愉快。湯米輕輕摩挲著自己的頭顱，沉浸於想像的快樂中。最後，一個絕妙點子在他腦海閃現。他何不將想像化為現實？康拉德一定是這房子裡的住客，而其他人（或許蓄鬍的德國人除外）都只是把這裡當作集會場所。所以，他何不在門後埋伏，等康拉德一進門，就拿一張椅子或一幅舊畫狠狠打在他頭上。當然，他得小心，可別打得太重。然後……然後就大大方方地走出去。如果途中碰到什麼人，他可以用自己的拳頭對付。對於這種事，他遠比今天下午的唇槍舌劍更在行。陶醉在想像計畫裡的湯米從牆壁上輕輕取下那幅魔鬼和浮士德的畫，選好埋伏位置。他認為希望很大，計畫雖然簡單，但很出色。

時間慢慢過去，康拉德沒出現。在這囚室裡，白晝猶如黑夜，不過湯米的手錶很盡責地告訴他現在已是晚上九點了。湯米鬱鬱地想，如果晚飯不送來，那就變成等待早餐了。十點鐘，他絕望了，倒在床上，想從睡夢中尋求安慰。五分鐘後，他已經把苦惱忘得乾乾淨淨。

鑰匙在鎖孔裡轉動的聲音令他從沉睡中驚醒。湯米不是那種一醒來就能充分發揮所能的英雄，他只是對著天花板眨眨眼，心想自己身在何處。等他想起來，再看看手錶，時間已是八點。

「可能是早茶，可能是早餐，」這位年輕人推斷說，「上帝保佑，最好是早餐！」

門一晃而開，湯米這才想起偷襲康拉德的計畫，可惜已經太遲。片刻後他卻因此慶幸，因為進來的不是康拉德，而是一個女孩。她將一個托盤放在桌上。

在煤氣燈昏暗的光線下，湯米對她眨眨眼。他認為，她是他今生所見過最漂亮的女孩。

棕色的秀髮閃著忽明忽暗的金光，彷彿被囚禁的陽光在頭髮幽深處掙扎；她的臉龐像一朵野玫瑰，兩眼分得很開，淡褐色的眼眸讓他再度想起陽光。

湯米心頭閃過一絲狂喜。

「你是珍・芬恩？」他說，幾乎喘不過氣來。

女孩好奇地搖搖頭。

「我叫安妮特，先生。」

她溫溫柔柔、斷斷續續地說著英語。

「噢，」湯米非常吃驚。「你是法國人？」他大著膽子問。

「是的，先生。你也會說法語？」

「不常說，」湯米說，「那是什麼？早餐嗎？」

女孩點點頭。湯米一骨碌爬下床，走來看看托盤上有些什麼東西。一條麵包、一些人造奶油，和一大瓶咖啡。

「生活水準比不上麗緻飯店，」他嘆了口氣說，「不過，看在我們終將得到的東西份上，我由衷感激上帝，阿們。」

他拉來一張椅子，女孩轉身往門口走去。

「等一下，」湯米喊道，「有很多事我想問你，安妮特。你在這間屋子裡做什麼？可別告訴我你是康拉德的侄女或女兒之類的，因為我不相信。」

「我是來服務的，先生，我和任何人都沒有親戚關係。」
「原來如此，」湯米說，「你知道我剛才叫你什麼。你可曾聽過那個名字？」
「我想，我是聽過有人提到珍・芬恩。」
「你知道她在哪裡嗎？」
安妮特搖搖頭。
「比如說，她在不在這間屋子裡？」
「噢，不，我得走了，他們在等我。」
她匆匆忙忙走出去，鑰匙在鎖孔裡轉動。
「不知道『他們』到底是什麼人，」湯米邊吃麵包邊想，「如果運氣夠好，那女孩或許能幫我逃離這裡。她看起來不像他們的同夥。」
下午一點鐘，安妮特又端著一個托盤上來，不過這回有康拉德陪著。
「早安，」湯米和顏悅色地說，「我看得出來，你沒有用肥皂洗臉。」
康拉德大肆咆哮，做出威脅狀。
「你沒有一點幽默感，對吧，老兄？唉，我們總不能奢望才貌雙全。我們中餐吃什麼，燉肉？我怎麼會知道？這是基本常識，親愛的華生……是洋蔥的味道錯不了。」
「隨你說吧，」那人咆哮道，「說不定你就只有這點說話的時間了。」
這句話的言外之意很不中聽，不過湯米聽若罔聞。他在桌旁坐下。

「退下吧，僕人，」他邊說邊揮手。「嘮叨對你沒有好處。」

那天晚上，湯米坐在床上深思。康拉德還會陪著那位女孩來嗎？如果他不來，他是否應該冒險拉攏那個女孩成為盟友？他決定任何嘗試都要賭一把。他的處境確實危急。

八點鐘，鑰匙轉動的熟悉聲音讓他一躍而起。女孩一個人前來。

「把門關上，」他命令道，「我要跟你說話。」

她順從地照做。

「聽著，安妮特，我要你幫我離開這裡。」

她搖搖頭。

「不可能，樓下有三個人。」

「噢！」湯米心底很感激這個情報。「不過如果你有能力，你會幫我嗎？」

「不會，先生。」

「為什麼？」

女孩躊躇著。

「我想……他們是自己人，而你在偷窺他們。他們把你關在這裡並沒有錯。」

「他們是一群壞蛋，安妮特。如果你幫助我，我會帶你離開這幫壞人。說不定你還可以得到一大筆錢。」

女孩依然搖頭。

「我不敢，先生。我怕他們。」

她轉身離開。

「你難道不願意想點辦法幫助另一個女孩？」湯米大聲說，「她的年紀和你差不多，你難道不想把她從魔爪中救出來嗎？」

「你是指珍．芬恩？」

「是的。」

「你是為了她才找到這裡來的，是嗎？」

「沒錯。」

女孩望著他，接著舉起一隻手在額頭上抹了抹。

「珍．芬恩……我常聽到這個名字。這名字聽起來好熟。」

湯米熱切地趨近她。

「你總該知道她一些事情吧？」

女孩猛然轉身走開。

「我什麼也不知道……只知道這個名字。」

她向門口走去，突然發出一聲叫喊。湯米一愣，原來她看見了湯米昨晚放在牆邊的畫。那一剎那，他看見女孩眼眸中的恐懼。而同樣令人費解的是，那眼神立刻緩和下來。女孩突然快步走出房間。湯米一頭霧水。難道她以為他打算用畫來攻擊她？當然不會。他把畫重新掛回牆上。

三天就在無所事事中過去了。湯米覺得自已神經繃得緊緊的。除了康拉德和安妮特，他見不到任何人。女孩也變得沉默寡言，頂多說個一兩字。她眼眸中的憂慮日深一日。湯米覺得，如果這種與世隔絕的囚禁再繼續下去，他真的會發瘋。他從康拉德那裡知道，他們在等待布朗先生的命令。湯米想，他可能出國或去了外地，所以他們必須等他回來。

第三天晚上，事情突然急轉直下。

將近七點，他聽見走道上一陣沉重的腳步聲，接著門倏地打開，康拉德走進來，和他同來的是那個長相凶惡的十四號。看見他們，湯米的心立刻往下沉。

「晚安，老兄，」那人一面說，一面斜覷他一眼。「繩子拿了吧，兄弟？」

一直沒說話的康拉德拿出一長條結結實實的繩子。頃刻之間，十四號開始用繩子把湯米的手腳捆綁住，手腳俐落得令人咂舌。康拉德負責壓制他。

「你們到底要……」湯米問。

可是康拉德那抹無言的陰笑讓他說不下去。

十四號以靈活的手腳繼續完成任務，沒多久湯米就被捆得結結實實，動彈不得。康拉德終於開了口。

「你以為你把我們給唬住了，對吧？就憑你對事情的一知半解，還敢和我們談交易！從頭到尾你就是在唬人，吹牛！其實你知道的不比小貓多。不過，你現在可是來日無多了，你這隻……豬。」

湯米一語不發地躺著。他無話可說，失敗了。總而言之，萬能的布朗先生不知用了什麼方法識破了他。他突然想到一個點子。

「講得好，康拉德，」他讚許地說，「但為什麼要捆住我的手腳？為什麼不讓這位先生立刻割斷我的喉嚨？」

「儘管說吧，」出乎意料地，是十四號在說話。「你以為我們跟你一樣嫩，會在這裡把你給做了，好讓警察到處搜捕我們？才怪！我們已經為你這位大爺訂了專車，明天早上就到，只是這段時間內我們不打算冒險，懂吧？」

湯米說：「你的話再明白不過了……只除了你那張臉。」

「閉嘴。」十四號說。

「我很樂意，」湯米回答，「你們犯了一個令人遺憾的錯誤，只不過損失的是你們。」

「你別再糊弄我們了，」十四號說，「瞧你說話的模樣，你以為你還在豪華的麗緻飯店嗎？」

湯米沒有答腔。他在苦思，布朗先生怎麼會發現他的身分？他推斷，一定是陶品絲在萬分焦急之下去警局報了案，結果讓他的失蹤公諸於眾，而這幫壞蛋也不笨，就根據這些事實拼湊出結論。

兩個男人離開了，門砰然一聲緊緊關上。湯米又陷入沉思。那兩人並不體貼，他的四肢已經開始麻木僵硬。現在他是徹底無助，看不到一絲希望。

約莫一小時後，他聽見鑰匙轉動的聲音，門打開了，是安妮特。湯米的心跳加快了些。

他忘了還有這個女孩。她可能幫助他嗎？

突然間，他聽到康拉德的聲音。

「出來，安妮特。今晚他不需要晚餐。」

「是，我知道。可是我必須把另一個托盤拿走。我們需要托盤上的餐具。」

「那就快一點。」康拉德吼道。

女孩走到桌邊，揚起一隻手熄了燈，看也沒看湯米一眼。

「該死，」康拉德已經走到門口。「你為什麼要把燈熄掉？」

「我一向都會把燈熄掉。你應該先告訴我的。要不要我再把燈點上，康拉德先生？」

「不用，你快出來。」

「我的天，」安妮特大聲說，黑暗中他聽見她在床前停下腳步。「你們可真把他捆得死死的，是不是，他就像一隻紮緊待烤的雞！」

她的語氣顯然透著開心，湯米心頭不禁感到一陣冰涼。可是就在這時候，他驚訝地感覺到她的手輕輕滑過繩索，把一個冰涼的小東西塞進他的手心。

「快點，安妮特。」

「我就來。」

門關上了。湯米聽見康拉德說：「把門鎖好，鑰匙給我。」

腳步聲逐漸遠去。湯米呆若木雞躺了好一陣。安妮特塞進他手裡的是一把袖珍摺刀，刀刃已經打開。從她刻意避免看他以及熄燈的動作看來，湯米得出一個結論：這房間有人監視，牆上某處一定有個窺視孔。他想起她先前的舉止總是那麼戒慎小心，他想自己一定一直被人監視著。他曾經說過什麼話而暴露了身分嗎？沒有。他是透露過自己想逃跑，並希望找到珍．芬恩，可是絕對沒有說過任何提及自己身分的話。沒錯，他問安妮特的那個問題證明了他並不認識珍．芬恩，可是他早先也沒假裝認識她。現在的問題是，安妮特真的知道很多內情嗎？她的矢口否認是為了說給竊聽的人聽的嗎？他無法做出定論。

不過，眼前有個更重要的問題。他被捆得那麼緊，可能割得斷繩索嗎？他小心翼翼地用小刀在兩個手腕間的繩索上來回摩擦。因為笨手笨腳，小刀割到了手腕，痛得他小聲「哇」了一聲。可是他鍥而不捨，繼續慢慢地來回割著。他的手被割得傷痕累累，不過繩索終於被割斷了。雙手一自由，其他的就容易了。五分鐘後，他已經可以站起身子，只是由於四肢被捆得發麻，站起來時有點艱難。當前的首要之務是把流血的手腕包紮好，接著他便坐在床邊思索。康拉德拿走鑰匙，所以他不能期望安妮特會給他更多幫助。這房間唯一的出路就是那道門，他只能等著那兩個男人回來。等他們回來……湯米笑了！他在一片漆黑中小心摸索，找到那幅名畫後將它從牆鉤上取下。他的第一個計畫不會白費，這讓他感到些許欣慰。如今只有等待。他耐心等著。

長夜漫漫，湯米度過了極為難熬的幾個鐘頭，終於聽到了腳步聲。他站直身子，深吸一口氣，緊緊抓住畫框。

門打開了，一道淺淡的光線從門外透進來。康拉德直接走到煤氣燈前，把燈點上。先進來的是康拉德，湯米深感遺憾。如果能報復康拉德一番，一定是樂事一樁。十四號跟隨在後。當他跨過門檻，湯米奮力一擊，把畫砸在他頭上。十四號在一陣玻璃碎裂的聲響中倒下，湯米立刻溜出門外，把門拉上。鑰匙還插在鎖孔上。正當康拉德在裡頭一面猛撞門、一面大聲咒罵時，他一扭門鎖，拿下了鑰匙。

一時之間，湯米猶豫不決。樓下傳來亂烘烘的聲響，接著是德國人的喊叫聲沿著樓梯傳來。

「天哪！康拉德，怎麼回事？」

湯米感到一隻小手塞進他手裡。安妮特站在他旁邊，她指著通往頂樓一個搖搖晃晃的樓梯。

「快，從這裡上去！」

她拉著他爬上樓梯，兩人來到一間灰塵滿布、散置著木材的小閣樓。湯米四下張望。

「沒有用，這是個陷阱。沒有出路。」

「噓！你等著。」女孩把手指放在嘴唇上。

她爬到樓梯頂，仔細傾聽。

門被拍得震天價響，德國人和另一個人極力推撞，想破門而入。安妮特小聲說道：「他們以為你還在裡面。他們聽不到康拉德的聲音。門太厚了。」

「我想，你應該看得到底下房間的動靜？」

「這裡有個窺視孔，可以看見隔壁房間。你竟然猜得到，真聰明。不過他們現在不會想到這個，他們只是急著要進去。」

「沒錯。可是這裡……」

「交給我。」

她彎下腰去。湯米訝異地看到，安妮特把一根長繩的尾端牢牢繫在一個有裂縫的大水壺的把手上。她仔細擺好位置，這才轉過身對湯米說：「房門的鑰匙在你身上嗎？」

「是的。」

「把鑰匙給我。」

湯米把鑰匙遞給她。

「我要下去了。你可以往下走到樓梯半途，然後潛身藏在樓梯後面，這樣他們就看不見你了。」

湯米點點頭。

「在樓梯轉角的地方有個大碗櫃，你就躲在櫃子後面。你用手抓住這條繩子的尾端，等我把那兩個男人放出來，你就用力拉！」

他還來不及問別的，她已輕輕步下樓梯，跑到人群中用法語大喊：「天哪！天哪！這是怎麼回事？」

德國人轉過身來，對著她大聲叫罵：「走開！回你的房間去。」

湯米小心翼翼地潛到樓梯後面。只要他們不轉過身來，一切都不會有問題。他蜷曲在櫃子後面，而那些人依然站在他和樓梯之間。

「啊！」安妮特假裝腳下被絆了一下。她彎下腰去。「天哪！鑰匙在這裡！」

德國人從她手中一把搶過鑰匙，把門打開。康拉德跌跌撞撞走出來，口中大罵。

「他在哪裡？你們抓到他沒有？」

「我們什麼人也沒看見，」德國人立刻說，臉色蒼白。「你是指誰？」

康拉德又是一陣亂罵。

「他跑掉了。」

「不可能。他一定得經過我們。」

這時候，湯米一面開心地咧嘴大笑，一面拉緊繩子。頂樓傳來陶瓦打破的聲音。剎那間，這群人爭先恐後全爬上了搖搖欲墜的樓梯，消失在頂樓的黑暗中。

湯米以快如閃電的身手從藏身處跳出來，拉著女孩就往樓下衝。走道上沒有人，他用手去摸鎖門，想拉開它。門閂終於動了，門立刻洞開，但等他轉過身去，安妮特已經不見了。

湯米整個人呆在那裡。難道她又跑到樓上去了？她該不是瘋了吧，他急得心頭冒火，可是按兵不動。沒找到她，他是不會離開的。

突然間，他的頭頂傳來一陣叫喊，先是德國人的，接著是安妮特清晰的尖叫聲。

「老天，他已經跑掉了！而且跑得很快！誰想得到呢？」

湯米依然一動不動地站在原地。那是要他離開的暗示嗎？他想是的。

湯米耳邊又傳來樓上另一段話，這回更大聲了。

「這棟房子好可怕。我要回瑪格麗特那裡去，我要回瑪格麗特那裡去，我要去瑪格麗特那裡！」

湯米跑回到樓梯邊。她要他走，自己留下來？為什麼？無論如何，他必須帶她一起走。可是緊接著，他的心一沉。康拉德已經看見了他，正從樓梯上箭步跳下，一面發出野蠻的喊叫。其他人全跟在他後面。

湯米一記直拳，止住了康拉德的腳步。那一拳打在守門人的下巴上，他像塊木頭似的往後倒下，絆倒了後面的人。樓梯頂端發出火花，一顆子彈擦過湯米耳邊。他知道自己必須盡快離開這裡，至於安妮特，他是愛莫能助了。他已經和康拉德扯平了，至少這方面他得到了滿足。那一記可真漂亮。

他向門口跑去，隨手砰然一聲把門關上。廣場上空無一人，房前停著一輛麵包店的送貨車。顯然這是那些人的安排：以這輛車把他運出倫敦，然後他的屍體會在離他蘇活區住家好幾哩外的地方被發現。司機發現了湯米，飛奔下車想阻攔他。湯米再度出拳，把司機打倒在人行道上。

湯米拔腳就跑，拚命地跑。汽車前門打開，一陣子彈從後面飛來。幸好他沒被擊中。他在廣場轉角處一轉彎，逃掉了。

「有樣東西，」他想，「會讓他們不敢繼續開槍，要不然警察會追來。諒他們也不敢這麼做。」

他聽見身後追逐者的腳步聲，立刻加快步子。只要跑出這些偏僻的小路，他就安全了。附近一定有警察……如果沒有警察幫忙就能解決問題，他還真不希望向警察求助；他得向警察解釋，那多尷尬。沒多久，湯米的運氣來了。他被一個躺臥在地的人絆到，那人嚇得發出一聲驚慌的叫喊，拔腿就往街道另一頭跑。湯米退到一棟房子的門簷邊上。未幾，他很高興看到兩個追逐者（其中之一就是那德國人）拚命追著那個身影而去。

湯米靜靜地在門前台階上坐了幾分鐘，一面調整呼吸。接著，他朝反方向慢步走去。他望了望錶。時針剛過五點半，天就要亮了。他在下一條街道的轉角處看見一個警察，朝他投來狐疑的眼光。湯米有點火，可是一摸摸臉，他反而笑了。三天沒刮鬍子、沒洗臉，真不知道自己現在是什麼模樣！

他沒多想就鑽進一家土耳其浴池。他知道這家浴池徹夜開放。等到出了浴池，天已經大亮，他再度感覺到生龍活虎，而且可以動腦做計畫了。

首先，他得好好吃上一頓。從昨天中午到現在，他滴水未進。他走進一家普通的咖啡店，要了雞蛋、培根和咖啡。他一面吃，一面讀著放在桌上的晨報，突然愣住了。報上有一篇關於奎馬林的長篇報導。這個被形容為俄國布爾什維克主義的操盤人剛抵達倫敦……有人認為他是以非官方的使節名義過來的。關於他的事蹟，報導雖是輕描淡寫，卻斬釘截鐵指出他才是俄國革命的始作俑者，而非那些有名無實的傀儡領袖。

報紙正中央，就印著他的照片。

「原來一號就是他，」湯米嘴裡塞滿了雞蛋和培根。「毫無疑問，我必須趕緊行動。」

他付了飯錢，立刻趕往政府行政大樓。他報上自己的名字，表示有緊急情報相告。幾分鐘後，他見到了那個人，只是在這裡他不叫卡特先生。那人皺著眉頭，滿臉不高興。

「聽著，你沒必要到這裡來以這種方式要求見我，我還以為我把話說得夠清楚了。」

「是很清楚，先生，可是我認為事關重大，不能耽誤時間。」

他盡可能簡明扼要，將他這幾天的經歷敘述了一番。說到一半，卡特先生打斷了他，拿起電話以暗語下了幾道指令，臉上不悅的表情已蕩然無存。等到湯米說完，他點了點頭，顯得精神奕奕。

「非常正確。每一分鐘都很重要，不過，恐怕我們為時已晚。他們一定會立刻撤退，不會等下去。話說回來，他們可能會留下一些可以當線索用的東西。你說你認出一號就是奎馬林？這點很重要，我非常需要一些能夠揭露他罪行的情報，以免內閣輕易就被他搞垮。其他人呢？你說有兩張臉看來很面熟？你認為其中一個是勞工領袖？來看看這些照片，看你能不能認出來。」

不出多久，湯米便拿起一張照片，卡特先生面露驚奇之色。

「啊，是衛斯維，真沒想到，他向來是以溫和中立的姿態出現。至於另一個傢伙，我想我能猜個七、八分。」他把另一張照片遞給湯米，聽到湯米發出驚叫，他微微一笑。「這麼說，我猜對了。他是什麼人？愛爾蘭人，傑出的英國保守黨議員。當然，這些全是煙幕。我們懷疑過，但一點證據也沒有。確實，你的表現非常出色，年輕人。你說大日子選在二十九日，這麼說我們時間不多了，確實不多。」

「可是……」湯米猶豫起來。

卡特先生看出了他的心思。

「我想，大罷工的威脅我們還應付得了。成功機會是五五波，不過我們勝算很大！可是，如果那份草案的條約被公諸於世，我們就完蛋了。英國將陷入無政府狀態。啊，什麼，車來了？快，貝里福，我們去看看你說的房子。」

兩個警官站在蘇活區的房子前駐守著。一個警官低聲向卡特先生報告後，卡特先生轉過身來對湯米說：「鳥兒已經飛走了……」一如我們所料，我們不妨好好搜索一番。」

對湯米來說，在這個被遺棄的房子裡重新走一遭有如重遊夢境一般。一切都和先前一模一樣：掛著東歪西倒的名畫的囚室、頂樓被打爛的水壺、擺著一張長方桌子的會議室。可是，到處都沒有文件的蹤影；文件類的東西不是被銷毀就是被帶走。安妮特也毫無蹤跡。

「關於你告訴我的女孩，我感到不解，」卡特先生說，「你確信她是故意跑回去？」

「先生，我認為是這樣。我正在想辦法開門，她就自己跑上樓去。」

「嗯，這麼說，她一定是那幫人的同夥，只是身為一個女人，她不願冷眼旁觀，看著一個氣度不凡的年輕人被殺。她顯然是那幫人的同路人，要不然她不會回去。」

「我不相信她是他們的一份子，先生，她看起來跟他們完全不同……」

「我相信她長得很漂亮？」卡特先生笑著說。

湯米的臉紅到髮根。他帶著靦腆，承認了安妮特的美貌。

「對了，」卡特先生說，「你見過陶品絲小姐嗎？她寫了好多信給我，詢問你的下落。」

「陶品絲？她恐怕是太緊張了。她去報警了嗎？」

卡特先生搖搖頭。

「那就奇怪了，他們怎麼會知道我的身分呢？」

卡特先生帶著詢問的眼神望著他，湯米於是告訴了他。卡特先生若有所思地點點頭。

「確實，這點非常奇怪。除非你在不經意間提到了麗緻飯店？」

「或許吧。不過，他們一定是突然透過某個管道發現我的身分。」

「噢，」卡特先生說，一面四下望望。「這裡沒有其他事了。和我一道吃中飯去，怎麼樣？」

「謝謝，不過我想我還是回去找陶品絲吧。」

「當然。請代我向她問好，告訴她下回可別認為你輕易就會被人殺掉。」

湯米咧嘴笑了。

「要殺我可不容易。」

「這我已經深有體會，」卡特先生調侃他。「那好，再見了。記住，你現在已經引起他們注意，要好自為之。」

「謝謝你，先生。」

湯米立刻招來一輛計程車，上車後汽車便朝著麗緻飯店疾駛而去。一路上他懷著興奮的期待，想著陶品絲會多麼吃驚。

「不知道她這幾天做了什麼事，很可能是跟蹤『麗塔』。對了，我想安妮特所說的瑪格麗特就是她，當時我沒明白過來。」

這個念頭令他黯然，因為這證明范德邁夫人和那個女孩關係密切。

計程車一到麗緻飯店，湯米便急急衝進飯店大門。可惜他的熱切被澆上一盆冷水。有人告訴他，考利小姐大約十五分鐘前離開了飯店。

# 18 電報

一時受到挫折，湯米閒步走進餐廳，點了一頓豐盛的飯菜。四天的囚禁讓他對美食更為珍惜。

他把一小片上選的烤鰯魚送進嘴裡，正好看見朱立斯走進來，不禁高興地猛揮菜單，果然引起了朱立斯的注意。一看見湯米，朱立斯的眼珠子彷彿快掉出眼眶，立刻大步走過來握住湯米的手，用力之猛讓湯米覺得莫名其妙。

「老天，」他欣喜若狂。「真的是你？」

「當然是我。為什麼不是？」

「為什麼不是？喂，老兄，你難道不知道，有人以為你死了，已經放棄了你。我想再過幾天就要為你舉辦一個安息彌撒了。」

「誰以為我死了？」湯米問。

「陶品絲。」

「我想她是因為記起了那則英年早逝的諺語。『我之所以活得下來，勢必是因為身上負有一些原罪』。對了，陶品絲哪裡去了？」

「她不在這裡？」

「不在。櫃檯的人說她剛出去了。」

「大概是去買東西吧。約莫一小時前我還開車送她回來。話說回來，你難道不能撇開你們英國人的冷靜，追根究柢問一下？這幾天你到底做了什麼？」

「如果你要在這裡吃飯，」湯米回答，「那就點菜吧。說來話長。」

朱立斯抓來一張椅子在桌子對面坐下，招來服務生點了菜，這才轉頭對湯米說：「說吧。我想你一定有不少冒險故事。」

「是有一、兩樁。」湯米的回答很謙虛，隨即開始敘述。

朱立斯聽得目瞪口呆，面前端來的飯菜有一半都忘了吃。最後，他長舒一口氣。

「真有你的。聽起來活像一本廉價小說。」

「現在，該談談基地的戰況了。」

湯米伸手拿了一顆桃子。

「這個……」朱立斯說得慢吞吞的。「我得承認，我們也有一些冒險的經歷。」

這回輪到他扮演敘述者。他從自己在伯恩茅斯出擊失敗談起，接著述及回倫敦、買車、陶品絲焦急萬分、登門拜訪詹姆斯爵士，一口氣說到前天晚上發生的轟動大事。

「不過是誰殺死了她？」湯米問，「我不懂。」

「醫生認為她是自己服藥過量，這簡直是自欺欺人。」朱立斯語氣透著諷刺。

「詹姆斯爵士怎麼說？」

「他不但是法律界的名人，也是守口如瓶的高手，」朱立斯回答，「我該說：『他的判斷有所保留。』」

他繼續詳述早上發生的種種。

「她喪失了記憶，」湯米說，「老天，原來這就是當我說要訊問她，他們都以怪異的眼神看著我的原因。沒錯，這是我的失誤！可是，這種事情一般人哪裡會想得到。」

「關於珍的下落，他們沒有給你任何暗示？」

湯米搖搖頭，表情充滿遺憾。

「一個字也沒有。我是有點笨，你知道。我該從他們口中套出更多情報才對。」

「我想，你今天能回到這裡已經夠運氣了。你唬他們的工夫還真棒。你怎麼會發揮得如此淋漓盡致？真令我佩服！」

「我當時處境十分危急，總得想點辦法。」湯米說得簡單。

片刻停頓後，湯米又談到范德邁夫人的死。

「是三氯乙醛，絕對沒錯嗎？」

「我想沒錯。至少他們說是由於服藥過量而造成心臟衰竭之類的。這樣也好，我們也不想為驗屍問題操心。不過，陶品絲、我、甚至那個自以為高人一等的詹姆斯爵士都有同樣的想法。」

「是布朗先生下的毒手？」湯米大膽一問。

「一定是。」

湯米點點頭。

「話說回來，」他一面說一面若有所思。「布朗先生沒有翅膀，他如何進門又出門？」

「他會不會是用某種玄妙的思維轉移手段？例如利用某種催眠力量，讓范德邁夫人無法抗拒而不得不自殺？」

湯米帶著尊敬的眼神望著他。

「很好的推論，朱立斯，非常好。尤其是你的措詞和術語。可惜你讓我聽得渾身發冷。我寧願要一個有血有肉的布朗先生。我想，才華洋溢的年輕偵探應該全力投入工作，研究入口和出口、輕拍前額，直到想出這個謎團的答案為止。我們去犯罪現場看看吧，我真希望找得到陶品絲。看到我們快樂的聚首，麗緻飯店一定也會感到欣慰。」

他們去櫃檯詢問，得到陶品絲依然未歸的回答。

「不管怎麼說，我想我得上樓看看，」朱立斯說，「說不定她人就在我的客廳裡。」

湯米肘邊一個小弟突然開口說話了。

「那位小姐……她搭火車離開的。我想是這樣，先生。」他怯生生地低聲說道。
「你說什麼？」湯米霍地轉過身去。小男孩的臉更紅了。
「先生，她搭了計程車。我聽見她告訴司機去查令十字路，而且看起來很緊張。」
湯米瞪著他，雙眼因為意外而睜得老大。小男孩壯著膽子往下說：「她好像向櫃檯要了一張全國火車時刻表和客運車站一覽表。」
湯米打斷他。
「她是什麼時候開口要那兩張表？」
「在我送電報去給她的時候。」
「電報？」
「是的，先生。」
「那是什麼時候？」
「大概是十二點半，先生。」
「把經過一五一十告訴我。」
小男孩深吸一口氣。
「我把電報送到八九一號房……小姐在裡面。她打開電報一看，氣都快喘不過來，然後非常高興地說：『亨利，幫我拿張全國火車時刻表和客運車站一覽表來，要快。』我的名字不叫亨利，不過……」

「別管你的名字了，」湯米不耐地說，「繼續說。」

「是的，先生。我把表拿來，她要我等一下，查完表後她抬頭看看時鐘，又說：『快，要櫃檯幫我叫一輛計程車。』然後在玻璃前把帽子往頭上一戴，三步併兩步就下了樓（幾乎和我一樣快）。她一頭鑽進計程車，然後我就聽到她對司機說的話，也就是我剛才告訴你的話。」

小男孩停下來喘口氣，湯米依然瞪著他。這時朱立斯手裡拿著一封打開的信走過來。

「賀士默，」湯米轉向他。「陶品絲自己出去偵查去了。」

「見鬼！」

「沒錯，她真的去了。她收到一封電報，就匆匆忙忙搭計程車去查令十字路。」他的眼睛望向朱立斯手中的信。「噢，她留了一張字條給你嗎？那就好。她去哪裡了？」

幾乎是無意識般，他伸手去拿那封信，朱立斯卻把信摺好放進自己的口袋裡。他顯得有點尷尬。

「我想，這封信和這件事無關。這是關於別的事……關於我問她的一個問題和她的答案。」

「噢！」

湯米現出不解的神色，像是等著聽下文。

「聽著，」朱立斯突然說，「我最好讓你知道。今天上午我向陶品絲小姐求了婚。」

「噢！」湯米木然說道。

他感到一陣暈眩，朱立斯的話完全出乎他的意料。一時之間，他的腦袋像是麻痺了。

「我要告訴你，」朱立斯繼續說，「我在向陶品絲小姐求婚之前就把話說清楚了，我一點也不想介入你們兩人之間……」

湯米打起精神。

「我們沒什麼，」他立刻接口。「陶品絲和我是多年老友，如此而已，」他用微微顫抖的手點燃一根菸。「一點問題也沒有，陶品絲總是說她要找個……」

他突然頓住，一張臉隨即脹紅，不過朱立斯依然神態自若。

「噢，我想，要讓她點頭就得靠我的美金。陶品絲小姐立即就點醒了我。她這人一點也不扭捏作態。以後我們應該會處得很好。」

湯米好奇地看著朱立斯。他似乎打算開口說些什麼，隨後又變了心意，一個字也沒說出口。陶品絲和朱立斯！啊，有何不可？她不是常常怨嘆不認識半個有錢人嗎？她不是坦白說過，只要有機會，她會為錢而結婚嗎？她終於因為和這個年輕的美國富豪邂逅而有了機會，她不可能放棄的。她滿腦子都是錢，她老是這麼說。何必因為她忠於自己的信念而責怪她？

然而，湯米並非沒有責怪她。他內心充滿了強烈的、非理性的怨恨。嘴巴說說是沒關係，可是一個真正的女孩不為錢而結婚。陶品絲這女孩真是冷血和自私到了極點，他不願意再見到她！還有，這個世界真是爛到家了！

朱立斯的聲音打斷了湯米的思緒。

「沒錯，以後我們應該會處得很好。我聽說女孩子家第一次總是會拒絕……算是一種慣例吧。」

湯米抓住他的手臂。

「拒絕，你說她拒絕了你？」

「當然。我剛才不是說了嗎？她只是大聲說『不行』，但毫無解釋。就像德國人說的，女人永遠是女人。不過，她很快就會清醒的，我催她……」

湯米顧不得禮貌，打斷了他的話。

「她那封信說了什麼？」他粗聲問道。

朱立斯把信交給了他。

「信中一點也沒有提到她去了哪裡，」他向湯米保證。「如果你不信，就自己看吧。」

這封信是陶品絲以她那有名的學生筆跡寫的，內容如下：

親愛的朱立斯：

事情最好是黑字落在白紙上，說個清楚。在找到湯米以前，我不會考慮結婚的問題。這個問題留到那時再說吧。

你摯愛的陶品絲上

湯米把信遞回給朱立斯，兩眼發亮。他的情感遭受到劇烈的衝擊。他現在覺得，陶品絲真是品德高尚、大公無私。她不是毫不猶豫就拒絕了朱立斯嗎？沒錯，這封信是流露出她的弱點，不過他可以原諒。這封信看來像是對朱立斯的賄賂，要他傾盡全力去尋找湯米，但他認為陶品絲其實意不在此。可愛的陶品絲，世界上沒有一個女孩比得上她！等見到她……他的思緒突然頓在那裡。

「一如你所說，」他振奮起來，口中說道：「信中一點也沒有提到她去了哪裡。喂，亨利！」

小男孩順從地走過來，湯米拿出五先令。

「還有一件事。你記得那位小姐是怎麼處理那份電報的嗎？」

「先生，她把電報揉成一團，咚地一下扔進壁爐裡去了。」

「非常好，亨利，」湯米說，「這五先令給你。快，朱立斯，我們必須找到那封電報。」

他們匆匆忙忙上了樓。陶品絲的鑰匙還留在門上，房間還是她離開時的模樣。壁爐裡有個橘白相間的紙團，湯米把它取出後鋪平。

立刻趕來，約克郡艾伯里，莫特府，大有進展。湯米。

兩人面面相覷，呆若木雞。朱立斯先開了口。

「這電報不是你發的吧？」
「當然不是。這表示什麼？」
「我想，這表示最壞的狀況發生了，」朱立斯輕聲說，「他們抓住她了。」
「什麼？」
「當然是這樣！他們用你的名字簽名，結果她就像綿羊一樣，乖乖掉入了陷阱。」
「老天！那我們怎麼辦？」
「立刻行動，去找她！就是現在。沒時間可浪費了。她沒把電報帶走是我們運氣好，要不然我們恐怕再也找不到她了。客運時刻表在哪裡？」
朱立斯的精力是會傳染的。如果是湯米一個人，他或許得坐下來思考上大半個鐘頭才會做出決定。可是和朱立斯在一起，你勢必會立刻忙碌起來。
朱立斯低聲罵了幾句，把謎團般的客運時刻表交給照理說比較看得懂的湯米。不過湯米也沒去看，他寧可去查火車時刻表。
「找到了。約克郡艾伯里，國王十字路口或是聖潘克羅街站。那個小弟一定說錯了，是國王十字路而非查令十字路。十二點五十分，她搭的就是這班火車。兩點十分那班已經開了，下一班是三點二十分……又是該死的慢車。」
「開車怎麼樣？」
湯米搖搖頭。

「如果你願意開車你就開，不過我想我們最好還是搭火車。最重要的是保持冷靜。」

朱立斯呻吟一聲。

「確實如此，可是一想到那個天真活潑的女孩身陷危險，我就忍不住冒火。」

湯米心不在焉地點點頭，他正在思考。片刻後，他說：「我說，朱立斯，你覺得他們為什麼要抓她？」

「呃？我不懂你的意思。」

「我的意思是，我不認為他們會傷害她，」湯米解釋，緊鎖的眉頭代表了他緊繃的心情。「她是個人質，目前不會有危險。我們一旦發現他們的祕密，她就是個極有力的籌碼。只要陶品絲在他們手上，他們就等於握著鞭子，隨時會對我們抽下來，懂了嗎？」

「當然，」朱立斯說，「確實如此。」

「更何況，」湯米想了想，又加上一句：「我對陶品絲很有信心。」

旅途令人疲倦。火車沿途停了許多站，車廂又擁擠不堪。他們換了兩次車，一次在唐克斯特，另一次在一個小站。艾伯里車站人煙稀少，只有一個腳夫。湯米親自問他：「你能告訴我怎麼走到莫特府嗎？」

「你要去莫特府？離這裡很近。你是指海邊那棟大房子吧？」

湯米厚著臉皮點點頭。他耐著性子聽完腳夫巨細靡遺、複雜至極的方向指引後，兩人就離開了車站。天開始下起雨來，他們將大衣衣領翻起，在泥濘的道路上跋涉。湯米突然停下腳步。

「等我一下，」他又跑回車站問那個腳夫。「聽著，你記得稍早有位小姐搭車來這裡嗎？她搭的那班火車是十二點十分從倫敦開來的，她可能也向你問過路，要到莫特府去。」

他極力描述陶品絲的外貌，但腳夫只是搖頭。有好幾個人搭乘那班火車過來，可是他不記得有這樣一位小姐。不過他很確定，沒人向他打聽過去莫特府的路。

湯米回到朱立斯身邊，對他解釋了一番。沮喪沉甸甸地壓在他心上，有如鉛塊一般。他覺得這趟遠行不可能會有收穫，敵人已經占了三個鐘頭的先機。三個鐘頭對布朗先生來說綽綽有餘，他不可能忽略電報被人發現的可能性。

那條路彷彿無止無盡。他們有一回還走錯了路，幾乎偏離了目標半哩之多。直到七點多，他們才碰到一個小孩，告訴他們莫特府就在下個轉角處。

鏽跡斑斑的大鐵門，懸在門框上搖來晃去，長滿雜草的車道上鋪著厚厚的落葉。這地方讓他們不寒而慄。他們踏上荒廢已久的車道，落葉淹沒了腳步。天色幾乎全暗了，走在這裡好像走在鬼域一般。他們頭頂上的樹枝啪啪作響，彷彿發出哀鳴，偶爾幾片溼葉悄然掉落在他們臉上，一時的冰涼讓他們嚇了一跳。

轉過車道，房子赫然在望。那房子看來也是空盪盪的，荒廢很久的樣子。緊閉的百葉窗，通往大門的台階長滿苔蘚。陶品絲真的被騙到這個與世隔絕的地方來了？很難相信這條路在好幾個月內有人走動過。

朱立斯用力轉動生鏽的門把，刺耳的聲響在一片空寂中迴盪。沒人應門。他們不停按鈴，依然毫無人氣。他們繞著屋子走了一圈，處處只見一片寂靜和緊閉的百葉窗。如果說眼見為憑，這地方一看就知道空無一人。

「毫無動靜。」朱立斯說。

兩人慢慢走回到大鐵門邊。

「這附近一定有個村莊，」美國人說，「我們最好去打聽打聽。他們對這裡的地形熟，可能知道這棟房子最近有沒有人來過。」

「對，好主意。」

兩人沿著馬路，不久就來到一個村莊。他們遇見一個背著工具袋的工人，湯米攔住他，問了他一個問題。

「莫特府？沒人住那兒。空了好些年了。如果你們要進去，史威尼太太有鑰匙。她家就在郵局隔壁。」

湯米謝過他，兩人很快就找到了郵局，這也是一家兼賣糖果的雜貨店。他們敲了隔壁小屋的門，一位外表健康、打扮整齊的婦人來開門。她很快就拿出莫特府的鑰匙。

「先生，我不認為那地方適合你們。它年久失修得厲害，天花板漏水，問題一大堆。修理要花很多錢。」

「謝謝你，」湯米高興地說，「我敢說那房子是一場糊塗，不過這年頭房子很難找。」

「確實如此，」婦人打心底同意。「我的女兒女婿一直在找一棟像樣的小房子，不知找了多久。這全是戰爭的緣故，把一切都搞亂了。不過先生，請原諒我這麼說，現在天太黑，你不可能把房子看清楚，等到明天不是更好？」

「沒關係，我們今晚先大致看看。以前我們來過這裡，只是方向並不清楚，附近有什麼好的旅館可以過夜？」

史威尼太太看來有點猶豫。

「這兒是有個叫作『約克郡紋章』的小旅館，但不適合你們這樣的紳士住宿。」

「噢，沒關係，謝謝。對了，今天有沒有一個年輕女孩到你這裡來拿鑰匙？」

婦人搖搖頭。

「很久沒人來過了。」

「非常謝謝。」

兩人又折回莫特府。前門搖搖晃晃地掛在門框上，發出嘎嘎的聲響。朱立斯劃了一根火柴，把地板仔細檢查了一遍。他搖搖頭。

「我敢發誓，沒人走過這裡。看看這灰塵有多厚。半點腳印也沒有。」

他們在空盪盪的房子裡四處走動。處處都是厚厚的灰塵，顯然沒人動過。

「這可把我難倒了，」朱立斯說，「我不相信陶品絲來過這裡。」

「她一定來過。」

朱立斯搖搖頭，沒再答話。

「明天我們再好好看看，」湯米說，「白天或許看得清楚些。」

第二天他們又仔細搜索了一番，終於心不甘情不願地承認，這房子已經很久沒有人來過了。幸好有湯米的發現，否則他們可能就要打道回府了。兩人在走回大鐵門途中，湯米突然一聲驚叫，蹲下身從樹葉中拾起一個東西交給朱立斯。是一枚小小的金色胸針。

「這是陶品絲的！」

「你確定嗎？」

「百分之百確定，我常看見她戴這枚胸針。」

朱立斯深吸一口氣。

「我想，事情有眉目了。不管怎麼說，她一定來過這裡。我們就以那家小酒館當據點，在附近仔細尋找，直到找到她為止。一定有人見過她。」

行動就此開始。湯米和朱立斯分頭搜尋也聯手找過，可是結果都一樣：附近沒人見過貌似陶品絲的人。兩人雖然受挫，但並不氣餒，最後他們改變了策略。陶品絲在莫特府附近勢必停留甚短，這表示她被人挾持後用汽車帶走了。於是兩人又從頭調查起。有沒有人在那天看過莫特府附近停著一輛汽車？結果依然徒勞無功。

朱立斯向城裡發了一通電報，找人把他的車送來，接著兩人帶著不滅的熱情，每天開著車在附近搜尋。有一回他們滿懷希望地跟到一輛灰色的高級轎車，一直追到哈洛蓋特，才發現那是一位名高望重的仕女座車！

每一天都有新的追獵行動。朱立斯像一隻獵犬，連最細微的蛛絲馬跡也不放過。每天經過此地的車沒有一輛不遭到他的盤問。他還強行進入鄉紳的私人地產，對車主反覆查問。雖然他的道歉和手法一樣徹底，常能讓那些人的憤怒煙消雲散，可是日子一天天過去，他們還是沒有任何發現。劫持計畫是如此周密，那女孩彷彿從世界上消失了。

湯米心上還有一件事。

「你知道我們在這裡住多久了？」一天早上，兩人共進早餐的時候，湯米問。「一個禮拜了！我們毫無陶品絲的蹤跡，而下星期二就是二十九號了！」

「該死！」朱立斯說，「我幾乎忘了二十九號這回事。除了陶品絲，我什麼也沒想到。」

「我也是，不過至少我沒忘記二十九號的事，可是和尋找陶品絲比起來，那件事簡直微不足道。但今天已經二十三號，時間不多了。我們必須在二十九號之前找到她，因為一過二十九號，她的生命就失去利用價值，人質遊戲也就告終了。我覺得我們從一開始就犯了一個大錯。我們在浪費時間，而且毫無進展。」

「我同意你的話。我們是一對傻瓜，擔下明明知道做不來的事情。我要立刻收手，不再胡鬧！」

「你這是什麼意思？」

「我告訴你，我要去做一個星期前我們就該做的事。我要馬上回倫敦，把這個案子交給貴國警察。我們竟然以為自己是偵探！簡直愚蠢透頂！我玩完了，也受夠了。我要去蘇格蘭警場。」

「你說得對，」湯米緩緩說道，「真希望我們一開始就去報案。」

「晚做總比不做的好。我們就像兩個小孩，大玩繞圈圈的遊戲。現在，我立刻就去蘇格蘭警場，請他們指點迷津。我想，專業人士終歸還是勝過業餘新手。你要不要和我一起去？」

湯米搖搖頭。

「有什麼用？一個人去就夠了。我還是留在這裡，多探查一些時日吧。說不定會突然發現什麼，誰知道？」

「沒問題。那就再見了。我和幾個警探握握手就回來。我會要求他們挑最棒的人才辦這件事。」

可是事情並未依照朱立斯的計畫發展。那天下午，湯米收到一封電報：

到曼徹斯特米德蘭飯店找我，有重要消息。朱立斯。

當晚七點半，湯米才踏出一列慢車，就看到朱立斯站在月台上。

「我知道只要你收到我的電報，一定會搭乘這班車趕來。」

湯米抓住他的手臂。

「怎麼回事？找到陶品絲了嗎？」

朱立斯搖搖頭。

「沒有，可是我一回倫敦就發現了這封電報。它剛到。」

他把電報遞給湯米，湯米讀著電報，眼睛睜得老大：

已找到珍．芬恩，立刻趕來曼徹斯特米德蘭飯店。皮爾．艾格敦。

朱立斯取回電報，把它摺好。

「奇怪，」他若有所思地說，「我正以為那個律師已經放棄這個案子！」

# 19 珍・芬恩

「我的火車在半小時之前抵達，」朱立斯一面領頭走出車站一面說，「我想你會在我離開倫敦前搭乘這列火車過來，所以發了電報給詹姆斯爵士。他已經替我們訂好房間，約好八點共進晚餐。」

「你當初怎麼會以為他放棄了這個案子？」湯米好奇地問。

「這個老傢伙，」朱立斯的回答酸溜溜的。「嘴巴緊得像蚌殼！他跟全天下的律師沒兩樣，除非有把握，否則不可能置身事內。」

「我不知道。」湯米邊想邊說。

朱立斯轉身問他：「你不知道什麼？」

「不知道這是不是他真正的原因。」

「一定是。你可以拿你的生命打賭，一定是。」

湯米沒被說服，只是搖搖頭。

詹姆斯爵士八點準時到達，朱立斯將他介紹給湯米。詹姆斯爵士熱情地和他握了手。

「很高興認識你，貝里福先生。我從陶品絲小姐口中得知你不少事情，」他不自覺地露出微笑。「所以感覺已經和你非常熟了。」

「謝謝你，爵士。」湯米帶著他招牌的開心笑容說。

他熱切的眼神打量著這位大律師。像陶品絲一樣，他也感到這人有股莫大的吸引力，令他想起卡特先生。兩人外表完全不同，卻有同樣的吸引力。兩人都有精敏的頭腦，只是一個埋在疲憊的神態下，另一個則潛藏在專業的含蓄中。

他也感到詹姆斯爵士在仔細檢視他。當律師垂下雙眼，湯米覺得自己就像一本打開的書，被他從頭到尾讀了個透徹。他不禁自問，對方最後的評斷是什麼？他不得而知。詹姆斯爵士無所不問、無所不聽，自己卻惜話如金，這種作風幾乎立刻得到了證實。

初次見面的寒暄剛結束，朱立斯便迫不及待提出連珠炮的問題。詹姆斯爵士是怎麼掌握到那女孩的行蹤？當初他為什麼不讓他們知道，他還在插手管這個案子？

詹姆斯爵士一面摩挲著下巴，一面微笑。他終於開口說道：「沒錯，是這樣。對，我們找到她了。這才是最重要的，不是嗎？別再追問了，女孩被找到不是最重要的嗎？」

「確實是。可是你是怎麼追查到她的行蹤？陶品絲和我以為你放手不管了呢。」

「啊！」大律師對他投以電光般的一瞥，接著又開始摩挲下巴。「你以為我不管了，是嗎？你真的這麼想？噢，老天。」

「不過我想我應該承認是我們想錯了。」朱立斯又說。

「噢，我不敢這麼說。總之，我們找到了這個女孩，這是我們走運。」

「可是那女孩在哪裡？」朱立斯問，他的思維已經飛到另一條軌道上。「我還以為你會把她帶來。」

「不可能。」詹姆斯爵士說，面色凝重。

「為什麼？」

「因為那女孩在一次交通事故中被車撞倒，頭部受了輕傷。她被送進醫院，恢復知覺後，她說她叫珍．芬恩。我聽到這個消息後，就安排她轉到一個醫生家裡去，那個醫生是我的朋友，然後我就立即發電報給你。她又陷入昏迷，到現在一直沒開口說話。」

「她的傷不嚴重吧？」

「啊，有一處瘀青，一兩處被割傷。說真的，從醫學觀點來看，如此小的皮肉傷竟然會造成這種後果，說來荒謬。她的昏迷可能是恢復記憶後的心理衝擊所造成的。」

「她恢復記憶了嗎？」朱立斯激動地問。

詹姆斯爵士以手敲桌，顯然很不耐煩。

「毫無疑問，賀士默先生，因為她已經說出了自己的姓名。我還以為你了解了。」

「而你正好在現場？」湯米說，「聽來有如神話故事般。」

詹姆斯爵士非常機警，沒有上當。

「有些事情就是很巧。」他說，話中明顯帶刺。

可是湯米對他先前的懷疑更加確定了。詹姆斯爵士會在曼徹斯特出現絕非偶然，他不但沒有像朱立斯所以為的放棄了這起案子，反而以自己的方式找到那個失蹤的女孩。湯米唯一不解的是，為什麼他要這麼保密呢？他的結論是：這是法律工作者的怪癖。

「吃完晚餐，」朱立斯大聲說，「我就立刻去看珍。」

「這不可能，」詹姆斯爵士說，「這麼晚了，他們不可能允許她和訪客見面。我建議明早十點去較好。」

朱立斯的臉紅了。詹姆斯爵士身上總有一些東西激得他想起而對抗，兩個喜歡發號施令的人勢必會有衝突。

「不管怎麼說，今晚我會繞去看看，看我能不能改變他們那些愚蠢的規章制度。」

「這麼做一點用也沒有，賀士默先生。」

這些話尖利得猶如手槍射出的子彈，把湯米嚇了一跳，他抬起頭來。朱立斯神經緊繃，神情激動。他握著玻璃杯舉在嘴邊的手微微顫抖，兩眼挑戰似的緊盯著詹姆斯爵士的眼睛不放，雙方之間的敵對情緒好似一觸即發。可是最後朱立斯低下了頭，承認挫敗。

「就目前來看，我想你是老大。」

「謝謝你，」詹姆斯爵士說，「那麼，我們就說定十點囉？」他轉頭面向湯米，神情一派從容。「貝里福先生，我必須承認，今晚在這裡見到你讓我感到很意外。上回我聽到你名字的時候，你那位朋友正為你憂心如焚。你有好幾天沒消沒息，陶品絲小姐認為你可能遇上了麻煩。」

「我確實遇上了麻煩，爵士！」湯米咧嘴而笑。「我一輩子都不曾在那種可怕的地方待過。」

在詹姆斯爵士的提問之下，他把自己的冒險經歷簡單敘述了一番。湯米講完後，律師以刮目相看的眼神望著他。

「我要恭喜你，」他慎重其事地說，「竟然能順利逃出那個可怕的地方。你足智多謀，把你的角色做得很好。」

湯米得到讚美，臉色紅得像煮熟的龍蝦一樣。

「要不是那女孩幫忙，我也逃不出來。」

「確實，」詹姆斯爵士臉上似乎有一絲淺笑。「你很幸運，她很……呃，喜歡你。」湯米想解釋，可是詹姆斯爵士又往下說道：「我想，她一定是那幫人的一份子吧？」

「恐怕不是，爵士，我本以為她留在那裡是受他們武力所逼，可是她的行為似乎並非如此。你知道，她本來是可以逃走的，卻又回到他們身邊。」

詹姆斯爵士若有所思地點點頭。

「她說了什麼？她說她想回到瑪格麗特那裡去？」

「是的，爵士，我想她是指范德邁夫人。」

「她一向用麗塔．范德邁這個名字簽名，而且她所有的朋友都稱她為麗塔。不過，我想那女孩習慣用全名稱呼她。還有一點，在她嚷著要回去的當兒，范德邁夫人其實已經死了，要不就是在垂死邊緣。這很奇怪！這其中有幾點我不懂……他們對你的態度為什麼突然有了改變？對了，警方一定搜過那棟房子了吧？」

「是的，爵士，不過人都跑光了。」

「那當然。」詹姆斯爵士冷冷地說。

「沒有留下任何線索。」

「我很納悶……」律師一面若有所思，一面以手輕敲桌面。

他的聲音讓湯米抬起頭來。難道只有這人的眼睛看得出問題，而其他人都是瞎子？他衝動地說：「但願搜索那房子的時候你也在場，爵士！」

「但願如此，」詹姆斯爵士幽幽地說。他沉默片刻，接著抬起頭來。「後來呢，之後你做了什麼？」

湯米瞪著他好半晌，這才慢慢想到，大律師當然不知道他們做了什麼。

「我忘了你不知道陶品絲的事。」他慢慢說道。

因為知道終於找到了珍．芬恩的興奮而暫時忘卻的那份錐心焦慮，這時候再度掃過他的全身。

律師頓時放下手中的刀叉。

「陶品絲小姐出事了？」他的聲音非常警覺。

「她失蹤了。」朱立斯說。

「什麼時候？」

「一個星期前。」

「怎麼失蹤的？」

詹姆斯爵士的問題就像子彈般一發接一發。一問一答之間，湯米和朱立斯將他們徒勞的搜尋經歷敘述了一遍。

詹姆斯爵士直指重心。

「一封簽有你名字的電報？這表示那些人對你們兩個都很熟悉，可是不能確定你們在房子裡搜到了多少情報。他們綁架陶品絲小姐是對你逃跑的反擊，如果必要，他們會在陶品絲身上下工夫來封住你的嘴。」

湯米點點頭。

「我就是這麼想。」

詹姆斯爵士銳利的眼光望著他。

「你已經想到了，對吧？沒錯，錯不了。奇怪的是，他們一開始抓住你的時候對你一無所知，而你確定不曾在有意無意間洩漏了自己的身分？」

湯米搖搖頭。

「情況就是這樣，」朱立斯一面點頭一面說，「所以我想，有人提供情報給他們，而且一定是在星期日下午以後。」

「沒錯，不過是誰呢？」

「當然是那個無事不曉的布朗先生！」

美國人的聲音中透著一絲淡淡的嘲弄，詹姆斯爵士頓時抬起頭來。

「你不相信布朗先生存在，賀士默先生？」

「對，爵士，我不相信，」年輕的美國人以強調的語氣說道，「不相信他這麼有本事。我斷定他是個傀儡，那只是一個用來嚇唬小孩、有如魔鬼的名字。真正的主腦是奎馬林那個俄國人。我想只要他願意，他絕對有能力在三個國家內掀起革命！魏廷頓那傢伙可能是英國分支的頭目。」

「我不同意你的看法，」詹姆斯爵士立刻駁斥。「布朗先生確有其人，」他轉向湯米。「你有沒有注意到，那封電報是怎麼送來的？」

「沒有，爵士，恐怕我沒注意到。」

「嗯。電報在你身上嗎？」

「在樓上，爵士。在我的文件箱裡。」

「找個時間我去看看。不急，你們已經浪費了一個禮拜，」湯米垂下頭，爵士又說：

「多浪費一兩天也無所謂。我們先解決珍・芬恩小姐的問題，之後再設法把陶品絲小姐救出來。我認為她眼前不會有危險……如果他們不知道我們已經找到了珍・芬恩，更不知道她已恢復記憶的話。我們無論如何都要嚴守祕密，你們懂嗎？」

兩人點頭同意。將隔天見面的事安排妥當後，大律師便離開了。

十點鐘，兩個年輕人來到約定地點，詹姆斯爵士已經在門前台階上等著跟他們會合。不激動的人只有他一個。他為兩人介紹給醫生認識。

「這是賀士默先生，貝里福先生，這位是羅蘭斯醫生。病人怎麼樣了？」

「情況良好。顯然沒有時間觀念，今天早上還在問露西塔尼亞號有幾個人被救了出來，報上刊出來了沒有？當然，這在我們的意料之中。不過，她好像心事重重。」

「我想我們可以消弭她的疑慮。我們可以進去了嗎？」

「當然。」

他們隨著醫生上了樓，湯米的心跳明顯加快。終於要見到珍・芬恩了！這個被苦苦追尋、神祕莫測、難以捉摸的珍・芬恩！這麼容易就找到她簡直不可思議。而現在，就在這棟屋子裡，她的記憶奇蹟似地恢復了，而她手上掌握著英國的未來。湯米嘴裡發出一聲低吟。要是陶品絲在他身邊分享兩人合作的勝利成果，那該多好！他毅然決然地把對陶品絲的思念拋在一旁。他對詹姆斯爵士的信心逐漸增長。這個人一定能夠找出陶品絲的下落。更何況，他們找到了珍・芬恩！突然間，一陣恐懼揪住他的心。事情似乎太容易了。要是他們發現她已死……死在布朗先生的手上，那該怎麼辦？

他隨即對自己的胡思亂想嗤笑了幾聲。醫生打開一個房間的門，眾人魚貫而入。白色床上躺著一個女孩，頭上包著紗布。不知何故，那情景看來有點不真實。它和大家料想中的一模一樣，不由得令人覺得有如一幕美麗的布景。

女孩張著困惑的大眼睛，逐一看著眼前的每個人。詹姆斯爵士先開了口。

「芬恩小姐，這是你的表哥，朱立斯・賀士默先生。」

朱立斯走上前去握住她的手，女孩兩頰泛起淡淡紅暈。

「珍表妹，你好。」他輕聲說道。

湯米聽出他聲音裡的微微顫抖。

「你真的是海勒姆舅舅的兒子？」她帶著困惑的神情問。

她的聲音帶著些微美國西部的溫暖口音，卻令人幾乎豎起寒毛。湯米隱約覺得這聲音有點耳熟，但他認為不可能，就把這念頭拋到腦後。

「是真的。」

「我們常在報上看到海勒姆舅舅的新聞，」女孩又說，聲音輕輕柔柔的。「可是我從來沒想到有朝一日會見到你。母親認為海勒姆舅舅絕對不會原諒她。」

「我老爸就是這樣，」朱立斯承認。「但我想下一代就不一樣了。家人間的不和沒什麼好計較的。戰爭結束後，我想到的第一件事就是找你。」

女孩臉龐掠過一陣陰影。

「他們告訴我一些事情，一些可怕的事情，說我喪失了記憶，還有一些我永遠也不可能知道的時光……從我生命中消失的時光。」

「你自己沒有感覺到？」

女孩眼睛睜得老大。

「啊，沒有。對我來說，自從被匆忙塞進救生艇後，我就沒有時間的記憶了。直到現在，我還看得到那幅情景。」

她閉上眼睛，打了個寒顫。

朱立斯看著詹姆斯爵士，後者點點頭。

「不用擔心，沒什麼好擔心的。聽著，珍，有件事情我們想知道。船上有個人身上帶著非常重要的文件，而我國一些重要人物認為，他把文件交給了你，是這樣嗎？」

女孩猶豫了，目光轉到另外兩個人身上。朱立斯明白她的意思。

「貝里福先生受英國政府之託，要找回那份文件，詹姆斯．皮爾．艾格敦爵士是英國國會議員，如果他願意，有朝一日可能成為內閣要員，而我們之所以找到你，就是拜他之賜。所以你儘管把來龍去脈都告訴我們。丹佛斯把文件交給你了嗎？」

「是的，」她說，「他說文件帶在我身上保存下來的機會比較大，因為他們會先救女人和小孩。」

「這跟我們想的一樣。」詹姆斯爵士說。

「他說這些文件非常重要，可能會對所有的同盟國產生重大影響。但這是很久以前的事了，戰爭已經結束，現在公布這些文件有什麼用呢？」

「珍，我想歷史往往會重演。當初這些文件引起了一場軒然大波，之後慢慢平息，現在紛擾又重新開始……原因倒是截然不同。你可以立刻把文件交給我們嗎？」

「不行。」

「為什麼？」

「我手上沒有文件。」

「你，手上，沒有文件？」朱立斯逐字逐字地說。

「沒有。我把文件藏起來了。」

「你把文件藏起來了？」

「是的。當時我很緊張，好像有人在監視我，我很害怕，非常害怕，」她把手放在頭上。「我在醫院醒來的時候，只記得這件事……」

「繼續說，」詹姆斯爵士說，語調沉靜而清晰。「你還記得什麼？」

她聽話地轉向他。

「地點在霍利黑德，我從那個方向來。我記不得為什麼……」

「沒關係，繼續說。」

「趁著碼頭一片混亂，我溜走了。沒人看見我。我招來一輛車，要司機把我送出城去。我們開上公路之後，我就注意觀察，沒有車跟著我們。接著我看見公路旁有一條小徑，我要司機等一下。」

她頓了頓，這才繼續說道：「那條小徑通往懸崖，懸崖到大海之間有一大片黃色金雀花，怒放得有如金色火焰。我四下張望，半個人影也沒有。岩石上有個小洞，大約和我的頭齊高，洞口很小，只能容我的手伸進去，不過很深。我取下脖子上的油皮紙袋，盡可能往洞的深處推，又摘了一些金雀花——老天，好多刺——把洞口堵住，這樣沒有人會知道這裡有洞。我默默記住了地點，日後好再回來找。小徑上有塊形狀很怪的大石頭，活像一隻狗坐在那裡討東西吃。後來我回到公路上，汽車還在等我，我就搭車回來，正好趕上了火車。我有點不好意思地提我的胡思亂想，可是我看見坐在我對面的男人朝我旁邊的女人眨眨眼，我又害怕起來，同時也慶幸自己藏好了文件。我走出車廂，到過道上呼吸新鮮空氣，正想溜到另一節車廂去，那個女人叫住了我，說我掉了東西，我一彎下腰，就好像被什麼東西擊中……就是這裡。」她邊說邊用手按住自己的後腦。「我什麼也記不起來了，只知道在醫院裡醒了過來。」

一片靜默。

「謝謝你，芬恩小姐，」說話的是詹姆斯爵士。「希望我們沒有讓你太累。」

「啊，沒關係。我的頭有點痛，除此之外都很好。」

朱立斯再次走上前去握住她的手。

「再見了，珍表妹。我得趕緊去找那些文件，不過我很快就會回來。在我們回美國以前，我會帶你去倫敦，好好享受一下你的青春生活。我說話算話，所以你得趕快恢復健康。」

# 20 為時已晚

三人在街頭召開了一次非正式的戰情會議。詹姆斯爵士從口袋裡取出懷錶。

「到霍利黑德接送下船旅客的火車會在十二點十四分停靠於切斯特。如果你們立刻動身，應該能趕上那班接駁火車。」

湯米抬起頭，一臉的不解。

「有必要這麼趕嗎，爵士？今天才二十四號。」

「我想，早動身總是有好處，」律師還沒來得及回答，朱立斯已經開口。「我們得趕緊去藏文件的地點。」

詹姆斯爵士微蹙眉頭。

「真希望我能和你們一塊去，可是我兩點有個演講。很遺憾。」

他的語氣明顯聽得出他的不情願。而另一方面，朱立斯對他的缺席顯然感到輕鬆不少。

「我想這件事並不複雜，」他說，「只是一場捉迷藏的遊戲。」

「希望是這樣。」詹姆斯爵士說。

「當然是這樣，要不然還會怎樣？」

「你還年輕，賀士默先生。等你到了我這個年齡，或許就會學到這個教訓：『絕對不要低估你的對手。』」

他語氣的慎重其事讓湯米印象深刻，可是對朱立斯毫無效果。

「你以為布朗先生會跑來插上一腳？如果他真的敢來，我就等著他。」他往自己口袋一拍。「我身上帶著槍，小威利可是跟著我走遍全世界。」他拿出那把殺氣騰騰的自動手槍，放回口袋前還愛戀地拍拍它。「不過，這一趟用不著它。沒人會跑去向布朗先生告密。」

律師聳聳肩。

「也沒人跑去告訴布朗先生范德邁夫人打算背叛他，但范德邁夫人還是沒開口就死了。」

朱立斯沉默了，詹姆斯爵士又說，這回語氣輕鬆了些。

「我只是想讓你們提高警覺。再見了，祝好運。文件一旦拿到手，就別去冒無謂的風險。如果你們懷疑被人跟蹤，立即把文件銷毀。祝你們好運。現在，勝敗就掌握在你們手中了。」

他和他們握手告別。

十分鐘後，兩位年輕人已經坐在開往切斯特的頭等車廂裡。

好半晌兩人都沒說話。朱立斯終於打破沉默，而他開口說出來的話大出湯米意料之外。

「喂，」他若有所思地說，「你可曾對一個女孩的臉朝思暮想，把自己弄得像個大傻瓜一樣？」

一陣訝異後，湯米開始深思。

「我不能說我有過這樣的經驗，」他終於回答，「只是我怎麼也想不起來。你為什麼問這個？」

「因為過去兩個月來，我為了珍讓自己成了一個多愁善感的白癡。一開始我猛盯著她的照片看，而我的心就像小說裡形容的一樣，怦然心動。我想，做這樣的告白是有點尷尬，不過我是懷著決心到這裡來的，我希望找到她，把她帶回去當朱立斯．賀士默的太太！」

「噢！」

湯米訝異不已。

朱立斯猛然放下二郎腿，繼續說道：「這純粹表示一個人真能把自己變成一個大傻瓜！我只朝那活生生的女孩看上一眼，病就治好了。」

更加張口結舌的湯米只得再度驚呼一聲：「啊！」

「我不是要冒犯珍，」朱立斯說，「她真是個好女孩，一眼就會讓人愛上她。」

「我認為她是個非常漂亮的女孩。」湯米總算找回了舌頭。

「絕對是。可是她一點也不像照片上的她。我想她應該是……一定是才對，因為我立刻就認出她來。要是我在人群裡看見她，我會毫不猶豫地說：『這女孩的臉很面熟。』但是那張照片……」朱立斯搖搖頭嘆了口氣。「我想，愛情真是一種奇怪的東西！」

「的確是，」湯米冷冷地說，「就拿你來說，你到這裡來是因為愛上了一個女孩……不過兩個星期前你才向另外一個女孩求了婚。」

朱立斯很有風度，看來並不在意。

「呃，你知道，我那時候有些倦了，覺得永遠不可能找到珍……總之，這是出於一時愚蠢的衝動。而且就拿法國人來說吧，他們看事情比較通情達理，會把愛情和婚姻分開看。」

湯米的臉紅了。

「噢，該死！如果那是……」

朱立斯急急打斷他。

「喂，你別急著說出口。我並不是你說的那個意思。我認為美國人對道德有很高的評價，不像你以為的那樣。我的意思是，法國人看待婚姻的態度是很務實的……先找到兩個適合彼此的人，一起管理金錢，以實事求是的眼光和就事論事的精神來看待整個婚姻。」

「如果你問我，」湯米說，「這年頭大家都過於實事求是了。我們總是說，這件事值不值得？男人已經夠糟了，而女人更是可怕。」

「冷靜點，老兄，火氣別這麼大。」

「我就是火氣大。」湯米說。

朱立斯看著他，覺得自己還是少說為妙。不過湯米在抵達霍利黑德之前有很多時間可以冷靜。等到兩人抵達目的地踏下火車，湯米的笑容已經回到臉上。

經過商量，再加上地圖的幫忙，兩人對於方向達成了共識。他們租了一輛車，朝海灣的那條公路駛去。他們要司機開慢點，兩人在公路上注意觀察，以免錯過那條小徑。離開市鎮未久，他們就找到了那條小徑。湯米立刻要司機停車，以隨口問問的語氣問道，這條小徑是不是通向大海，聽見肯定的回答後，他大方地付了車資。

未幾，計程車慢慢朝霍利黑德的方向往回開。湯米和朱立斯看著它消失在視野中，這才轉向狹窄的小徑。

「這條路應該對吧？」湯米問，語氣並不確定。「沿途應該有些草叢才對。」

「一定是。你看那些金雀花。記得珍是怎麼說的嗎？」

湯米看著兩旁盛開的金色花朵，這才相信確實是這裡沒錯。兩人一前一後往前走，朱立斯一馬當先，湯米則不安地兩度回頭張望。朱立斯也跟著往後看。

「什麼事？」

「我不知道。我有點害怕。一直覺得有人在跟蹤我們。」

「不可能，」朱立斯非常篤定。「要不然我們會看到他。」

湯米必須承認，朱立斯說得沒錯。可是他的不安有增無減。他不由自主地相信，這個敵人無所不能。

「我倒希望那傢伙跟上來，」朱立斯說完，往口袋上一拍。「小威利在此，它正想顯顯身手呢。」

「你向來隨身帶著它……小威利嗎？」湯米突然深感好奇。

「幾乎都帶著。我是認為，天有不測風雲。」

湯米沉默下來。他對小威利敬畏三分，它似乎將布朗先生的威脅趕得遠遠的。

小徑沿著懸崖邊緣向前延伸，和海岸呈平行狀。朱立斯突然停下腳步，湯米冷不防撞在他身上。

「什麼事？」他問。

「你看那裡。可別說這不夠刺激。」

湯米一看，只見小徑當中聳立著一塊突出的大石頭，把路擋住了大半，那模樣就像一隻討東西吃的狗。

「噢，」湯米說，「我們要找的就是這個，不是嗎？」

他不讓自己像朱立斯那麼激動。

朱立斯以悲哀的眼神看著他，搖搖頭。

「冷靜的英國人！我們要找的當然就是這個，可是眼看它就出現在我們預期的地方，還是不免讓我心頭翻攪！」

湯米的冷靜與其說是天生，不如說是裝出來的。他不耐煩地邁開腳步。

「快點。你忘了我們要找小洞？」

他們把懸崖邊緣仔仔細細搜了一遍，湯米聽見自己說出像白癡一樣的話。

「這麼多年了，金雀花不可能還在。」

朱立斯也是慎重其事地回答：「我認為你說得對。」

湯米突然指著一個地方說道，他的手在發抖。

「那個石洞，怎麼樣？」

朱立斯以一種敬畏的聲音回答：「就是那個洞，一定是。」

兩人面面相覷。

「我在法國的時候，」湯米回憶道，「我的勤務兵如果沒去叫我，總會說他是因為突然一陣暈眩。我從來就不信。然而不管他是否真的那樣，我現在倒是感覺到天旋地轉，而且轉得好厲害！」

他帶著痛苦的快樂看著那塊岩石。

「要命！」他喊道，「不可能！五年了，想想看！愛搗鳥巢的小男孩、野餐聚會、成千上萬的人走過，文件不可能還在。文件還在的可能性太小了。」

他確實覺得這是不可能的……多半因為他不相信這麼多人都失敗了，而他竟然會成功。這件事太容易了，所以不可能。那個洞一定是空的。

朱立斯看著他，臉上掛著大大的笑容。

「我想，你現在的心一定翻攪不已，」他慢慢地說，彷彿很開心。「嗨，來吧！」他把手插進石縫，做了個鬼臉。「這個洞好小，珍的手一定比我小得多。我什麼也摸不到，沒有。噢，這是什麼？老天！」他大力一揮，把一個褪色的小包高高舉起。「沒錯，就是這玩意兒。用油皮紙袋縫起來的。拿好，我把我的小刀拿出來。」

難以置信的事終於發生了。湯米雙手捧著這個珍貴的紙袋，無比的溫柔。他們成功了！

「奇怪，」他低聲說，「我以為縫線應該很舊了，可是它卻像新的一樣。」

兩人小心拆開縫線，打開油皮紙袋，裡頭是一張摺起的紙。他們用發抖的手打開它，紙上一片空白！兩人面面相覷，一頭霧水。

「假的！」朱立斯開罵了。「原來丹佛斯只是虛晃一招？」

湯米搖搖頭，這個解釋不能令他滿意。突然他的臉一亮。

「我懂了。隱形墨水！」

「你認為是這樣？」

「無論如何值得一試。加熱通常會有效，拿些柴火來，我們生火。」

幾分鐘後，他們用樹枝、樹葉生起了一團小火，火焰歡娛地跳動著。湯米把那張紙挪近火，紙因為受熱而略略捲曲，其他什麼都沒有。

突然間，朱立斯抓住湯米手臂，指著慢慢顯現的淡褐色的字。

「老天！你還真說對了！喂，你還真會想，我從來沒想到過。」

湯米定定地拿著紙，幾分鐘之後，熱度發揮了作用，他這才拿回紙仔細看，還發出一聲叫喊。

紙上棕色的大寫字跡整整齊齊寫著：

致上布朗先生的問候。

# 21 湯米的發現

一時之間，兩人站在那裡面面相覷。這個突如其來的驚嚇讓他們目瞪口呆了好半晌。布朗先生不知道又用了什麼方法，搶先了他們一步。湯米默默地接受了失敗的事實，朱立斯卻不。

「他怎麼會搶在我們前面？可真難倒我了。」他說。

湯米搖搖頭，悶悶地說：「這就說明了縫線為什麼是新的。我們早該猜到……」

「別管那該死的縫線了。他怎麼可能搶在我們前面呢？我們已經分秒必爭了，誰也不可能比我們更早趕到這裡。再說，他是怎麼知道的？你認為珍的房間裡有竊聽器嗎？我想一定有。」

湯米的判斷卻不相同。

「不可能有人知道她在那棟房子裡，更別提那個房間了。」

「說得也是，」朱立斯同意。「這麼說，某個護士是內奸，躲在門邊偷聽，這個說法怎麼樣？」

「不管他是怎麼知道的，我想都無所謂了，」湯米有氣無力地說，「他可能好幾個月前就發現，所以早就把文件取走了，這麼說……啊，不，不可能！否則他們會立刻公開文件。」

「對，他們一定會立刻公開。所以，一定是某人今天早我們一個小時左右拿走的。但他們是怎麼知道的？我真是摸不著頭腦。」

「但願皮爾．艾格敦那位仁兄和我們在一起。」湯米若有所思地說。

「為什麼？」朱立斯睜大眼睛。「我們來的時候，事情已經發生了。」

「沒錯……」

湯米躊躇著。他很難把自己的感覺解釋清楚，他認為如果爵士在場，這場災難就有轉圜的餘地，雖然這個想法並不合於邏輯。他又把先前的話說了一遍。

「爭論事情怎麼會發生得於事無補。比賽已經結束，我們輸了。目前我只有一件事可以做。」

「什麼事？」

「盡快回到倫敦。我必須向卡特先生提出警告。距離關鍵時刻只剩下幾個鐘頭，可是無論如何，他應該知道最壞的狀況。」

這不是一樁令人愉快的差事，不過湯米完全沒有打算迴避。他必須把自己失敗的事實告知卡特先生，報告之後，他的工作就算告一段落。他搭乘午夜的郵車回到倫敦，朱立斯則留在霍利黑德過夜。

回到倫敦半小時後，蒼白憔悴的湯米已經站在長官面前。

「先生，我是來向你報告的。我失敗了，而且是慘敗。」

卡特先生的目光立刻望向他。

「你是指那份條約？」

「先生，條約現在在布朗先生手中。」

「啊！」卡特輕呼一聲。

他臉上的表情並未改變，可是湯米看見他的眼睛閃過一絲絕望。那眼神讓他覺得，這整件事似乎已經無可期待了。

「現在，」片刻後，卡特先生說，「我們絕對不能腿軟。我很高興得知事情的現況，我們必須知其不可為而為之。」

湯米的腦海裡閃過一個念頭：「沒希望了，他知道沒希望了！」

卡特先生抬起頭來看著他。

「小夥子，別把這件事放在心上，」他的語氣甚是溫柔。「你已經盡了最大的努力。你的對手是本世紀最聰明的奇才，而且你差點就成功了。要記住這個。」

「謝謝你，先生，你真有風度。」

「我很自責。自從我聽到另一個消息後，我就一直在責怪自己。」

他話中的弦外之音引起了湯米的注意。他的心被一股新的恐懼揪住。

「還有……還有其他的消息？」

「恐怕是的。」卡特先生沉重地說。

他伸手指著桌上的一張紙。

「是陶品絲……」湯米沒能說完。

「你自己看吧。」

那些以打字機打出的字在他眼前跳動。信中描述了一頂綠色無邊女帽和一件大衣，大衣口袋裡裝有一條繡有PLC字樣的手帕。他詢問似地望向卡特先生，眼神充滿痛苦。卡特先生回答了他。

「這兩樣東西被沖上了約克郡海岸，在伊伯利附近。恐怕……看來很像是謀殺。」

「老天！」湯米喘著粗氣。「陶品絲！那些惡魔，我不報仇誓不罷休！我要對他們追捕到底，我要……」

卡特先生臉上的同情讓他冷靜下來。

「我知道你現在的感覺，可憐的孩子。可是這樣毫無用處。你在浪費你的精力，而且完全無濟於事。這話聽來或許冷酷，不過我對你的忠告是：節哀順變。時間是慈悲的，你會忘掉這一切。」

「忘掉陶品絲？絕不可能！」

卡特先生搖搖頭。

「現在的你當然會這麼想。噢，想到那個勇敢的女孩，真令人不忍回首。對這一切我感到遺憾，非常遺憾。」

湯米突然平靜下來。

「我占用了你的時間，先生，」他努力說出口。「你不必責怪自己。我只能說我們太年輕無知，竟然敢擔下這個任務。你確實警告過我們。但願受到懲罰的是我。卡特先生，再見了。」

回到麗緻飯店，湯米機械似地收拾了幾樣東西。他的思緒飄得很遠很遠，他依然感到迷惑，不懂自己快樂而平凡的生活怎麼會突然變成悲劇。他們在一起的時候是多麼快樂，而現在……噢，他不敢相信，陶品絲竟然死了。嬌嬌小小的陶品絲，她是那麼的朝氣蓬勃！這是一場夢，一場可怕的夢，如此而已。

飯店的人為他送來一封信，是皮爾．艾格敦爵士寫來的幾句慰問。他是從報上得知這個消息（這是一條引人注目的頭條新聞：「前英國志願救護隊隊員恐怕已成波臣」）。他在信尾為湯米提供了一個到阿根廷農場的工作。詹姆斯爵士擁有那家農場很大的股份。

「仁慈的老頭子！」湯米喃喃說了一句，把信扔到一邊。

門打開了，朱立斯一如往常衝了進來。他手中拿著一份報紙。

「喂，這是怎麼回事？這些人好像對陶品絲有些荒謬的想法。」

「是真的。」湯米幽幽地說。

「你的意思是，他們做掉了她？」

湯米點點頭。

「我想，他們一旦條約到手，她就沒有利用價值了。他們又怕讓她走掉。」

「啊，真該死！」朱立斯說，「小陶品絲。她真的是最勇敢的女孩……」

湯米突然失常似的，霍地站起身來。

「噢，滾吧！混蛋，你其實哪裡在乎她！你雖然以那種差勁又冷血的方式向她求婚，但愛她的是我。我願意付出生命去救她。我願意一句話也不說讓她嫁給你，並不是因為我不在乎，而是因為你能給她富足的生活，而我只是個一文不名的窮光蛋！」

「聽著……」朱立斯試圖轉圜。

「啊，見鬼去吧！我受不了你跑到這裡來談論『小陶品絲』。去照顧你的表妹吧。陶品絲是我的，我一直愛著她，從青梅竹馬開始。後來我們長大了，可是我對她的感情依舊。我永遠不會忘記，那時候我躺在醫院裡，她戴著那頂可笑的帽子和圍裙走進來的模樣。看見我心愛的女孩提著護士的醫藥箱出現，簡直像個奇蹟……」

朱立斯打斷他的話。

「護士的醫藥箱！老天，我得去科尼哈奇一趟！我敢發誓，我曾經看過珍戴過護士帽。

可是這怎麼可能？噢，老天，我懂了！她就是那天在伯恩茅斯那家療養院和魏廷頓說話的人。她不是那裡的病人，她是個護士！」

「我敢說，」湯米憤怒地說，「她從一開始就是他們的同夥。如果說，她一開始就從丹佛斯那裡偷走了文件，我也不會奇怪。」

「如果她是那樣的人，我頭給你！」朱立斯大喊，「她是我的表妹，而且是個如假包換熱愛國家的人。」

「我才不管她是什麼人，你給我滾出去就是！」

湯米反唇相稽，嗓門拉到最大。

兩個年輕人幾乎就快動起武來，突然間，朱立斯的怒火像變魔術般消逝了。

「好吧，」他靜靜地說，「我這就走。我不會因為你說的話而責怪你。幸好你說了那些話。原來我才是天大的傻瓜。冷靜點，」湯米做了一個不耐煩的手勢。「我立刻就走。我要去倫敦西北鐵路線的總站，如果你想知道的話。」

「我才不想知道你去哪裡。」湯米大吼。

朱立斯才踏出房門，湯米就關上門，回到自己的行李旁邊。

「這是命，」他說，然後拉了喚鈴。「把我的行李拿下去。」

「是的，先生。您要離開了嗎，先生？」

「我要離開這裡到地獄去。」湯米說，也不管會不會傷到腳夫的感情。

而那個腳夫依然畢恭畢敬地回答：「是的，先生。要不要我叫一輛計程車來？」

湯米點點頭。

他要去哪裡呢？他一點也不知道。除了要和布朗先生算帳的決心以外，他心中一無計畫。他把詹姆斯爵士的信又看了一遍，搖搖頭。他一定要為陶品絲報仇。話說回來，這個老傢伙還真好心。

「我最好還是回他一封信。」

他走到寫字桌前。就像所有旅館房間的荒謬配備一樣，抽屜裡只有一大堆信封，沒有信紙。他按了喚鈴，沒人回應。湯米火冒三丈，想起朱立斯的小客廳裡有很多信紙。那個美國人說他立刻就要離開，所以不必擔心會碰到他。不過就是碰上了，他也不介意。他開始對自己剛才說的話感到羞愧。朱立斯那老兄一定受夠了。如果朱立斯還在，他會向他道歉。

可是朱立斯的房間沒有人。湯米走到寫字桌前，打開中間的抽屜。一張照片胡亂塞在雜物當中，吸引了他的目光。一時之間，他的腳有如釘在地上，動彈不得。他拿起照片，關上抽屜，慢慢走到一張扶手椅前坐下。他的眼睛一直沒離開手中的照片。

那個法國女孩安妮特的照片，怎麼會在朱立斯．賀士默的寫字桌裡？

# 22 唐寧街

首相的手指神經質地輕敲著面前的書桌，一臉的疲憊和苦惱。他和卡特先生中斷的談話現在又接續下去。

「我不明白，」他說，「你真的認為情況並不是那麼絕望？」

「這個小夥子似乎是這麼想的。」

「我們把他的信再看一遍。」

卡特先生將信遞過去。信是男生那種龍飛鳳舞的筆跡。

親愛的卡特先生：

最近發生的一些事情，對我衝擊甚大。當然，這也可能只是我極其愚蠢的想法，但我不認為如此。如果我的結論是正確的，曼徹斯特那個女孩必然是假冒的。整件事情都是預先安排好的，完全是一場騙局，目的是讓我們認為這場競賽已經結束，所以，我認為我們離真相一定非常接近。

我想我知道真正的珍．芬恩是誰，甚至知道文件目前的下落。當然，關於文件的下落我只是猜測，不過我感覺我的猜測是對的。總之，我把它放進附上的封緘信封裡，請你不到最後時刻——也就是二十八日的午夜之前——不要打開，到時候你們就會恍然大悟。你知道，我已經想通了，關於陶品絲的消息也是個煙幕彈。她和我一樣活得好好的，並沒有淹死。我之所以做出這個推論，理由是他們會讓珍．芬恩逃跑以作為最後一搏，希望她不再耍弄喪失記憶的花招，而一旦她認為她自由了，她會馬上跑到藏匿文件的地方去。當然，這對他們來說是極大的風險，因為她認識他們所有的人，可是為了得到那份草約，他們只好狗急跳牆。但如果他們知道文件已被我們找到，那兩個女孩的生命就危在旦夕了。所以在珍．芬恩逃跑之前，我必須努力找到陶品絲。

湯米．貝里福敬上

關於送到麗緻飯店陶品絲手中的那份電報，我想要一份副本。詹姆斯．皮爾．艾格敦爵士說你可以為我拿到。他真是聰明絕頂。

最後一件事，請對蘇活區那棟房子日夜進行監視。

首相抬起頭來。

「附件呢？」

卡特先生淡淡一笑。

「在銀行的保險櫃裡，我不會冒任何風險。」

「難道你不認為，」首相猶豫了片刻。「現在打開不是更好嗎？如果這年輕人的猜測是正確的，我們現在就可以把文件拿到手。而即使這麼做，我們照樣可以保守祕密。」

「可以嗎？我可沒有把握。我們周遭處處有間諜潛伏，萬一有人知道，」他手一揮。「我寧可犧牲兩個女孩的性命也不願交出文件的話……不，這年輕人信任我，我不能讓他失望。」

「好吧，這件事我們就這麼辦吧。他是個什麼樣子的人，我是說這個年輕人？」

「從外表看，是個頭腦簡單、四肢發達的一般英國青年，腦筋動得挺慢的。話說回來，他不會被天馬行空的想像所誤導。他一點想像力也沒有，所以很難騙。他對事情的領悟很慢，可是一旦掌握到線索，絕不輕易放棄。那個女孩則截然不同，直覺多於理性。兩人在工作上是很好的夥伴，一快一慢，一動一靜。」

「他似乎胸有成竹。」首相若有所思地說。

「沒錯，所以我才認為事情還有希望。他是那種瞻前顧後的年輕人，除非有十足的把握，否則絕不會貿然道出意見。」

首相嘴角露出一絲笑意。

「而這個小子，會擊敗當代惡性最重大的罪犯？」

「一如你所說，就是這個小子！可是，有時候我彷彿看到他的背後有道陰影。」
「你的意思是？」
「皮爾．艾格敦。」
「皮爾．艾格敦？」首相說，語氣甚是訝異。
「是的，在這個案子當中，我看見了他的手，」他拍拍那封信。「他就在那裡，無聲無息、不引人注目地暗自活動著。我一直覺得，如果有人可以把布朗先生揪出來，這人非皮爾．艾格敦莫屬。我可以告訴你，他現在正插手這個案件，可是他不願意讓人知道。對了，有一天他向我提出了一個奇怪的要求。」
「什麼要求？」
「他寄了一份美國報紙的剪報給我，內容是報導三週前在紐約港附近發現的一具男屍。他請我盡可能收集這方面的資料。」
「哦？」
卡特先生聳聳肩膀。
「我查到的不多。那人很年輕，大約三十五歲，衣著破舊，臉部受到了嚴重毀傷。他的身分一直沒有查出來。」
「你認為這兩件事有所關聯？」
「不知道為什麼，我是這麼認為。當然，我也可能想錯。」

停頓片刻後，卡特先生又說：「我請他過來，並不是因為我想從他口中套出任何他不願洩漏的情報。他的法律直覺太厲害了。不過，他絕對可以為我們指點出貝里福信中一兩處不甚清楚的疑點。啊，他來了！」

兩人同時站起身，趨前迎接這位貴客。一個突如其來的想法掠過首相腦海。

「他很可能是我的接棒人。」

「我收到一封信，是個叫貝里福的年輕人寫來的，」卡特先生開門見山地說，「我想你見過他吧？」

「你猜錯了。」律師說。

「噢！」卡特先生有些不知所措。

詹姆斯爵士笑了笑，開始摩挲下巴。

「他打過電話給我。」他又說。

「你介不介意把你們之間發生的事詳細告訴我們？」

「一點也不介意。先前我寫過一封信給他，事實上，我提供了一個工作機會給他，所以他打電話謝謝我。接著他提起我在曼徹斯特對他說過的一些話，事關將考利小姐誘走的那封假電報。我問他是不是發現了什麼蹊蹺，他說是的，因為他在賀士默先生的房間抽屜發現了一張照片。」律師頓了頓，繼續往下說：「我問他，照片上有沒有美國加州攝影師的姓名和地址。他回答：『你猜得真準，爵士，照片上確實有。』接著他就告訴我一些我原本不知道的事。照片上的女孩就是曾經救過他性命的法國女孩安妮特。」

「什麼？」

「一點也沒錯。我好奇地問那個年輕人如何處理那張照片，他說他把它放回原處。」律師又頓了頓。「這很好，你知道，非常好。那年輕人很有腦筋，我因此向他道賀。這個發現真是天意。當然，自從曼徹斯特那女孩被證實是冒牌貨之後，一切有了變化。不用我說，貝里福自己也看得出來，不過對於考利小姐的事情，他不敢確定自己的判斷。他問我認不認為她還活著，我告訴他，以目前的證據來看，她活著的可能性確實很高。所以我們又回頭提到了那封電報。」

「然後呢？」

「我建議他向你要一份電報的副本。我是想，考利小姐把電報丟在地上之後，某些字句可能被人擦去或遭到塗改，目的是想將我們引到錯誤的方向。」

卡特先生點點頭。他從口袋裡取出一張紙，接著朗聲唸道：「『立刻趕來肯特郡哥浩斯的艾利堡。有重大進展湯米。』」

「非常簡單，」詹姆斯爵士說，「而且非常巧妙。只要改動幾個字，一切就天衣無縫了。還有，他們忽略了一個重要線索。」

「什麼線索？」

「那個小弟明明說考利小姐搭車去了查令十字路，可是他們過於自信，理所當然地認為小弟說錯了。」

「那麼貝里福現在在哪裡？」

「如果我沒弄錯，他應該在肯特郡的哥浩斯。」

卡特先生以狐疑的目光看著他。

「我很奇怪你怎麼沒有一起去，皮爾．艾格敦？」

「啊，我正在忙一宗案子。」

「我還以為你在休假。」

「啊，我還沒有得到指示，更確切地說，我正在為一宗案子做準備。關於那個美國人，你可有更多的資料要告訴我？」

「恐怕沒有，查出那人的身分很重要嗎？」

「啊，我知道他是誰，」詹姆斯爵士說，狀甚輕鬆。「我還不能證明，不過我知道。」

另外兩人不再問問題。他們憑直覺知道，問問題純粹是浪費口舌。

「但我不明白，」首相突然說，「那張照片怎麼會在賀士默先生的抽屜裡？」

「說不定從來就沒離開過那個抽屜。」律師輕聲說。

「那假冒的布朗警官怎麼說？」

「啊，」詹姆斯爵士若有所思地輕呼一聲，接著站起身來。「我不耽誤你們了，請兩位繼續處理國家大事。我得回去辦我的案子了。」

兩天後，朱立斯．賀士默從曼徹斯特回來，在桌上發現一張湯米給他的短箋：

親愛的賀士默：

很抱歉我對你發了脾氣。萬一我不能再見到你，那就再會了。有人邀我去阿根廷工作，我很可能會接受。

湯米．貝里福敬上

朱立斯臉上泛起一個奇特的笑容。他把信扔進廢紙簍裡。

「大傻瓜一個！」他低聲說。

# 23 和時間賽跑

打過電話給詹姆斯爵士後，湯米的下一步就是造訪南奧德利大樓。他找到已經下班的艾柏，介紹自己的時候沒有多費口舌，只說是陶品絲的朋友，艾柏立刻變得親熱起來。

「最近這裡很平靜，」他怏怏不樂地說，「小姐一切都好吧，先生？」

「這就是重點，艾柏。她失蹤了。」

「您該不是說那些壞蛋把她給抓走了？」

「就是他們。」

「在地下？」

「不，要命，在這個世界上。」

「先生，這只是一種說法，」艾柏解釋，「在電影裡，壞人總會開一家地下餐館。不過您認為他們把她殺了嗎，先生？」

「希望沒有。對了，你是不是正好有什麼姨媽、表姐、外婆或任何女性親戚，可以裝扮成正要一命歸西的模樣？」

艾柏的臉緩緩綻開快樂的笑容。

「正好有，先生。我可憐的姨媽住在鄉下，病入膏肓已經好久了，她要我替她送終。」

湯米點頭表示讚許。

「你能不能把這件事情準備妥當，一小時後在查令十字路口跟我會合？」

「我會準時到，先生，您儘管放心。」

一如湯米的判斷，忠實的艾柏是個非常難得的盟友。兩人在哥浩斯的小旅舍裡找了住處，蒐集資料的任務就落在艾柏肩上，而他做起來不費吹灰之力。

艾利堡是亞當斯醫生的住家。醫生已經退休不再行醫，不過房東相信他私下收了好幾個病人……說到這裡，這個老好人帶著心照不宣的神情拍拍額頭說：「都是些腦筋有毛病的人，你懂吧！」醫生在村裡很受歡迎，常常報名參加當地各種體育競賽，是個「令人如沐春風、和藹可親的紳士」。在這裡住很久了嗎？啊，十年左右，或許更久。他是一個具有科學精神的紳士，常有學者、教授和客人從城裡來看他。總而言之，他那充滿歡樂的家經常是高朋滿座。

聽著艾柏滔滔不絕的情報，湯米感到疑惑。這個和善可親、德高望重的人有可能其實是個危險的罪犯嗎？他的生活似乎非常公開而且光明正大，沒有任何邪惡勾當的蛛絲馬跡。如果是湯米自己大錯特錯了呢？想到這裡湯米的心就涼了一半。

他又想起那些私下收容的病人，所謂「腦筋有毛病的人」。他仔細描述陶品絲的長相，詢問鄉人那些病患當中可有這樣一個年輕女孩。可是大家對那些病人所知甚少，因為他們很少外出。他也對安妮特做了小心的描述，但也沒人認得她。

艾利堡是一棟美麗的紅磚房宅，周圍淨是樹木蔥鬱的林地，正好將房屋隔絕於人們的視線之外。

頭一天晚上，湯米在艾柏的陪同下對這棟宅邸做了一番探察。在艾柏的堅持下，他們痛苦地匐伏前行，因為這樣比直行而進發出的聲響要小。事實上，他們的謹慎完全沒必要。這塊宅地就像一般的私人住屋，夜幕降臨後就是一片寂靜，毫無人聲。湯米本想，他們有可能會碰到一隻凶惡的看門狗，艾柏甚至以為會碰到一頭豹或一條溫馴的眼鏡蛇。可是他們一路上全無驚擾，就來到房宅附近的灌木叢邊。

飯廳的百葉窗是開的，桌邊聚著很多人，葡萄酒瓶傳來傳去。這群人看來正常而愉快。屋內的對話斷斷續續地從開著的窗戶傳出消散在夜空中，聽來聽去都是關於郡上板球比賽的熱烈討論。

湯米再度為自己的不確定而感到一股寒意。這些人看起來不像是圖謀不軌的人。他又再次被愚弄了嗎？坐在桌子首位的男士蓄著漂亮鬍鬚、戴著眼鏡，看來尤其誠實而正常。

那晚湯米睡得很不好。翌日早上，不知疲倦為何物的艾柏和蔬果店的男孩已經結成盟友，他取代了男孩的工作，結識了艾利堡的廚師。他帶回來的情報是：那個女廚師絕對是那幫壞人的同謀，不過湯米不信任那男孩過於活躍的想像。在湯米追問下，艾柏提不出任何證據，只說他自己的看法是：那個女廚師一看就知道絕非善良之輩。

第二天，艾柏又多次代替蔬果店男孩送貨（這可便宜了蔬果店男孩的荷包），帶回一個真正透露出希望的消息。那棟屋子裡有個年輕的法國女子。湯米的疑慮立刻拋諸腦後，他的推論得到了證實。可是時間緊迫，今天已經是二十七號了。二十九號就是人人掛在口邊的「勞動節」，關於這個節日，目前已謠言四起。報紙的報導如火如荼，任意發布聳動新聞，暗示工黨即將政變。政府則一概沉默以對，它心裡有數，也有所準備。有傳聞說，勞工領袖的意見並不一致，看法分歧。一些目光較為高遠的人知道，這對他們由衷熱愛的英國祖國是個致命的打擊。他們不忍面對大罷工將會引起的饑荒和慘況，願意和政府妥協。但他們背後有些死硬派卻在暗中活動，極力挑起大家對於宿怨的記憶，大力抨擊妥協措施的軟弱，努力製造誤會。

湯米認為，幸虧有卡特先生，自己對大局才得以有正確的認識。那份關鍵文件一旦落入布朗先生之手，公眾輿論一定會倒向工黨中極端主義者和革命份子的主張。而如果文件沒有達到預期中的目的，還很可能會引起戰爭。有忠誠軍隊和警察為後盾的政府最後可能獲勝，然而勢必會付出慘痛的代價。可是湯米存有一個匪夷所思的夢想。他相信，只要布朗先生的面目被揭開、被抓到，不管這樣做對不對，整個組織就會樹倒猢猻散。這個組織之所以有凝聚力量，是拜這個不可見的幕後操縱者無處不滲透的影響所賜。湯米相信，少了他，那個組織會立刻造成恐慌，誠正的人會棄之而去，那麼政府就有可能在最後一刻挽回頹勢。

「這是一個人的獨腳戲，」湯米對自己說，「最重要的是抓住這個人。」

他之所以要求卡特先生不要打開密封的信函，部分原因就是這項雄心勃勃的計畫。那份草約是湯米的誘餌。可是他時時刻刻都對自己的假設心驚膽戰。那些人比他聰明又狡猾得多，他怎麼可能發現得了他們都忽略了的東西？不過，他還是堅持自己的看法。

那天晚上，他和艾柏再次穿過艾利堡外的林地。湯米決心要設法進入那幢房子，而當他們異常謹慎地朝房子趨近時，湯米突然倒吸一口大氣。

二樓的窗口處，有個人站在窗戶和房內燈光的中間，在窗簾上投下一道人影。那道人影湯米在任何地方都認得出來……陶品絲就在這棟房子裡！

他緊緊抓住艾柏的肩膀。

「你留在這裡！我一開始唱歌，你就注意那扇窗戶。」

他匆匆退到主車道上，開始以低沉的嗓音和走調的節拍，高聲唱出一曲小調：

我是個戰士，

一個快樂的英國戰士，

看我的雙腳，你就知道我是個堅強的戰士……

這是陶品絲在醫院工作的時候，一首深受大家喜愛的歌曲。他相信她聽得出來，然後她可以自己做出判斷。湯米五音不全，但肺活量驚人，製造了極大的噪音。

沒多久，一個裝扮無懈可擊的男管家在另一個同樣無懈可擊的男僕陪同下，從前門走了出來。男管家要湯米離開，湯米還是唱個不停，還親熱地稱男管家為「親愛的老鬍子」。男僕抓住他一隻手臂，男管家抓住另一隻，兩人把他從車道上一路拖出大門。男管家威脅道，如果他再闖進來就要叫警察。他們的表現十分出色，頭腦冷靜，舉止得體，任何人都會說這個男管家是真正的管家，男僕是真正的男僕，只不過這個男管家是魏廷頓！

湯米回到小旅館，等待艾柏回來。這個機靈的小子終於回來了。

「怎麼樣？」湯米急忙問。

「一切正常。他們把你架出門的時候，有人從洞開的窗戶裡扔了個東西出來，」他把一張揉皺的紙交給湯米。「裡頭包著一塊紙鎮。」

紙上潦草地寫了幾個字：

明天，同一時間。

「太好了！」湯米叫道，「我們有進展了。」

「我用紙寫了一些東西，包著石頭從窗口扔了進去。」艾柏又說，顯得上氣不接下氣。

湯米呻吟一聲。

「你的熱情會讓我們前功盡棄。你寫了什麼？」

「我說我們住在小旅舍，如果她能逃出來，就到小旅舍來，學青蛙叫就行了。」

「她一定知道是你寫的，」湯米鬆了一口氣。「艾柏，你知道，你太沒想像力了。聽到青蛙叫時，根本無法辨別真假。」

艾柏顯得有點垂頭喪氣。

「開心點，」湯米說，「你沒有壞什麼事。那個男管家是我的一個老朋友……雖然他假裝不認識我，但他一定知道我是誰。他們的把戲是就算起疑也不露聲色，所以我們才會那麼順利。他們不想讓我洩氣，可是另一方面，他們又不想把事情弄得太過容易。我是他們遊戲中的棋子，艾柏，我的角色就是這樣。你知道，如果蜘蛛讓蒼蠅輕易飛走，蒼蠅可能會懷疑這是陷阱。所以，我這個大有為的青年湯瑪士．貝里福先生，才會正好在恰當的時刻歪打正著。可是，以後湯瑪士．貝里福先生最好要小心了。」

湯米懷著欣喜的心情上床睡覺。他絞盡腦汁，為第二天晚上做了精密的計畫。他相信，艾利堡的住客在某種限度上不會干擾他，所以他要跨越這個限度，給他們一個驚喜。

可是，十二點左右，他的冷靜受到了強烈的震撼。旅舍的人告訴他，酒吧裡有個人要見他。這人是個長相粗俗的馬車夫，全身上下都是汙泥。

「啊，老兄，什麼事？」湯米問。

「先生，這東西是不是給你的？」

馬車夫拿出一張摺起的髒汙便條，便條外面寫著：

請將字條送交住在艾利堡附近那家小旅舍的先生。他會給你十先令。

是陶品絲的字跡。湯米很佩服她的急智，她想得到他可能會用假名住在旅館裡。他伸出手去拿紙條。

「好。」

馬車夫沒給他。

「我的十先令呢？」

湯米趕忙拿出一張十先令的鈔票，那人才放了手。湯米打開紙條。

親愛的湯米：

我知道昨天晚上是你。今晚不要來，他們會埋伏等著抓你。他們明天早上就會把我們帶走，聽說是帶去威爾斯某個地方……我想是霍利黑德。如果有機會，我會把這張紙條丟在路上。安妮特已經把你當初逃跑的經過告訴了我。

你的桃品絲上

湯米還沒看完字條，就扯開嗓門喊艾柏。

「收拾我的行李！我們要走了！」

「是的，先生。」

他聽見艾柏奔跑上樓的腳步聲。

霍利黑德？難道這表示……湯米大惑不解。他繼續看信，這回看得很慢。

艾柏的腳步聲還在樓上忙來忙去，樓下又傳來了第二次叫喊。

「艾柏，我是個大笨蛋！打開行李！」

「是的，先生。」

湯米一邊沉思，一邊把紙條撫平。

「沒錯，一個大笨蛋，」他輕輕地說，「但某個人也是大笨蛋。我終於知道他是誰！」

# 24 朱立斯插上一腳

奎馬林斜倚克拉里奇飯店套房的沙發上，以含糊不清的俄語對著祕書口述。祕書肘邊的電話響起，祕書拿起話筒，對著話筒說了兩分鐘，這才轉向老闆。

「樓下有人要見你。」

「是誰？」

「他自稱是朱立斯·賀士默先生。」

「賀士默，」奎馬林若有所思地又唸了一遍。「我好像聽過這個名字。」

「他的父親是美國的鋼鐵大王，」祕書解釋。不愧是祕書，無所不知無所不曉。「這個年輕人是個大富豪，身價起碼好幾百萬。」

他的老闆讚許似地瞇起眼睛。

「伊凡，你最好下樓去看看，問清楚他的來意。」

祕書遵從老闆的旨意，站起身來走出房間，無聲無息地把門帶上。幾分鐘之後，他回來了。

「他拒絕透露來訪的目的，只說純粹是私人事務，堅持要見你本人。」

「身價好幾百萬的大富豪，」奎馬林輕聲說，「好伊凡，帶他上來。」

祕書再度走出房間，回來時身旁多了個朱立斯。

「奎馬林先生嗎？」朱立斯突兀地問道。

俄國人用那對幾乎全是眼白的邪惡眼睛將來人仔細打量了一番，這才點點頭。

「很高興見到你，」朱立斯說，「我有一些非常重要的事情跟你商量。我希望能和你單獨談談。」他一面說，目光一面望向祕書。

「格里伯先生是我的祕書，對他，我沒有祕密可言。」

「或許如此，可是對我則不然，」朱立斯語帶諷刺地說，「如果你把他支開，我會不勝感激。」

「伊凡，」俄國人輕聲說，「你不介意到隔壁房間去吧……」

「隔壁房間不行，」朱立斯立刻打斷他。「我清楚這些大人物的套房……我希望這個房間完全空無一人，只除了你和我。你叫他到遠處某個商店買包花生吧。」

奎馬林並不欣賞這個美國人的口無遮攔、百無禁忌，不過他對他充滿好奇。

「談你的事情要花很久的時間嗎？」

「如果順利的話，也許要一個晚上。」

「好吧。伊凡，今晚我不會找你，你去看戲吧，你今天晚上放假。」

「謝謝閣下。」

祕書一欠身，隨即離開。

朱立斯站在門邊看著他離去，這才滿意地吁出一口長氣。他隨手將房門關上，回到房間中央的位置。

「現在，賀士默先生，請你直接說明來意好嗎？」

「我想，這用不了一分鐘，」朱立斯尾音拖得長長的，突然態度丕變。「舉起手來，不然我就開槍！」

一時之間，奎馬林茫然注視著那把自動手槍，接著以一種近乎可笑的慌亂，將雙手舉過頭頂。在這一瞬間，朱立斯已經心裡有數。他要對付的是個十足的懦夫，其他的就容易了。

「你瘋了，」俄國人歇斯底里地大叫，「你瘋了！你真的要打死我？」

「我不會打死你，只要你別大叫大嚷，別挨著牆邊想去按鈴……這才像話。」

「你想要什麼？你可別做傻事，你要知道，我的生命對我的國家極為寶貴，我過去或許做過壞事……」

「依我之見，」朱立斯打斷他的話。「無論誰幹掉你，都是為人類做了一件大功德。但你一點也不用擔心，這次我還不打算置你於死地……前提是，你肯合作的話。」

看著對手的嚴厲眼神，俄國人打了個寒顫。他伸出舌頭，舔舔乾燥的嘴唇。

「你要什麼，錢嗎？」

「不，我要的是珍．芬恩。」

「珍．芬恩？我沒聽說過。」

「你這個大騙子！你很清楚我說的是誰。」

「我告訴你，我從來沒聽過這個女孩。」

「我也告訴你，」朱立斯回他，「我這把小威利非常想一吐為快。」

俄國人的姿態明顯軟下來。

「你，你不敢……」

「噢，你錯了，我敢。」

奎馬林一定從朱立斯的語氣中嗅出了他說到做到的決心，於是沉著臉說：「好吧，就算我知道你要找的這個人，那又怎樣？」

「你得馬上告訴我，此時此刻就告訴我，在哪裡可以找到她？」

奎馬林搖搖頭。

「我不敢說。」

「為什麼不敢？」

「我就是不敢，你再問也是白問。」

「你在害怕，對吧？怕誰呢，布朗先生嗎？啊，原來是他令你為難。這麼說，這個人確實存在囉？我以前一直懷疑。你看看，才提到他就把你嚇成這樣。」

「我見過他，」俄國人緩緩說道，「我還當面和他說過話，可是我事後才知道是他。他混在那幫人當中，再看到他我也認不出來。他到底是誰？我不知道，但我知道，他會讓人不寒而慄。」

「他不會知道今天的事。」朱立斯說。

「他無所不知，而且他的報復迅雷不及掩耳。即使是我奎馬林也不可能幸免。」

「這麼說，你是不肯答應我的要求了？」

「你的要求是不可能的。」

「那我得跟你說抱歉了，」朱立斯喜孜孜地說，「不過，這對世界有好處。」

他舉起手槍。

「住手，」奎馬林發出尖叫，「你該不是真想打死我吧？」

「我當然想。我常聽說你們這些革命家視人命如草芥，然而一旦事情落到你們自己頭上，那又大不相同了。我給了你機會保全你這張骯髒的人皮，可是你不要。」

「他們會要我的命！」

「你自己決定吧，」朱立斯一臉開心樣。「不過我得告訴你，吃了我的小威利可是必死無疑。如果我是你，我會和布朗先生賭上一把。」

「如果你開槍打死我，你也會上絞刑台。」俄國人喃喃說道，只是語氣並不確定。

「不，老兄，這你就錯了。你忘了錢的功用。會有一大堆律師為我積極奔走，還會把一些名醫拉進來，最後宣稱我精神出了毛病，然後我會在療養院住上幾個月，等到健康有了起色，他們會再宣布我已經恢復正常。這對我朱立斯來說，是個圓滿的結局。為了這個世界好，我可以忍受退隱幾個月的生活，可是，如果你以為我會因此被送上絞刑台，那你就是自欺欺人！」

俄國人相信他的話。他自己腐敗不堪，深知錢的威力。他看過美國一些謀殺案的審訊報導，和朱立斯所描述的不謀而合。他自己就曾賄賂過法官。眼前這個盛氣凌人、故意把話拖得老長的美國人果然鎮住了他。

「現在，我數到五，」朱立斯繼續說，「我想，如果你讓我數過了四，你就不必擔心布朗先生了。也許他會送一些鮮花到你的葬禮上，可是你不會聞到花香了。準備好了嗎？我要開始數了！一，二，三，四……」

俄國人的尖叫打斷了他。

「別開槍，我照你說的去做就是。」

朱立斯垂下槍口。

「看來你還算聰明。說吧，那女孩在哪裡？」

「在肯特的哥浩斯，一個叫作艾利堡的地方。」

「她被關在裡面？」

「她不能離開那棟房子……不過，她在那裡真的很安全。天殺的，那個小傻瓜喪失了記憶。」

「我想，你和你那幫朋友一定很火大。另一個女孩呢？就是你們一個星期之前騙去的那一位。」

「她也在那裡。」俄國人繃著臉說。

「這才像話，」朱立斯說，「你看，這個結局不是挺圓滿的嗎？而且這麼好的夜晚，很適合去走走。」

「走走？」奎馬林雙眼一瞪。

「當然是去哥浩斯，你喜歡坐車吧？」

「你什麼意思？我不去。」

「別作夢了。你該明白，我可不是小孩，不可能把你留在這裡，不然你第一件事一定是打電話給你那幫朋友，啊！」他看到對方臉色霎時暗沉下來。「你當然會做好安排。不，老兄，你得跟我走。隔壁是你的臥室嗎？你進去，我和小威利會跟在你後頭。找一件厚大衣穿上。對，就是這樣。這件大衣有內裡？好一個社會主義者！好了，一切就緒。我們要下樓去，穿過大廳走到外面，我的車正等著呢。別忘了，你的一舉一動都逃不過我的眼睛。我會透過我的大衣口袋朝你開槍的。只要你對那些穿著制服的人說半個字甚至使個眼色，硫火與硫磺石的傑作裡保證會多出一張慘不忍睹的臉。」

他們雙雙下了樓，穿過大廳朝著已等候多時的汽車走去。俄國人氣得全身發抖。周圍都是旅館的人，他險些叫出聲來，可是終究沒有膽子這麼做。這個美國人可是說到做到。

兩人來到車旁，朱立斯如釋重負地呼出一口氣。他們終於通過了危險區。恐懼確實把他身邊的人給嚇呆了。

「進去！」他命令道。他看到俄國人斜睨著司機，又說：「別作夢了，司機不會幫你的。他是海軍，貴國革命爆發之際，他正好在俄國水域的一艘潛水艇上。他的一個兄弟被你們的人殺死了。喬治！」

「先生，有什麼吩咐？」司機轉過頭來。

「這位先生是俄國的布爾什維克主義份子。我們不想打死他，不過如果必要，我們只好開槍，清楚了嗎？」

「非常清楚，先生。」

「我要到肯特的哥浩斯去，你知道路嗎？」

「知道，大概是一個半小時的車程。」

「一小時內要趕到。我有急事。」

「我盡力而為，先生。」

汽車開始風馳電掣。朱立斯找了個舒適的姿勢坐在他的俘虜旁邊。他的手一直放在大衣口袋裡，不過態度和藹可親。

「我曾經在美國亞利桑那州打死一個人……」他興致勃勃地開始說故事。

一個小時的車程裡，可憐的奎馬林簡直生不如死。朱立斯一路上都在談他的過去，在亞利桑那事件之前，他曾在舊金山幹掉一個惡棍，外加一段發生在落磯山脈的小插曲。他的敘述風格雖不盡精準，卻是活靈活現。

汽車速度放慢了，司機轉過頭來說，他們即將進入哥浩斯。朱立斯命令俄國人帶路。他的計畫是直奔那棟屋子，然後要奎馬林把兩個女孩叫出來。朱立斯告誡奎馬林：「我的小威利可是百發百中的。」

性命早已掌握在別人手上的奎馬林，這一路聽著朱立斯可怕的描述後，現在更是膽戰心驚。他認為自己這一回包準完蛋。

汽車開上房子的車道，停在門廊之前。司機轉過頭來，等待下一步的命令。

「喬治，先把汽車轉個頭，接著去按門鈴，再回到駕駛座上。別讓馬達熄火，一等我下令就火速離開這兒。」

「沒問題，先生。」

男管家打開前門，奎馬林感到那把手槍頂著自己的肋骨。

「你給我老實點，說話要注意。」朱立斯壓低嗓門說。

奎馬林點點頭，他的嘴唇發白，說話聲音也有些顫抖。

「是我，奎馬林。馬上把那個女孩帶來，沒時間了。」

已經走下台階的魏廷頓看到奎馬林，立刻發出一聲驚呼。

「是你！你來幹什麼？你當然知道計畫是……」

奎馬林打斷他的話，盡量選用唯恐天下不亂的用詞。

「我們被出賣了，必須放棄原來的計畫。我們得保住自己的性命，那個女孩是我們唯一的希望。快！」

魏廷頓猶豫了一下，不過時間很短。

「你是奉……奉他的命令來的？」

「那當然，要不然我怎麼會跑到這裡來？快，沒有時間了，另外那個小傻瓜最好也一起帶來。」

魏廷頓轉過身，快步奔進屋內。時間一分一秒過去，十分難熬。接著，兩個身上匆忙罩上斗篷的身影現身在台階前，被推進了車內。個頭較小的女孩想反抗，可是魏廷頓毫不留情地將她一把推進車裡。朱立斯傾身向前，門開處的燈光照上他的臉，魏廷頓身後的那人立刻驚叫起來。他的身分終究曝了光。

「開車，喬治！」朱立斯大吼。

司機的腳立即從踏板上鬆開，汽車一溜煙開走了。

台階上的人大聲咒罵，一手伸向口袋。一陣火光和槍聲後，子彈從個頭較高的女孩身邊擦過，差點就打中了她。

「趴下，珍！」朱立斯大喊，「趴在車底下。」

他將她往前一推一按，接著站起身，看準目標後發射。

「你打中他了沒？」陶品絲急急地問。

「那當然，」朱立斯回答，「不過他一時還死不了。這種惡棍得殺好幾次才殺得死。你還好嗎，陶品絲？」

她指著渾身發抖的奎馬林。

「我沒問題。湯米呢？還有，這人是誰？」

「湯米在前往阿根廷的途中。我想他一定是以為你已經命歸黃泉了。慢慢開出大門，喬治，對，就這樣。我們離開後，他們至少得花五分鐘才趕得上來。我想他們會用電話聯絡，所以前面的路要小心……別走直線。陶品絲，你剛問這人是誰是嗎？容我為你介紹奎馬林先生。我說為了他的健康著想，最好跟我走這一趟，就這樣說服了他。」

俄國人一語不發，一張臉依然嚇得發青。

「可是，他們怎麼會放了我們？」陶品絲不解地問。

「我想，是這位奎馬林先生太會甜言蜜語了，所以他們無法抗拒。」

俄國人聞言怒不可遏，他爆發了。

「你這個混蛋，該死的混蛋！他們現在知道是我出賣了他們。現在，我在英國絕對活不過一個小時。」

「確實如此，」朱立斯同意，「所以我勸你立即回俄國去。」

「既然如此，你讓我下車。我已經照你的要求做了，你為什麼還不放我走？」

「我可不想放了你好讓你那群同伴開心。當然，如果你想走，現在就可以走。我還以為你喜歡讓我用車把你送回倫敦呢。」

「說不定你們永遠也到不了倫敦，」奎馬林咆哮道，「讓我下車，現在就下車！」

「沒問題。停車，喬治，這位先生不回倫敦了。奎馬林先生，日後如果我有幸去俄國，希望有個盛大的歡迎場面和……」

不等朱立斯說完，連車都還沒有完全停好，俄國人已經跌跌撞撞下了車，消失在漆黑的夜色中。

「一點耐心都沒有，」朱立斯說。車子再度上路。「也不跟兩位女士說聲再見，真沒禮貌。珍，你可以坐起來了。」

珍頭一回開了口。

「你是怎麼『說服』他的？」

朱立斯拍了拍他的手槍。

「小威利的功勞。」

「真了不起！」

女孩讚道，她臉上泛起紅暈，欽佩的目光望著朱立斯。

「安妮特和我都不知道我們會有什麼遭遇，」陶品絲說，「魏廷頓那老傢伙猛催我們。我們還以為我們是羔羊，就要上屠宰場了呢。」

「安妮特，你這麼稱呼她？」

朱立斯的腦子似乎正在努力適應這個新名字。

「這本來就是她的名字。」陶品絲睜大了眼睛說。

「亂講，」朱立斯說，「她也許認為這是她的名字，因為她喪失了記憶，可憐的孩子。可是，我們面前的她正是如假包換的珍．芬恩。」

「什麼？」陶品絲叫了起來。

她的話被打斷了。一顆怒吼的子彈不偏不倚地打在她身後的車身上。

「趴下！」朱立斯大叫，「有埋伏。這些傢伙動作挺快的。車子再開快點，喬治。」

汽車風馳電掣般向前疾行。三顆子彈再度嗖嗖而過，幸好槍法不怎麼樣。朱立斯立起身子，伏在車子後座。

「沒有目標可瞄準，」他沮喪地說，「不過，我想很快就會有一頓小小的野餐了。啊！」

他舉起手去摸臉頰。

「你受傷了？」安妮特立刻問。

「只是擦破皮。」

她一躍而起。

「讓我下去！我說，讓我下去！停車！他們要的是我，我才是他們要追的人。讓我下車，這樣你們就不會因為我而喪命。」

她一邊喊，一邊在黑暗中摸索車門的把手。

朱立斯抓住她兩隻手臂，定定地看著她。她這段話完全沒有外國口音。

「坐下，」他溫柔地說，「我想你的記憶完全正常。你一直在騙他們，對吧？」

女孩看著他，點點頭，突然大哭起來。朱立斯輕輕撫拍她的肩頭。

「好了好了，你坐好就好。我們不會讓你離開的。」

從她的抽泣中，斷斷續續傳來這些話。

「你是我的同鄉。我從你的口音當中聽得出來。你讓我好想家。」

「我確實是你的同鄉，我是你的表哥，朱立斯·賀士默。我是專程到歐洲來找你的，你可真夠難找。」

這時候車速減慢，喬治轉過頭來問道：「前面有個十字路口，先生，我不確定該走哪一條路。」

車子慢慢停下來，可是還沒停妥，一個身影突然從後頭竄上來，一頭鑽進他們中間。

「對不起。」湯米一面說，一面坐下來。

迎接他的是連串驚叫聲和連珠炮般的問題，他一一作答：「我等在車道旁邊的樹叢裡。

我一直跟在你們後面。唯一能做的就是等。現在，兩位小姐請下車。」

「下車？」

「對，路邊就有一個車站，再過三分鐘火車就要進站了。如果動作快，你們還趕得上。」

「你在搞什麼鬼？」朱立斯質問他，「你以為把車留在這裡就可以騙過他們？」

「我們兩個不下車，她們下車就好。」

「你瘋了，貝里福，你完全瘋了！你怎麼可以讓兩個女孩子自己下車？如果你這麼做，那一切都完了。」

湯米轉向陶品絲說道：「立刻下車，陶品絲。帶她一起下車，照我的話做。沒人傷得了你們，你們非常安全。搭火車到了倫敦，直接去找詹姆斯．皮爾．艾格敦爵士。卡特先生不住在市區，不過你們和爵士在一起會很安全。」

「混蛋！」朱立斯大叫，「你瘋了。珍，你坐著別動！」

湯米突然以迅雷之勢從朱立斯手中奪下槍枝，同時舉槍對準朱立斯。

「這下你們該知道我不是鬧著玩的吧？下車，你們兩個都是，照我的話做，要不然我要開槍了。」

陶品絲立刻躍起，拖著不情不願的珍下了車。

「走吧，不會有事的。如果湯米說沒事，那就沒事。快！我們要錯過火車了。」

她們開始奔跑。

朱立斯硬壓著的憤怒終於爆發了。

「你到底……」

湯米打斷了他。

「住口！我有話跟你說，朱立斯·賀士默先生。」

# 25 珍・芬恩的故事

陶品絲挽著珍的臂膀，拖著她朝車站走去。她的耳朵尖，已經聽到火車聲音愈來愈近。

「快點，」她喘著氣催促道，「不然我們就趕不上了。」

火車剛停妥，兩個女孩正好來到月台。陶品絲拉開一間空的頭等車廂的門，兩人上氣不接下氣地跌坐在鬆軟的座椅上。

一個男人探頭進來看了看，又走到另一個車廂去。珍開始緊張，驚恐的雙眼睜得老大。她詢問的眼神望向陶品絲。

「你說，這個人是不是他們一夥的？」她屏息問道。

陶品絲搖搖頭。

「不會，沒事的，」她握住珍的手。「湯米不會叫我們去做他沒把握的事。」

「可是我比他更了解這些人，」珍在發抖。「你不懂。五年了！多麼漫長的五年！有時候我真覺得要發瘋了。」

「不要放在心上，一切都過去了。」

「真的過去了嗎？」

火車慢慢開動，在夜色中逐漸加快速度。珍．芬恩突然跳起來。

「那是什麼？我想我看到了一張臉，從窗外朝著我們看。」

「不會的，什麼也沒有，你看。」

陶品絲一面說，一面走到窗前把窗子關上。

「你確定嗎？」

「非常確定。」

珍似乎覺得她必須解釋。

「我想我是有點像驚弓之鳥，可是我不由自主。如果他們抓住我，他們會……」她的兩眼睜得老大，瞪視著前方。

「不會的。快躺下，什麼也別想。」陶品絲說，「你可以放心，如果不安全，湯米絕對不會說安全。」

「我的表哥可不認為這裡安全。他不希望我們搭火車。」

「是的。」陶品絲說，神情頗為尷尬。

「你在想什麼？」珍突然問。

「怎麼了？」

「你的聲音這麼……奇怪。」

「我是在想一些事，」陶品絲承認，「只是我不能告訴你，至少現在不能。我也許弄錯了，但我想不會。這只是我腦海中存在已久的一個想法。湯米也這麼想……我相信他是這麼想的。不過，你別擔心，我們以後有的是時間。或許根本不是那麼回事也說不定。現在只要聽我的話，躺下來，什麼也別想就是了。」

「我盡量。」

珍閉上雙眼，長長的睫毛蓋住了淡褐色的眼眸。

陶品絲卻筆直坐著，一副高度警覺的神態。雖然她不斷勸慰珍，她自己也忍不住緊張。她的眼睛不停地從一扇窗移到另一扇，緊緊記住警鈴的位置。她到底在怕什麼，她自己也說不出個所以然來，可是在她心底，她其實遠不及她表現的那麼有信心。她並非不信任湯米，只是偶爾會因懷疑而產生動搖。對手淨是凶殘狡詐之輩，像湯米如此單純、誠實的人真能和他們抗衡嗎？

如果她們順利到達詹姆斯．皮爾．艾格敦爵士的寓所，一切就會平安無事。可是，她們能如願以償嗎？布朗先生無聲無息的威力時時刻刻在威脅她們，即使思及手握左輪槍的湯米，也無法為她帶來安慰。說不定湯米已經被制服，被無數的重拳所擊倒……陶品絲的腦海開始醞釀起行動計畫。

火車終於駛進查令十字路口，珍．芬恩驚得坐起來。

「到了嗎？我還以為我們永遠到不了呢。」

「噢，我想我們終於到倫敦了。要說這趟旅程有什麼樂趣，現在才正要開始。快，我們下車，我們去搭計程車。」

兩人以最快的速度下了車，穿過剪票口，攔下一輛計程車。

「國王十字路。」

陶品絲一面對司機下指令，一面跳上車。車子正要開動，一個男人在窗外朝內望了一眼。她幾乎可以確定，這就是她們在火車上碰到的那個男人。她不寒而慄，恐懼從心底蔓延到全身。

「你知道，」她對珍解釋，「如果他們認為我們打算去詹姆斯爵士的寓所，這麼做就可以聲東擊西。現在，他們會以為我們是去找卡特先生，因為他的鄉間別墅就在北倫敦某處。」

穿過霍博恩的時候有個路障，車子被迫停下。這正中陶品絲的下懷。

「快！」她悄聲說，「打開右側車門！」

兩個女孩悄然溜下車，匯入川流的車輛與人群中。兩分鐘後，她們已經端坐在另一輛計程車上，折向原路駛去。這回她們的目的地是卡爾頓豪斯街。

「不賴吧？」陶品絲洋洋得意。「這下夠他們忙一陣了。我忍不住要想，我還真是挺聰明的。只是那個計程車司機不知道會怎麼罵我們呢。不過，我記下了他的車牌號碼，明天我會寄給他一張匯票，他不會有損失的。咦！怎麼彎來彎去的……啊！」

隨著一陣刺耳噪音和一聲巨響，另一輛計程車撞上她們的車。

陶品絲立刻鑽出車外，站在人行道上。一名警察朝她們走來，陶品絲急急塞了五先令給司機，拉著珍就往人群裡頭鑽。

「就快到了。」陶品絲氣喘吁吁地說。

那場事故發生在特拉法加廣場。

「你認為那輛車撞我們是意外還是故意的？」

「我不知道，兩者都有可能。」

兩個女孩手挽著手向前疾行，陶品絲突然說：「或許是我疑神疑鬼，不過我覺得有人在跟蹤我們。」

「快！」珍低聲道，「噢，快點到吧。」

來到卡爾頓豪斯街的轉角處，她們的精神不覺放鬆下來。這時候，一個酩酊大醉的大漢擋住了她們的去路。

「晚安，兩位小姐，」他邊說邊打酒嗝。「這麼匆匆忙忙，要到哪裡去啊？」

「請讓我們過去。」陶品絲的語氣帶著威嚴。

「只要讓我和你這位漂亮的朋友說句話就好。」

醉漢伸出搖搖晃晃的手，一把抓住珍的肩頭。陶品絲聽到身後有腳步聲愈走愈近，但此時她已無暇判斷是敵是友。她頭一低，用盡全身力氣向醉漢身上頂去，這種兒時的小動作居然將醉漢頂個正著，讓他一屁股跌坐在人行道上。陶品絲和珍拔腿就跑。她們要找的房子就在不遠處。腳步聲依然在她們身後亦步亦趨。等她們跑到詹姆斯爵士的宅邸前，兩人幾乎快喘不過氣來。陶品絲按下門鈴，珍也迫不及待地握住扣環。

攔住她們的大漢也趕到了台階前。那人猶豫了片刻，就在他猶豫的當時，大門開了，兩個女孩跌跌撞撞衝進屋內，詹姆斯爵士從書房裡迎了出來。

「兩位好，這是怎麼回事？」

他快步上前，伸手扶住搖搖欲墜的珍，把她攙扶進書房，安置在長沙發上。他從酒櫃裡倒出少許白蘭地，要珍喝下去。隨著一聲嘆息，珍陡地坐直，兩眼仍然滿是茫然與恐懼。

「沒事了，我的孩子，不要怕，你們安全了。」

珍的呼吸逐漸恢復正常，臉上的紅暈也恢復了。詹姆斯疑惑地看著陶品絲。

「原來你還活著，陶品絲小姐，完全不像你的朋友湯米想的那樣。」

「要殺死青年冒險家可不是那麼容易。」陶品絲帶著誇張的語氣說道。

「這麼看來，」詹姆斯爵士說，語帶調侃。「我說兩位的合夥事業終於圓滿成功應該不為過吧。而這位……」他轉頭面向沙發上的珍。「應該是珍・芬恩小姐吧？」

珍坐直身子，平靜答道：「是的，我就是珍・芬恩。我有許多事要告訴你。」

「等你身體好些再……」

「不，就是現在，」珍的嗓門提高了些。「唯有把一切都告訴你們，我才會感到安全。」

「隨你吧。」詹姆斯爵士說。

接著他在長沙發對面的大扶手椅上坐下。珍開始低聲述說她的故事。

「我搭乘露西塔尼亞號客輪到巴黎，是為了應徵一份工作。我痛恨戰爭，非常渴望能盡點力量。先前我一直在學法語，我的老師告訴我，巴黎一家醫院需要人手，所以我寫信給他們，說我願意去醫院服務，他們接受了。我無親無故，所以做什麼都毫無牽掛。

「露西塔尼亞號遭魚雷襲擊時，一個男人跑來找我。我先前不只一次注意到他……我猜他一定在害怕什麼人或什麼事。他問我是不是一個愛國的美國人，又說他身上帶著一份攸關同盟國存亡的文件。他要我替他保存這些文件，過些時候再在《泰晤士報》上尋找他刊登的廣告，如果報上沒有出現廣告，我就把文件直接交給美國大使。

「接下來發生的事好像噩夢一場，到現在我還常在夢中驚醒。我就長話短說吧。丹佛斯先生要我小心，說他有可能從紐約開始就被人盯上，雖然可能性極小。一開始我也沒起疑，可是在前往霍利黑德的船上，我開始感到不安。船上有個叫作范德邁的女人對我特別關照，和我結成了朋友。我對她的好心非常感激，但我一直覺得她身上有些地方讓我很不舒服。後來，我在那艘愛爾蘭籍的船上看見她和一些神色詭異的人交談，而且好像是在談論我。我頓時想起在露西塔尼亞號上，丹佛斯先生把包裹交給我的時候，她就在我身旁不遠處，而且她先前也曾試過和丹佛斯先生攀談。我開始感到害怕，但不知如何是好。

「我想到一個近乎瘋狂的主意……在霍利黑德下船，那天不去倫敦了。不過我很快就發現，這麼做相當不智。我只能裝作什麼也沒發現，盡量往好處想。我想，只要我自己隨時留意，他們也不能把我怎樣。為了未雨綢繆，我撕開裝文件的油皮紙袋，取出文件換成白紙，再重新縫好。這樣一來，就算有人搶走它也無所謂。

「可是該如何處理那份文件，卻讓我想破了頭。最後，我把它夾在一本雜誌的兩頁廣告之間（那份文件其實只有兩張紙），再用膠水把廣告紙頁的四周黏貼起來，然後把雜誌塞進我的風衣口袋，帶著它隨身行走。

「在霍利黑德，我想找一間看起來沒有蹊蹺的車廂，但奇怪的是，總有一些人在我周遭推推擠擠。我心頭感到不妙，卻發現自己和范德邁夫人坐在同一個車廂裡。我跑到走道上，可是其他車廂都坐滿了人，只好又回到原位坐下。我安慰自己，車廂裡除了范德邁夫人還有其他人；我的對面就坐著一對很稱頭的夫婦，因此我感到非常寬慰。我靠在座椅上，雙眼半閉，我想他們是以為我睡著了，其實我時刻處於高度警覺狀態。就在火車離倫敦不遠時，我從眼縫中看到那個男人從袋子裡拿出一樣東西遞給范德邁夫人，還一面對她使了個眼色……

「我無法形容他那個眼色有多麼恐怖，它幾乎把我嚇僵了。我唯一的念頭就是以最快速度跑到走道去。我站起身，盡量裝出若無其事的樣子，也許他們發現了異狀，我不知道，只聽得范德邁夫人突然說：『就是現在，』接著用什麼東西往我的嘴鼻一蒙，我想喊也喊不出來。就在這個時候，我感到腦後遭到了重重的一擊……」

珍渾身顫抖。詹姆斯爵士輕聲說了一些安慰話，她這才接續下去。

「不知道過了多久，我才恢復了知覺。我發現自己躺在一張髒兮兮的床上，非常虛弱。床邊圍著簾子，隔著簾子我聽到兩個人在說話，其中一個是范德邁夫人的聲音。我盡力想聽懂他們說些什麼，可是一開始聽不大清楚，等我終於聽清楚後，真是害怕極了。我真訝異自己當時竟然沒有喊出聲來。

「他們沒有找到文件，只發現油皮紙袋裡的白紙，簡直氣瘋了。他們不知道是我把文件掉了包，還是丹佛斯其實攜帶的是假文件，真正的文件經由別的管道送走了。他們說……要對我用刑，才能找出真相。」說到這裡，珍閉上眼睛。

「我以前不知道什麼叫恐懼、什麼叫不寒而慄。當時我真是怕極了。他們到我床前來看過一回，我閉著眼，假裝依然昏迷不醒，可是我真怕他們會聽到我心臟怦怦怦的跳動聲。幸好他們不久就走開了。我開始苦思，到底該怎麼辦？我知道，如果他們用刑，我是支撐不了多久的。

「我突然想到，我可以假裝喪失了記憶。我對喪失記憶這個題目一向很感興趣，讀過不少相關書籍，對它瞭若指掌。如果我能假扮成功，或許能救自己一命。我在心裡默默祈禱，長長吁出一口氣，接著睜開眼睛，開始以法語喃喃自語，就像小孩學語一樣。

「范德邁夫人立刻繞過簾子走過來。她那張邪惡的臉讓我怕得要命，不過我還是對她露出微笑，以疑惑的語氣用法語問她我身在何處。

「我看得出來，這一招讓她一頭霧水。她把剛才和她說話的男人叫來，那人站在簾子旁邊，我看不清他藏在暗處的臉。他用法語和我對談，聲音平靜，並無特別之處，可是不知道為什麼，他就是讓我害怕。但我還是繼續裝下去，問他我在哪裡，告訴他我有一件事一定要記得，非記起來不可，不過腦子裡就是一片空白。我盡量裝得愈來愈痛苦。他問我叫什麼名字，我說我不知道，我什麼也記不起來。

「他突然抓住我的手腕，用盡全力一扭，痛得我要命。我尖叫起來，可是他不放手，依然繼續扭我的手。我發出一陣陣尖叫，儘管如此，我還是沒忘記用法語。我不知道這樣持續了多久，幸好我暈了過去。我聽到那男人說的最後一句話是：『這不是裝的，她這種年齡的孩子不可能懂得這些。』我想，他一定忘了美國女孩要比英國女孩老成些，而且對科學更有興趣。

「等我甦醒過來，范德邁夫人對我的態度格外親熱。我想，她一定是奉命行事。她用法語告訴我，我休克了，而且病得不輕，不過很快就會好轉。我裝出糊塗的樣子，還一邊喃喃說有個醫生弄傷了我的手腕。聽我這麼說，她露出放心的表情。

「過了一會兒，她就走出了房間。我仍然心存疑慮，在床上靜靜躺了好一陣子。不過我終究爬下了床，在房間裡走來走去，東看西看。我想，即使有人在暗處監視，我這番舉動就目前狀況而言也算是很自然。那地方汙穢不堪，奇怪的是，連個窗戶都沒有。我想門一定上了鎖，不過我也沒試著去開它。牆上有幾幅破舊的畫，都是《浮士德》中的場景。」

陶品絲和詹姆斯爵士幾乎同時「啊」了一聲，珍點了點頭。

「是的，那地方在蘇活區，貝里福先生曾經被關在那裡。當然，當時我並不知道我身在倫敦。我心裡一直擔心著文件的事，可是當我看到風衣被隨意搭在椅背上，那本雜誌依然捲放在風衣口袋裡，一顆懸著的心才落了地！

「我想證實一下自己是否被監視，於是仔細將四周的牆壁環視了一遍。牆上沒有任何可供窺視的洞，可是直覺告訴我，一定有人在偷偷監視我。我突然往桌緣一坐，手捧著臉啜泣起來，口裡一面以法語叫道：『我的上帝！我的上帝！』我的耳朵很尖，果然清楚聽到裙子的窸窣聲和輕微的嘎吱聲。真的有人在監視我！

「我又躺回床上，過了一會兒，范德邁夫人為我送來晚餐。奉命行事的她對我依然滿嘴甜言蜜語，我想她一定是奉命要得到我的信任。她一面拿出油皮紙袋問我是否認得，一面觀察我的表情，那模樣活像一隻山貓。

「我接過包裹，帶著疑惑的神情翻來覆去地觀看它，然後搖搖頭。我說我老覺得應該記得什麼事情，但就在記憶呼之欲出的時候卻又消失得無影無蹤。接著她告訴我，我是她的侄女，以後就叫她麗塔嬸嬸。我照辦了，她就安慰我，說我的記憶很快就會恢復，不要擔心。

「那天晚上真是難熬。我一面等著她來，一面在心裡盤算著自己的計畫。雖然文件目前還算安全，可是我不敢冒險把它繼續放在那裡。他們隨時都可能把那本雜誌扔掉。我在床上輾轉反側，直到凌晨兩點左右，我無聲無息地爬下床，在一片漆黑中沿著左手邊的牆摸索到那幅『瑪格麗特和她的珠寶盒』。我輕輕從釘子上取下畫作，躡手躡腳地走到風衣處，拿出雜誌和一兩個我先前隨手塞進口袋的信封。我走到洗臉台旁，將黏起來的兩頁廣告紙頁沾溼後撕開，取出那兩頁珍貴無比、讓我飽受磨難的文件。我用洗臉盆的水將畫像背面的褐色內裡沾溼，沒多久就揭開了那層紙。我把文件夾在畫和內裡之間，再借助信封上少許的膠水將紙和畫重新黏好。沒有人會想到這幅畫被人動過手腳。一切就緒後，我把畫掛回原處，將雜誌放回風衣口袋，然後悄悄爬回床上。我對這個藏匿地點非常滿意。他們絕不會想到要把自己的畫撕碎。我希望他們最後的結論是：丹佛斯隨身攜帶的是假情報，這樣他們就會放我自由了。

「事實上，我想他們剛抓到我的時候確實是這麼想，而我也因此身陷險境，因為我事後才知道，他們原本當下就要殺掉我，把我放走的可能性微乎其微。只是他們的首腦、也就是真正當家作主的頭頭主張讓我活著，因為他想我有可能把文件藏起來，而我的記憶一旦恢復，就可以把文件的下落告訴他們。之後好幾個星期，他們對我嚴加看管，一次又一次審問我。在逼供方面他們確實是高手，不過我還是咬著牙撐了過去。話說回來，那種精神折磨真是可怕。

「他們又把我帶回愛爾蘭，一路上從沒放鬆過對我的監視，生怕我將文件藏在中途什麼地方。范德邁夫人和另一個女人一刻也沒離開我，她們對別人提到我的時候，總說我是范德邁夫人的親戚，由於露西塔尼亞號事件飽受驚嚇，大腦因此受損。一路上我孤立無援，如果冒險找人求助勢必不會有什麼好下場，因為大家一定會相信看來極為富有、裝扮華麗的范德邁夫人而不相信我的話。他們會認為我是大腦受損才自以為受到『迫害』。我感覺到，一旦他們識破我的謊言，我那累積已久的恐懼一定會讓我徹底崩潰。」

詹姆斯爵士點點頭，表示理解。

「范德邁夫人是個能說善道的女人。憑她的口才和社會地位，大家輕易就會聽信她的話。你這種匪夷所思的指控，確實不容易取信於人。」

「我就是這麼想。最後他們把我送進伯恩茅斯的一家療養院。一開始我不能斷定這是騙局還是真正的治療，有個護士專門負責照料我，因為我是個特殊的病人。她待我很好，舉止也很正常，就在我決定信任她、以實情相告的時候，仁慈的上帝及時拯救了我，我才沒有落入陷阱。那天我的房門正好半掩，我聽到她在走道上和什麼人談話，原來她也是他們一夥的！那些人依然認為我可能是裝假唬人，所以安排她來檢驗我的真假。從此以後，我變得異常敏感和神經質，不敢相信任何人。

「現在回想起來，我那時是在自我麻痺。沒多久，我幾乎忘了我是真正的珍．芬恩。我太刻意去扮演珍妮特．范德邁這個角色，以至於神經出了毛病。我真的病倒了，一連幾個月都處於麻木恍惚的狀態。我確定自己來日無多，既然如此，一切都不重要了。有人說，一個神志清醒的人一旦送進瘋人院，最後往往會變成瘋子。我想，當時我的情形就是如此。我扮演的角色幾乎成了我的第二天性，到後來甚至不知喜怒哀樂，只有冷漠和麻木。我就這樣過了好幾年。

「接著，事情突然有了變化。范德邁夫人從倫敦來到療養院，她和醫生問了我一些問題，進行了各種治療實驗，還提到要把我送到巴黎的一個專家那裡去，不過終究沒敢冒險。我聽到一些談話，好像說還有別人——我的幾個朋友——也在找我。後來我才知道，那個照料我的護士假扮成我去了巴黎，找那位專家診治。專家讓她接受了一些嚴格的測試，指出她的喪失記憶是偽裝的。她記下了專家的測試方法，回來對我進行同樣的測試。我敢說，要矇騙一個一生都在從事這類研究的專家實在困難，不過這一回我還是硬撐到底。我很久都沒把自己當成珍．芬恩了，因而比較容易通過測試。

「一天晚上，他們臨時接到命令把我匆匆送到倫敦，帶回蘇活區那間屋子裡。我一離開療養院就感覺煥然一新，好像某種埋藏許久的東西甦醒了過來。

「他們要我去伺候貝里福先生（當然，我當時並不知道他的名字）。我懷疑這又是一個圈套，可是他看來一臉誠實模樣，我很難相信他是在演戲。不過我對自己的言行依然戒慎小心，因為我知道我們的談話會被偷聽。牆的上方就有一個小孔。

「那個星期日下午，不知道他們得到了什麼訊息，引起了一場騷動。趁著他們不注意，我偷聽到他即將被殺的消息。後來發生的事你們都已經知道，我就不說了。我想我還有時間衝回去把文件從藏匿處取出來，可是不幸被人抓到，於是我大聲尖叫說他逃跑了，一面還喊著要回瑪格麗特那裡去。這名字我故意大聲喊了三遍，我知道別人一定以為我指的是范德邁夫人，但我其實是希望貝里福先生能因此注意到那幅畫。他在第一天就取下了一幅畫，這也是我遲遲不敢相信他的原因。」

珍．芬恩停了下來。

「這麼說，」詹姆斯爵士緩緩說道，「文件還在房間那幅畫的背後。」

「是的。」

說完她漫長而緊張的故事後，珍已經虛脫地倒在沙發上。

詹姆斯爵士站起身，看看錶。

「來吧，」他說，「我們必須馬上離開。」

「今晚就離開？」陶品絲問，狀甚驚訝。

「明天恐怕就太遲了，」詹姆斯爵士神色凝重地說，「而且如果我們今晚離開，還有機會抓住那個超級大罪犯——布朗先生。」

四周頓時一片死寂。詹姆斯爵士繼續說道：「毫無疑問，你們到這裡來一路上都有人跟蹤，我們離開的時候勢必也會被盯梢，但不會受到干擾，因為布朗的計畫就是要我們帶路。可是蘇活區那棟房子日夜都在警察監視之下，而且有好幾個人看守。一旦我們走進屋子，布朗就不會卻步……他會放手一搏，以爭取到那足以燎原的火星。他不認為這是個多大的風險，因為他會披著朋友的外衣。」

陶品絲脹紅了臉，衝動地張口說道：「可是有件事你還不知道。我們還沒告訴你。」

她的眼神帶著惶惑定在珍的臉上。

「什麼事？」詹姆斯爵士立刻問，「別猶豫了，陶品絲小姐。我們對接下來的行動必須有十足的把握才行。」

陶品絲頭一回覺得詞窮。

「這很難啟齒；你知道，如果我想錯了，那麼，噢，後果不堪設想。」她對渾然不覺的珍扮了個鬼臉。「有人不會原諒我的。」她意味深長地說。

「你們希望我幫忙，對吧？」

「當然。你知道布朗先生是誰，對吧？」

「沒錯，」詹姆斯爵士說，神色凝重。「我終於知道了。」

「終於？」陶品絲的口氣透著懷疑。「噢，我還以為……」她停住話頭。

「你猜得沒錯，陶品絲小姐。其實我確定他的身分已有一段時間了，自從范德邁夫人神祕死亡的那夜起我就明白了。」

「啊！」陶品絲猛吸一口氣。

「如果根據事實進行邏輯分析，只有兩種解釋。一是范德邁夫人自己下毒，這一點我完全排除它的可能性；另一種解釋則是……」

「是什麼？」

「有人在你為她倒下的白蘭地中下了毒。只有三個人接觸過那杯白蘭地：一個是你，陶品絲小姐，一個是我，另一個就是朱立斯．賀士默先生！」

聽到這裡，珍．芬恩變得極為不安，她站起身，驚恐的眼眸望著詹姆斯爵士。

「一開始，這似乎是絕無可能的事。賀士默先生的父親是個地位顯赫的大富豪，在美國是家喻戶曉的知名人物，說他和布朗先生是同一個人，確實是匪夷所思。可是我們不能不面對事實。既然事實如此，我們就得接受。你還記得吧，范德邁夫人當時突然露出一種難以解釋的恐懼。如果你想看證據，還有另一樁。

「我很早就給了你一個暗示。從賀士默在曼徹斯特所說的話來看，我相信你已經領悟了這個暗示，並且據以行事。於是我開始著手證實這種匪夷所思的可能性。貝里福先生打電話告訴我，如同我一開始的懷疑，珍．芬恩小姐的照片從來就沒離開過賀士默身邊……」

珍．芬恩打斷了他。她一躍而起，憤然大叫：「你這是什麼意思，你在暗示什麼？你是說布朗先生就是朱立斯？朱立斯，我的表哥？」

「不，芬恩小姐，」詹姆斯爵士的話大出她的意外。「他不是你的表哥。那個自稱是朱立斯．賀士默的人，跟你沒有任何親戚關係。」

# 26 布朗先生

詹姆斯爵士的話像顆炸彈，兩個女孩驚駭得面面相覷。律師走到桌前，拿了一張小剪報遞給珍，陶品絲站在珍的肩後一起看。如果卡特先生在場，他應該認得出來。這則報導是關於那名死於紐約的神祕人物。

「一如我剛才對陶品絲小姐所言，」律師繼續說道，「我開始著手去證實這種匪夷所思的可能性。最大的困難在於這個無法否認的事實：朱立斯．賀士默這個名字並非虛構，而是真有其人。但是當我看到這則報導，問題便豁然而解。原來真正的朱立斯．賀士默為了尋找表妹的下落，動身去了西部，在那裡他知悉了表妹的種種狀況，同時拿到照片，以助於尋找。可是就在他從紐約出發的前夕，便遭人襲擊，死於非命。他的屍體被套上破舊的衣衫，甚至被毀容，以防被人認出身分。取而代之的人就是布朗先生，他立刻飄洋過海來到英國。在他動身前，賀士默的親朋好友都沒見過他……即使見到也無關緊要，因為他的模仿簡直天衣無縫。之後，他就和那些發誓要找到他的人聯手出擊了，他對這些人的祕密瞭如指掌。只有一次，他差點露出了狐狸尾巴。范德邁夫人知道他的底細，然而當初他並未打算以鉅款攏絡范德邁夫人。幸虧陶品絲小姐臨時改變了計畫，否則等我們到達她的公寓，她早已遠走高飛了。他眼看自己的身分就要曝光，於是孤注一擲，利用自己的冒名身分，將懷疑轉嫁他人。他幾乎成功了……只是功虧一簣。」

「我不相信你的話，」珍喃喃說道，「他看起來人那麼好。」

「真正的朱立斯．賀士默確實是個大好人，但布朗先生只是個出色的演員。不信的話，你問陶品絲小姐，她是不是也懷疑過他。」

珍無言地轉向陶品絲，陶品絲點點頭。

「珍，我本來是不想說的，我知道你會傷心。更何況，我並不是那麼確定。到現在我還想不通，如果他就是布朗先生，為什麼又要救我們。」

「那天協助你逃跑的是朱立斯．賀士默？」

陶品絲將那天晚上的經過對詹姆斯爵士說了一遍，最後說道：「可是我想不通為什麼。」

「你想不通？這我想得通，貝里福先生也是，從他的舉動就看得出來。珍．芬恩是布朗先生最後的希望，所以他故意讓她跑掉，可是他又得安排得天衣無縫，以免她疑心這是圈套。他們對人在附近的貝里福並不在意，必要時甚至讓他和你聯繫，以便在適當時機再除掉他。接下來，朱立斯．賀士默衝了進去，極為戲劇化地將你們救了出來。儘管子彈從頭頂呼嘯而過，可是誰也不會被打中。再下來會發生什麼事呢？你們會駕車直奔蘇活區那棟房子，把珍・芬恩那份可能已交託給她表哥保管的文件搜出來。或者若是由他自己搜尋，他會假裝發現藏匿地點已經被人翻動過。對付這類事情，他有的是辦法，可是結果都一樣。而且——我想你們很可能會遭遇不測，你們知道得太多了，對他們極為不利。以上是事情大概的輪廓。我承認我沒有看清事實，但有個人看得很清楚。」

「湯米，」陶品絲輕聲說。

「沒錯。很顯然，一旦除掉他的時機到來……他太機警了，他們無法容忍。話說回來，我還是為他感到擔心。」

「為什麼？」

「因為朱立斯・賀士默就是布朗先生，」詹姆斯爵士說，「要制服布朗先生，不是單槍匹馬就能辦到的。」

陶品絲的臉色變得蒼白。

「那我們該怎麼做？」

「在到達蘇活區的那棟房子之前，什麼也不用做。如果貝里福依然占了上風，那就沒什麼好擔心；而如果情形相反，我們的敵人自己會登門來找我們，到時候他會發現，我們可是有備而來！」詹姆斯爵士一面說，一面從抽屜裡取出一把軍用手槍，放進大衣口袋裡。

「現在，我們已萬事俱備。我想，你最好和我一道去，陶品絲小姐。」

「我也這麼認為。」

「不過我覺得芬恩小姐應該留在這裡，她會很安全。況且她經歷了這麼多煎熬，恐怕已經筋疲力盡了。」

大出陶品絲的意料之外，珍搖搖頭。

「不，我想我也得去。那些文件既然交付給我，我就應該負責到底。再說我現在已經好多了。」

詹姆斯爵士叫來了座車。路程並不長，可是陶品絲的心跳動得厲害。雖然她為湯米的安危感到陣陣不安，卻也忍不住內心的激動，因為，他們就要成功了！

車子開到廣場轉角處停下，大家下了車。詹姆斯爵士走到幾個便衣警察面前，對其中一人說了什麼，接著回到兩個女孩身邊。

「到目前為止，還沒有人走進這棟房子。房子的後門也有人監視，所以他們非常確定，任何人想跟在我們身後進去，都會立刻被逮捕。我們這就進去了，好嗎？」

一個警察掏出鑰匙。這裡的警察和詹姆斯爵士都很熟，同時也接獲命令，知道陶品絲這個人。唯獨對珍．芬恩他們一無所知。三人進屋後關上了門，慢慢爬上搖搖晃晃的樓梯。樓梯頂端是一張破舊的布簾，遮住了那天湯米藏身的凹處。這件事是陶品絲從珍的口中聽說的，當時她還以安妮特自稱。陶品絲好奇地望著破舊的天鵝絨布簾。即使是現在，她還是認為布簾在動，彷彿有人躲在後面似的。這種感覺如此強烈，她簡直能想像出躲在簾後的人的輪廓——彷彿布朗先生——朱立斯，就在布簾後守候著……

當然，這是不可能的，不過她還是差點掀起布簾，好看個究竟。

他們來到了囚禁室。這裡沒有地方可以藏身，陶品絲不禁鬆了一口氣，接著暗暗責備自己，不該冒出布朗先生就在這屋子裡的愚蠢念頭，雖然這感覺老是揮之不去……啊！什麼聲音？樓梯上似乎傳來躡手躡腳的腳步聲。屋裡有人！太可笑了，她簡直變得歇斯底里了。

珍逕自走到「瑪格麗特」那副畫像前，小心翼翼地將畫從釘子上取下。牆與畫之間布滿了蜘蛛網，畫上也蒙上厚厚一層灰。珍接過詹姆斯爵士遞過來的小刀，用力將褐色的背紙跟畫分開。雜誌上的廣告紙頁掉了出來。珍拾起它，將已經磨損的邊緣撕開，抽出兩張寫滿字跡的薄紙。

這一回可不是假文件，這是真正的原本。

「我們拿到手了，」陶品絲如釋重負。「終於……」

此時此刻，他們激動得幾乎忘了呼吸，也忘了一分鐘前樓梯上似曾發出輕微的聲響。三人的目光一致，目不轉睛地看著珍手上的文件。

詹姆斯爵士接過文件，神情專注地仔細讀著。

「沒錯，」他輕輕地說，「這就是那份多災多難的草約。」

「我們成功了。」陶品絲說，聲音透著肅然起敬和難以置信的驚喜。

詹姆斯爵士一面隨聲附和，一面小心地將文件摺好，放進自己的皮夾內。接著，他帶著好奇的眼神打量這個骯髒的房間。

「就是這裡，你那個年輕朋友被關了很久，對吧？」他說，「這房間確實充滿邪氣。你們已注意到這裡沒有窗戶、門又很厚重了吧？在這裡不論發生什麼事，外面都不會聽到。」

陶品絲打了個冷顫。他的話喚起了她內心朦朧的不安。萬一有人躲在屋子裡怎麼辦？那人會不會把門堵死，讓他們像掉入陷阱裡的老鼠一樣就這麼死去？她立刻覺得這個念頭太可笑。房子周遭淨是警察，如果他們三人一直沒出去，警察一定會進來徹底搜尋的。她一邊嘲笑自己的愚蠢，一邊抬起頭來，正好和詹姆斯爵士的目光相遇。他朝她一頷首。

「沒錯，陶品絲小姐，你嗅到了危險的氣味，我也是。芬恩小姐也不例外。」

「是的，」珍承認。「這感覺很荒謬，可是我揮之不去。」

詹姆斯爵士又點點頭。

「你感覺到，我們也都感覺到，布朗先生在這裡。沒錯，無庸置疑，布朗先生就在這裡。」

這時候陶品絲動了動。

「在這棟屋子裡？」

「在這棟屋子裡。你們還不明白嗎？我就是布朗先生！」

兩個女孩目瞪口呆，難以置信地望著他。他臉上的線條驟然起了變化，完全換了一個人。他露出猙獰而殘酷的笑容。

「你們兩個誰也別想活著走出這個房間。剛才你說我們成功了……不！是我成功了。這份草約是我的。」他看著陶品絲，笑意慢慢加深。「要不要我告訴你們事情會如何演變？警察遲早會闖進來，他們會發現布朗先生的三個受害者……是三個，不是兩個，然而幸運的是第三個只受了傷沒有死去，所以可以活靈活現地描述受襲的經過。至於條約，既然已經落入布朗先生之手，當然沒有人會想到要去搜查詹姆斯．皮爾．艾格敦爵士的口袋！」

他轉向珍。

「我承認，我曾經被你騙過，不過你不可能騙我第二次。」

爵士身後傳來一陣輕微的響聲，但陶醉在成功喜悅中的他並未轉過頭去。

他把手伸進口袋。

「青年冒險家到此玩完了。」他說，一面慢慢舉起手槍。

這時候，他背後伸來一隻鐵鉗般的手，緊緊鉗住他的手腕，手槍被奪了出去。朱立斯．賀士默的聲音一字一句地傳到他耳裡。

「我想你算是當場被逮，人贓俱獲。」

血色湧上爵士的臉，可是他的自制力非比尋常。他的視線從珍的身上移到陶品絲身上，最後停在湯米身上久久不放。

「是你，」他咬著牙說道，「你，我早該想到是你。」

看到他並無反抗的意思，他們鉗住他的手放鬆了些。就這麼一剎那，他戴著圖章戒指的左手迅雷般伸向自己的嘴唇。

「Ave Caesar! te morituri salutant.[4]」他口中一面說，兩眼一面瞪著湯米不放。

接著他臉色有了變化，一陣長時間的痙攣後，他蜷縮著身子向前倒下。房裡瀰漫著一股苦杏仁的味道。

4　法語，意思是「凱撒為證！敬禮」。

# 27 薩伏飯店的晚宴

朱立斯．賀士默先生三十日晚間舉辦的那場盛宴，讓餐飲業者終生難忘。宴會廳設於飯店的私人廳堂內，賀士默先生的吩咐簡明扼要且強而有力……他開出了一張空白支票。百萬富豪只要拿出空白支票，總是可以予取予求。

所有不當令的精美佳肴充分供應，源源不絕；侍者們小心而專注地端來一瓶瓶專為皇室釀製的陳年佳釀。繽紛的花草裝飾讓人忘了四季有別，名目繁多的水果難以思議地並排堆放，從五月到十一月的樣樣不缺。客人不多，但無一不是菁英之選：美國大使、卡特先生，和他自稱冒昧帶來的老友威廉．貝里福爵士、考利副主教、霍爾醫生、兩個年輕的冒險家璞丹絲．考利小姐和湯瑪士．貝里福先生，而最後一位，就是今夜的貴賓珍．芬恩小姐。

朱立斯不遺餘力，務使珍的出場大獲成功。

先是陶品絲和這個美國女孩合住的公寓門前響起一陣神祕的敲門聲。陶品絲打開門，是朱立斯。他手上拿著一張支票。

「喂，陶品絲！」他一開口便說，「幫我一個忙好嗎？這個你拿去，把珍打扮得漂漂亮亮的，好參加今晚的宴會。你們兩個都得到薩伏飯店來和我共進晚餐。不要省著用，懂我的意思吧？」

「沒問題，」陶品絲模仿他的語氣。「我們會盡情享用。替珍打扮是樂事一樁，她是我見過最漂亮的女人。」

「確實如此。」賀士默先生熱情洋溢地說。

他的熱情感染了陶品絲，她眼裡也閃出光芒。

「對了，朱立斯，」她說，語氣甚是含蓄。「我還沒告訴你我的決定。」

「你的決定？」朱立斯說，臉色變得蒼白。

「你知道，你向我求婚的時候。」陶品絲期期艾艾地說，她眼瞼低垂，活像是維多利亞早期的女主角。「明白指出不想聽到拒絕的答覆。我仔細想過……」

「所以呢？」

朱立斯的額頭冒出汗珠。

陶品絲突然有些憐憫他。

「你這個大白癡，」她說，「我不懂你怎麼會這麼做。連我都看得出來，你根本就不在乎我。」

「我當然在乎你。我對你……你知道我一向對你至為尊重、欽佩，而且仰慕……」

「唉！」陶品絲說，「這種感情一碰到另外一種感情，馬上就會被拋諸腦後，你說對不對，老友？」

「我不懂你的意思。」朱立斯呆呆說道，可是一張臉紅到了脖子根。

「才怪！」陶品絲回了他一句，隨即笑著關上了門，接著又立刻打開，嚴肅地說：「在道義上，我會認為自己被拋棄了。」

「是誰來了？」陶品絲回到屋內，珍問道。

「朱立斯。」

「他來做什麼？」

「我想，他來其實是想見你，可是我不想讓他見到你，至少在晚宴前不能。你應該像凱旋歸來的所羅門王一樣，滿身榮耀地出現在眾人面前。來吧，我們得去買東西。」

對大多數的人來說，曾被預言將是多事之秋的二十九號「勞動節」就這麼過去了，和平日沒兩樣。公園和特拉法加廣場有幾場演講，散亂的遊行隊伍唱著〈紅旗之歌〉，漫無目的地穿過大街小巷。曾經暗示會有大罷工，也曾預言恐怖統治即將到來的新聞媒體，至此不得不偃旗息鼓，鋒芒盡失。而其中幾個較為大膽精明的人，則亟於證明今天的相安無事純粹是拜他們的調停之賜。星期日的報紙上，登出了知名王室律師詹姆斯．皮爾．艾格敦爵士突然過世的短訊。星期一的報紙則以稱揚的口吻敘述了他一生的功績，但他猝死的真正原因始終不曾公布。

湯米對於形勢的預測是正確的。這是一場獨腳戲，樹倒猢猻散。奎馬林於星期日上午離開英國倉卒返回俄國後，其他幾個小組成員也跟著驚惶失措，在逃離艾利堡時留下了許多文件，毫無保留地洩漏了他們的祕密。政府掌握了這些證據之後，又從爵士身上找到一本棕色的小筆記本，上面記述了整個陰謀的過程。政府因此召開緊急會議，那些勞工領袖至此才不得不承認他們一直是受人利用的傀儡，並欣然接受政府做出的一些讓步。降臨的是和平，而非戰爭！

不過，內閣深知他們躲過這場浩劫的過程直如千鈞一髮。昨天晚上發生在蘇活區那棟屋子裡的一幕，依然深深烙印在卡特先生的腦海中。

他走進那個骯髒的房間，看到那位大人物——也是和他相交了一生的老友——死在那裡。他在死者的皮夾裡找到那份伴隨著鮮血和死亡的協議草約，立刻當著其他三人的面將那份文件付之一炬。英國得救了！

而現在，三十日的晚上，在薩伏飯店的私人貴賓室裡，朱立斯．賀士默先生正恭候貴客到來。

卡特先生第一個抵達，和他同來的還有一個外表看起來性情暴躁的老先生。湯米一見到他，那張臉立刻紅到耳根。

「哈！」老先生細細地端詳他。「原來你是我的侄子啊。雖然外表其貌不揚，不過辦事倒還真有一套。不管怎麼說，你母親教子有方。過去的一切，我們都別計較了，怎麼樣？你知道，現在你是我的繼承人，以後我會固定給你零用金。還有，你可以把喬夢園當成自己的家。」

「謝謝您，先生，您真慷慨。」

「那位大名鼎鼎的年輕小姐在哪裡？」

湯米介紹了陶品絲。

「哈！」威廉爵士一面打量她一面說，「現在的女孩子和我們那個年代很不一樣。」

「的確，」陶品絲說，「穿著或許不同，不過本質還是一樣。」

「你說得對。頑皮的女孩過去有，現在也有！」

「沒錯，」陶品絲說，「在下就是一個讓人討厭的頑皮女孩。」

「我相信。」

老先生輕聲笑起來，開玩笑地擰了擰她的耳朵，心情好極了。年輕女孩多半都怕這個老頭，她們稱呼他「老熊」，陶品絲活潑的性格卻讓這個厭惡女人的老傢伙甚是開心。

接著到來的是怯生生的副主教。他身處這群人當中有點茫茫然，雖然也為自己出眾的女兒感到高興，只是依然情不自禁，時不時對她投以緊張焦慮的眼神。然而陶品絲的表現的確出色，她克制住自己不翹腿，說話小心謹慎，還堅持不抽菸。

下一位客人是霍爾醫生，接著是美國大使。

「請各位就座，」朱立斯介紹客人互相認識後，口中說道，「陶品絲，請你……」

他一揮手，指指那個象徵榮譽地位的首位。

陶品絲搖搖頭。

「那應該是珍的位置。一想起她堅持了這麼多年，她才是今天這場盛宴的皇后。」

朱立斯對珍投以敬佩的一瞥，她這才靦腆地朝著座位走來。她是如此的優雅漂亮，嬌顏簡直無與倫比。為了裝扮她，陶品絲確實煞費苦心。由知名時裝設計師提供的這件禮服名為「絹丹」，金、紅、棕三種顏色相間，襯托出女孩白皙無瑕的頸項，濃密的金髮則像一頂金冠，戴在她可愛的頭顱上。在大家讚嘆的目光下，她坐了下來。

不久，晚宴進入高潮，大家一致要求湯米將整個事件的過程解釋一遍。

「你這個混球，真是守口如瓶，」朱立斯語帶責怪。「竟然告訴我你要去阿根廷，儘管你這麼做有你的理由。想到你和陶品絲都以為我是布朗先生，我都快笑死了。」

「他們兩個原本並沒有這樣的想法，」卡特先生面色嚴肅地說，「都是因為這位已故的犯罪藝術大師逐步暗示、誤導所致，而且他羅織得非常小心。紐約報紙上的那段報導給了他計畫的靈感，他據以布下天羅地網，差點讓你們撞在網上死於非命。」

「我從來就沒喜歡過他，」朱立斯說，「打一開始我就覺得他不對勁，而且我懷疑就是他將范德邁夫人滅了口，事後又巧言掩飾。不過直到那個星期天我們和他見面後，那些人旋即決定要將湯米處死，我這才恍然大悟，他其實就是那個大頭目。」

「我完全沒有懷疑過他，」陶品絲說，語氣帶著憾意。「我總認為自己比湯米聰明，可是他無疑比我高明多了。」

朱立斯立即附和。

「湯米是這次事件的靈魂人物！我們讓他親口把經過告訴我們吧，別讓他像一條魚般啞口無言地呆坐一旁。」

「附議！附議！」

「沒什麼好說的，」湯米神情困窘，渾身不自在。「我始終是個大笨蛋，直到我找到安妮特的照片，發現她就是珍·芬恩的那一刻。我想到她特意大喊『瑪格麗特』這個名字，於是想起那些畫，接下來……呃，反正就是這樣。當然，我把整件事情前後想了一遍，發現自己有些地方犯了大錯。」

「繼續說。」卡特先生發現湯米打算以沉默來迴避問題，立刻催促道。

「朱立斯把范德邁夫人的事告訴我後，我就一直覺得困惑不已。表面上看，下手的不是他就是詹姆斯爵士，但究竟是哪一個呢？我不知道。我聽朱立斯說布朗警官已經把那張照片取走了，可是後來我在他的抽屜裡發現了照片，所以我開始懷疑朱立斯。不過我又想到，發現珍·芬恩是假冒的人是詹姆斯爵士，所以我左右為難，乾脆決定不冒任何風險。我先假設朱立斯就是布朗先生，於是留下一張字條，告訴他我去了阿根廷，接著又把詹姆斯爵士的信和那份工作邀約放在書桌旁邊，讓他知道這是實情。接下來，我寫了一封信給卡特先生，又打電話給詹姆斯爵士。不管怎麼說，把他當成知心朋友是我了解真相的最佳辦法，所以我把所知的一切都告訴他，除了藏文件的地方。他協助我追查陶品絲和安妮特的下落不遺餘力，差點讓我消除了戒心，幸虧我沒有上當。對於他們兩個，我始終冷眼旁觀，未加判斷。接下來，我收到一張偽造陶品絲簽名的便條，我這才恍然大悟。」

「你是怎麼知道的呢？」

湯米從衣袋裡拿出便條，讓大家傳閱。

「這確實很像她的筆跡，可是從她的簽名來看，我知道這張便條不是她寫的。她不會把名字寫成『桃品絲』，但不清楚她名字怎麼寫的人，很容易寫成這樣。朱立斯看過她的簽名——他給我看過她留的字條——可是詹姆斯爵士不曾看過！接下來的事就順利多了。我立刻打發艾柏去找卡特先生，自己假裝離開，可是又偷偷折回。我發現朱立斯怒氣沖沖地開車衝來，我想這不在布朗先生的計畫之內，可能會有麻煩。我就這麼說好了，除非詹姆斯爵士在現場被逮，否則光憑我空口說白話，卡特先生是不會相信的。」

「我確實不相信。」卡特先生插口道，語氣不無懊悔。

「所以，我才要她們去找詹姆斯爵士。我相信他們遲早會找到蘇活區的那棟房子來。我用槍威脅朱立斯，是因為我希望陶品絲把這一幕告訴詹姆斯爵士，這樣他就不會把我們放在心上。等她們走遠了，我要朱立斯立刻飛車奔到倫敦去，並在路上把來龍去脈一五一十告訴他。我們開了很久才到達蘇活區，在屋外和卡特先生碰頭，一切安排妥當後，我們就潛入屋內，躲在布簾後的凹處。警察先前已經得到命令，如果有人問起，就說沒人進入屋內過。就是這樣。」

湯米的敘述突然中止。

房裡一時靜默下來。

「對了，」朱立斯突然說，「關於珍的那張照片，你們都想錯了。照片確實被拿走過，只是後來又被我找到了。」

「在哪裡找到的？」陶品絲大聲問。

「在范德邁夫人臥室靠牆的小保險櫃裡。」

「我就知道你發現了什麼，」陶品絲責備他。「老實告訴你，我就是從那時候開始懷疑你的，你為什麼不說出來呢？」

「我想我確實有點可疑。照片曾經被拿走一次。所以我決定，在讓攝影師多洗出好幾打之前，絕對不讓它曝光。」

「我們或多或少都有所保留，」陶品絲若有所思地說，「我想，是間諜工作把大家變成了這個樣子。」

一時的靜默中，卡特先生從口袋掏出一個破舊的棕色本子。

「貝里福剛說，除非詹姆斯．皮爾．艾格敦爵士在現場被逮，我才會相信他有罪。的確，直到看完這個本子上的紀錄，我才相信這個令人驚異的事實。我會把這個本子交給蘇格蘭警場，而且永遠不會公諸於世，否則以詹姆斯長期以來在司法界的影響，後果不堪設想。不過你們都是知道內情的人，我就唸幾段給你們聽，好讓你們了解這個傳奇人物非比尋常的思想。」

他打開小冊，翻著薄薄的紙頁，開始唸道：「『我知道，保留這本筆記是個瘋狂之舉，它是我一切活動的紀錄。可是我從來不怕冒險，而且我渴望自我表白……這本筆記只會在我的屍體上找到……』

「『我自小就知道自己有罕見的能力。只有傻瓜才會低估自己的能力。我的智力遠遠超過一般人，我知道自己一定會功成名就。唯一的遺憾是我的外表。我生性沉默，平凡無奇，簡直毫無特色……』

「『當我還是個小孩，我旁聽過一場著名的謀殺審判。辯護律師口若懸河的滔滔雄辯令我大為折服。生平第一次，我很想把自己的天賦用在這一行……於是我開始研究被告席上的罪犯。那人是個十足的笨蛋，笨得不可思議、難以置信，即使是律師的雄辯也救不了他，我對他蔑視已極……接著我突然想到，這人的犯罪層次甚低，屬於文明社會中的廢物、失敗者、社會渣滓之流，糊里糊塗地就被捲入了犯罪的漩渦。奇怪，有頭腦的人為什麼就察覺不到這種不尋常的機會？我玩味著這個想法……多麼浩瀚的領域，具有無限的可能性！這種想法令我感到暈眩……』

「『我大量閱讀關於犯罪和罪犯心理的著作，它們都證實了我的想法。犯罪不是出於疾病就是墮落……目光遠大的人絕不會刻意選擇這樣的行業。於是我深深思考，一旦我的抱負實現，取得律師資格，登上事業巔峰，那又如何？或許我會進入政界，甚至當上英國首相，那又如何？我依然是個傀儡，處處受同事箝制，事事受民主體制的羈絆。不！我夢想的權力是絕對的，是個獨裁者！專政者！而這種權力只可能在法律範疇之外取得。我要利用人性的弱點，進而利用各個民族的弱點，建立、控制一個龐大的組織，最後推翻現行的制度，統治天下！這些想法讓我如癡如醉，激憤不已……』

「『我知道我必須過雙重的生活。像我這樣的人動見觀瞻，必須有個成功的事業，當作我真正活動的煙幕……另外，我也必須塑造另一種人格。我以知名的王室法律顧問為師，模仿他們的言行舉止、癖性和魅力。如果我選擇當個演員，我絕對是當今最偉大的演員，無須偽裝，無須油彩，無須假鬚！我把我的另一種人格像戴手套般戴在身上，一旦脫去它，我就又回復真正的我，沉默寡言，毫不出色，就和一般人沒兩樣。我自稱布朗先生……叫作布朗的人不計其數，換句話說，和我長相一樣的人不計其數……』

「『在我用來當煙幕的事業上，我很成功。我當然會成功。即使是其他行業，我也會成功。像我這樣的人不可能失敗……』

「『我常讀拿破崙的傳記。我跟他有許多相同點……』

「『我經常為罪犯辯護。一個人應該照顧自己的同胞……』

「『有那麼一兩次，我也害怕過。第一次是在義大利的一個晚宴上，D教授——一個偉大的精神病醫生——也在場。不知何故，大家的話題轉向精神病症。他說：「許多人精神都不正常，只是沒人知道。連他們自己也不知道。」我不知道他為什麼一面說一面看著我。他的眼神非常奇怪，讓我很不舒服……』

「『這場戰爭令我不安……我本想戰爭能將我的計畫推進一步。德國人太有效率了，他們的諜報系統也非常出色。滿街都是身穿卡其制服的男孩，都是滿腦子漿糊的年輕傻瓜……可是，我並不確定……他們贏了這場戰爭……令我不安……』

「『我的計畫進行得很順利……有個女孩插進一腳……我想她其實什麼也不知道……可是我們必須放棄埃索尼亞公司……不能冒險……』

「『一切都很順利。她的記憶喪失一事令人迷惑。她不可能是裝出來的。沒有女孩子能騙得過我……』

「『二十九日……很快就要來到……』」

卡特先生停下話頭。

「關於政變計畫的細節，我就不唸了。不過，這裡有兩件小事與你們三人有關。和後來發生的事情對照看來，這些敘述很有意思。

「『在我的誘導下，那女孩自願追隨我，我成功地解除了她的心防。可是她不時閃現的敏銳直覺很可能會置我於危境……必須除掉她，別讓她擋路……我對那個美國人無可奈何。他懷疑我，也不喜歡我。不過他不可能知道。我相信我的偽裝盔甲是堅不可摧的……有時候我擔心自己低估了另外那個男孩。他並不聰明，可是很難在他面前隱藏事實……』」

卡特先生闔上筆記。

「一個偉大的人，」他說，「是天才還是瘋子，有誰說得清呢？」

全場一片靜默。

卡特先生站起身。

「我要為你們乾杯。合夥事業的成功充分證明了自己！」

大家陶醉在歡呼聲中。

「我們還想多聽一些，」卡特先生說，一面朝美國大使望了一眼。「我知道，這句話也是替你說的。我們要請珍．芬恩小姐告訴大家事情的始末，因為到現在為止，只有陶品絲小姐聽過。不過，讓我們先為她的健康乾杯。她是美國巾幗英雄中的佼佼者，我們英美兩國會永遠感謝她。祝她健康！」

# 尾聲

「珍，那個祝詞說得真好。」

賀士默先生對他的表妹說。這兩人坐在勞斯萊斯裡，正要回麗緻飯店。

「你是指對他們合夥事業的祝詞？」

「不，我是指對你的祝詞。世上沒有一個女孩能像你這樣，堅持到底，完成任務。你太棒了！」

珍搖搖頭。

「我不覺得。我心底其實又疲倦又孤獨……而且好想自己的家園。」

「既然你這麼說，我也有一些話老早想說。我聽到大使告訴你，大使夫人希望你立刻去大使館投靠他們。這樣固然好，不過我另外有個計畫。珍，我……我希望你嫁給我！不要害怕，也不要馬上拒絕。當然，你不可能立刻愛上我，那是不可能的，但我從看到你照片的那一刻起就愛上了你，如今看到你本人，更是神魂顛倒！只要你嫁給我，我絕對會讓你無憂無慮……你可以按照自己的步調來。或許你永遠不會愛上我，果真如此，我會讓你恢復自由之身。可是我希望擁有照顧你的權利，好好地愛護你。」

「那正是我的希望，」女孩說，語氣無限渴望。「有人關心我、照顧我。噢，你不知道我有多麼寂寞。」

「我當然知道。那麼我想一切就這麼定了。明天上午我必須去見主教，談談結婚證書的問題。」

「噢，朱立斯！」

「呃，我不想催你，珍，可是等待毫無意義。別害怕……我並不指望你立刻就愛上我。」

一隻小手滑進他的手中。

「我現在就很愛你，朱立斯，」珍．芬恩說，「那時候在車裡，子彈從你面頰擦過，那一刻我就愛上了你……」

五分鐘後，珍柔聲說道：「朱立斯，我對倫敦不熟，可是從薩伏飯店到麗緻飯店有這麼遠嗎？」

「這要看你怎麼走，」朱立斯毫不臉紅地解釋，「我們走的是繞經攝政公園的路。」

「噢，朱立斯，司機會怎麼想？」

「以我付給他的工資，他知道他最好不要有獨立思考的能力。珍，你知道，我之所以要在薩伏飯店辦晚宴，唯一的目的就是要開車送你回家。我不知道我還能用什麼辦法和你單獨在一起。你和陶品絲兩個人整天焦不離孟、孟不離焦，就像連體嬰一樣。如果還要這麼過一天，我想我和貝里福都會瘋掉！」

「噢。難道他……」

「當然，他整個人掉進了愛河裡。」

「我想也是。」珍若有所思地說。

「何以見得？」

「從陶品絲沒有說出來的事就能知道！」

「這些地方你比我強。」

珍只是笑笑。

這時候，那兩個年輕冒險家則是直挺挺地坐在計程車裡，也取道攝政公園回麗緻飯店。這兩人如坐針氈，中間彷彿存在一種可怕的約束。他們不知道發生了什麼事，一切好像都變了樣。他們的舌頭猶如打了結，癱瘓了一般，原有的同志情感消失得無影無蹤。陶品絲找不到話說，湯米也有同樣的苦惱，他們正襟危坐，互不相望。

終於，陶品絲放手一試。

「很有趣，對吧？」

「是很有趣。」

又是一陣沉默。

「我喜歡朱立斯。」陶品絲試探著說。

湯米突然像觸電般恢復了生命。

「你休想嫁給他，你聽見了嗎？」他以專橫的語氣說，「我禁止你嫁給他。」

「噢！」陶品絲溫順地說。

「絕對禁止，你知道。」

「他也不想娶我。他向我求婚其實只是出於好心。」

「不可能。」湯米嗤之以鼻。

「是真的，他深愛著珍。我想他現在正在向她求婚。」

「她配他倒是不錯。」湯米帶著居高臨下的口氣說。

「難道你不認為她是你見過最漂亮的女孩子？」

「噢，確實是。」湯米說。

「但是我想你寧可保持高尚的品格。」陶品絲幽幽地說。

「我……噢，真該死，陶品絲，你是知道的。」

「我喜歡你叔叔，湯米，」陶品絲急忙轉換了話題。「對了，你以後打算做什麼？接受卡特先生要你替政府工作的邀約？還是接受朱立斯的邀請，去他美國的農場裡占一份報酬豐厚的肥缺？」

「雖然賀士默是一番好意，不過我想我還是幹我的老本行好。我覺得在倫敦比較自在。」

「我不知道我該做什麼好。」

「我知道。」湯米說得胸有成竹。

陶品絲偷偷斜覷他一眼。

「還有錢的問題。」她若有所思地說。

「什麼錢？」

「我們每個人都會收到一張支票。卡特先生說的。」

「你有沒有問是多少錢？」湯米問，語帶調侃。

「問了，」陶品絲得意地說，「可是我不告訴你。」

「陶品絲，你真令人難以忍受！」

「這一次的冒險很有趣，你說是不是，湯米？我真希望我們將來還會有更多冒險的機會。」

「你真是貪得無厭。我已經受夠了冒險。」

「噢，逛街購物也不錯，」陶品絲帶著夢幻的表情說，「想想看，買些舊家具、色彩鮮豔的地毯、真絲窗簾、亮晶晶的餐桌，還有很多靠墊的長沙發……」

「等等，」湯米說，「你買這麼多東西做什麼？」

「可能還要買一棟屋子。不過我想買公寓房子比較好。」

「誰的公寓房子？」

「你以為我不敢說出口嗎？才不會！我們的公寓房子，就是這樣！」

「你這個可愛的小東西！」湯米喊道，雙臂緊緊擁住她。「我早就打定主意，要逼你說出來。這我要感謝你，因為每當我開始情意纏綿的時候，你就無情地制止了我。」

陶品絲仰起臉龐湊近湯米。計程車繼續繞著攝政公園北側行進。

「你還沒有真正向我求婚，」陶品絲直言。「不是祖母輩的那種求婚方式。不過，聽朱立斯說了那種倒胃口的求婚誓約後，我想我就饒了你吧。」

「想不嫁給我？門都沒有，所以你想都別想。」

「以後的生活將是多麼有趣啊，」陶品絲回他。「大家對婚姻有各種說法：是港灣，是避難所，是至高無上的光榮，是桎梏……不勝枚舉。可是你知道我認為它是什麼嗎？」

「是什麼？」

「是一種消遣！」

「而且是一種棒透了的消遣！」湯米說。

# 藏在日常細節中的冒險

楊照（作家）

一開始，就都在那裡了。

一九二〇年，阿嘉莎．克莉絲蒂出版了《史岱爾莊謀殺案》，神探白羅就已經退休了。而且在這個案子裡，藉由敘述者海斯汀的轉述，就鋪陳出克莉絲蒂小說最基本的偵探原則：

「那些看來或許無關緊要的小細節……它們才是重要的關鍵，它們才是偉大的線索！」

「豐富的想像力就像洪水一樣，既能載舟亦能覆舟，而且，最簡單直接的解釋，往往就是最可能的答案。」

「沒有任何謀殺行為是沒有動機的。」

還有，一個不討人喜歡的死者，一群各有理由不喜歡死者、因而也就都有殺人動機的人，這些人彼此之間構成複雜的關係，有的互相仇視，有的互相愛戀，麻煩的是，有些愛人其實貌合神離，有些仇人其實私下愛慕；更麻煩的是，不論是愛或是仇，都有可能是扮演出來的。

一個外來的偵探必須周旋在這些嫌疑者之間，從他們口中獲取對於案情的了解，換句話說，他必須在很短的時間內，搞清楚誰是誰、誰跟誰吵架、誰跟誰偷情，然後判斷誰說的哪一句是實話、哪一句是謊言。常常謊言比實話對於破案更有幫助。

再偷偷透露一下，如果要和小說裡的凶手及小說背後的作者鬥智，就像克莉絲蒂對英國社會的了解，祕訣就在於要去追究小說裡的人物背景，尤其是他們的階級地位。基本上，階級地位愈高、權力愈大、愈有錢者，說的話就愈不要相信。例如在《史岱爾莊謀殺案》中，僕人、園丁說的話遠比有頭有臉的人說的要可信多了。就算要說謊，他們的謊言也比較天真，而且往往出於善良動機。當你歸納線索時，就會知道他們並非故意說謊，那是因為他們的認知受到蒙蔽或誤導，而你慢慢就從這蒙蔽或誤導中被引導到真相。

《史岱爾莊謀殺案》出版那年，克莉絲蒂三十歲，但書稿其實早在五年前就寫好了，畢竟要找到有人願意出版一個看來再平凡不過的家庭主婦寫的小說，並不是那麼容易。

所有和克莉絲蒂接觸過的人，都對於她的「正常」留下深刻印象。她看起來就和她那個年紀的典型英國家庭主婦一樣，害羞、靦腆，只能在社交場合勉強跟人聊些瑣事話題，完全無法演講，甚至連只是站起來對眾賓客說幾句客套話，請大家一起舉杯，她都做不到。她不演講，也很少答應接受採訪，就算採訪到她也很難從她口中得到有趣的內容。她會講的，幾乎都是記者本來就知道、或者自己就可以想得出來的。

例如說白羅這個神探的來歷。克莉絲蒂回答：他應該是個外國人，這樣就能在英國日常生活中看出英國人自己看不出的線索。她自己碰過的外國人，只有第一次大戰剛爆發時到英國避難的比利時人。比利時警察怎麼能跑到英國來？那一定是因為他已經退休了。他有潔癖，所以對於現場會有特殊的直覺，馬上感受到不對勁的地方。一個有潔癖的人，好像應該長得矮小些才相稱，一個矮小有潔癖的人最適當的名字，就是希臘神話裡的大力士「赫丘勒斯（Hercules）」，製造出荒唐的對比趣味。那白羅這個姓是怎麼來的呢？克莉絲蒂很誠實地說：「我不記得了。」

一切都如此順理成章，一切都如此合邏輯，不是嗎？有記者問她怎麼看自己的舞台劇〈捕鼠器〉，創下了英國劇場、甚至全世界劇場連演最多場紀錄的名劇？克莉絲蒂的回答也還是中規中矩，合理合節：那是一齣小戲，在一個小劇院演出，成本很低，任何人想到了都可以帶家人或朋友去看，老少咸宜，並不恐怖，也不特別荒謬打鬧，可是又什麼都有一點，包括恐怖和荒謬打鬧的成分。

她的身上找不出一點傳奇、怪誕色彩，那她為什麼能在五十年間持續寫偵探小說，創造了那麼多謀殺，還創造了那麼多詭計？

首先因為她是女性，以及她的身世，包括她的階級身分，使得她在描寫故事場景時比一般男性作者來得敏感。因為在她之前的偵探推理小說男性作家的階級身分都是高高在上，基本上他們會從較高的角度看社會，比較看不到底層的感受。

而她的婚變以及婚變中遭逢的痛苦，都使她更能體會與觀察，將英國社會的複雜細節融入小說的核心情節，讓探案與線索分析結合在一起。

克莉絲蒂一生結過兩次婚，第一次在一九一四年，婚後不久，丈夫就參加了歐戰，是英國皇家空軍最早一批飛行員。一九二六年，這個丈夫有了外遇，直率地向克莉絲蒂要求離婚，在那之前，克莉絲蒂的媽媽才剛過世，雙重打擊之下，又遇到車子無法發動，克莉絲蒂崩潰了，她棄車而走，忘記了自己究竟是誰，躲進一家鄉間旅館，登記時寫了她心裡唯一有印象的名字──她丈夫情婦的名字。

離婚後，一次在晚宴中，有人提起近東烏爾考古的最新收穫，克莉絲蒂就取消了原定要去西印度群島的計畫，改訂了跨越歐洲到君士坦丁堡的「東方快車」，是的，就是這趟旅程給了她寫《東方快車謀殺案》的靈感。不過更重要的是，在烏爾，她認識了一位年輕的考古學家，比她小十四歲，這個人後來成了她的第二任丈夫。

這位考古學家陪她去參觀在沙漠中的烏克海迪爾城，卻在沙漠中迷路困陷了。幾小時中克莉絲蒂卻沒有一點驚慌不安，當下考古學家就決定要向她求婚。

原來，克莉絲蒂的內心是有這種冒險成分的。要不然她不會兩次選到的，都是喜愛冒險的丈夫，而她本身大概也不會吸引一個在各種危險情境下挖掘古代寶藏的人，讓他願意向一個大他十四歲的女人求婚。

這樣說吧，維多利亞時代後期的英國環境，壓抑限制了克莉絲蒂冒險、追求傳奇的內在衝動，她只好將這樣的衝動寄託在丈夫和寫作上。她一邊陪著第二任丈夫在近東漫走，一邊在小說中寫各式各樣的謀殺與探案。謀殺和探案都是冒險，還有，偵探偵查中做的事——蒐集線索，還原命案過程——其實和考古學家的考掘，如此相似！

克莉絲蒂寫得最好的，正是「藏在日常中的冒險」。她個性中的雙面成分，造就了特殊的偵探魅力。既嚮往非常傳奇，卻又有根深柢固的日常邏輯信念，兩者都在克莉絲蒂的小說中扮演了重要角色。她的謀殺案幾乎都和日常習慣緊密編織在一起，日常環境成了凶手最重要的掩護。有些日常規律明顯地被破壞了，讓我們很自然以為那會是謀殺的線索，沿著這些線索形成了閱讀中的推理猜測，然而白羅早就提醒了，真正重要的反而是那些「細節」，也就是看來像是依隨日常邏輯進行的事，或說藏在日常邏輯中因而不被看重的事，那裡要嘛藏著凶手的核心詭計、煙幕，要嘛藏著凶手致命的破綻。

凶案的構想，就是如何讓異常蓋上日常、正常的面貌，又如何故意將日常、正常予以扭曲，製造假象；那麼偵探要做的，就是如何準確地在日常中分辨出真正的異常，將假的、明顯的異常撥開來，找出細節堆疊起來的異常真相。

此外，克莉絲蒂的小說裡隱藏著極其曖昧的情感價值觀，最典型、最有名的就是《東方快車謀殺案》。透過追查過程，讓讀者知道為什麼凶手要訴諸於這種手段，其動機具有可同情之處，再加上克莉絲蒂對身分階級的觀察，她比較相信或讓讀者相信那些沒有權力、地位的人，隨著偵查節奏去認識可能或必須懷疑的人。克莉絲蒂最擅長營造「多重嫌疑犯」的小說特質，因為讀者在閱讀時必須被迫去認識很多不一樣的人。在她最受歡迎的作品，大概都具備這樣的特質。

當然，她的作品中還有兩個最突出的神探，即白羅和瑪波。白羅是比利時人，但為什麼必須是外國人？這是因為英國人具有高度階級意識，這種觀念一路滲透到所有互動細節，包括人與人之間如何說話。而白羅因為不是英國人，他會發現一般英國人不太看得出來的東西，以及兩個人互動的方法哪裡不正常。至於瑪波為什麼得是老太太？她一如那個年代的老人家，總是靜靜坐著打毛線，因為不起眼，自然讓人放鬆防備，所以瑪波探案的線索都是來自於這樣的互動模式。

然而，白羅有很明顯的優勢，瑪波的身分使她基本上只能進行「靜態」的辦案，案子的空間受到侷限，白羅卻可以跨越各種空間，恣意揮灑。而且白羅擁有警官身分，可以合理出現在各種犯罪現場，瑪波能出現的地方，相形之下就勉強、不自然多了。白羅是明白的outsider，在英國，只要他出現，就會覺得有外人在而感到緊張，於是很容易露出平常不會表現的行為；瑪波則看起來是 insider，但實質上是 outsider，因為總是沒人發現她、當她空氣人。這兩人的探案，是兩個極端。雖然讀者最愛白羅，但克莉絲蒂自己偏愛瑪波勝於白羅。

不管後來的偵探、推理小說發展了多少巧妙詭計，克莉絲蒂卻不會過時，因為她的推理如此密切地和日常纏繞在一起；活在日常中，我們就無可避免被克莉絲蒂的「日常細節推理」吸引，隨時讀來都充滿驚奇趣味。

# 名家盛讚克莉絲蒂（依推薦時間排序）

**金庸**（作家）

克莉絲蒂的寫作功力一流，內容寫實，邏輯性順暢，也很會運用語言的趣味。閱讀她的小說，在謎底沒有揭露之前，我會與作者鬥智，這種過程非常令人享受。其作品的高明之處在於：布局的巧妙完全意想不到，而謎底揭穿時又十分合理，讓人不得不信服。

**詹宏志**（作家、PChome 網路家庭董事長）

推理小說在從先輩柯南・道爾等人的發明中出現力量時，誕生了一位《天方夜譚》故事中每天說故事說個不停的王妃薛斐拉・柴德，也就是「謀殺天后」克莉絲蒂，整個世界對聽這些故事才有如此的熱情。他們捨不得睡覺，每天問後來還有嗎、還有嗎，永遠不肯離去，這就是克莉絲蒂對推理小說的最大貢獻。

**可樂王**（藝術家）

所謂「克莉絲蒂式」的推理小說，就是一場和一個天才的寫作者或高明的恐怖份子在紙上捕掠捉殺的戰事。即便是一列火車、一處飯店或一間酒吧，在克莉絲蒂寫來皆充滿神祕和猜謎。在人生適合的下午裡，我總是一面嚼著口香糖，一面跟著矮子偵探白羅穿梭謀殺現場，克莉絲蒂的推理作品無疑是推理世界中最充滿「魔術性」的小說。

**吳若權**（作家、節目主持人）

我從小就對推理小說情有獨鍾，克莉絲蒂一系列的作品尤其令我愛不釋手。多年來，閱讀推理小說的經驗讓我覺悟：讀者在文字情節中推展開來的驚嘆，不只是因緣於故事的本身，而是自我性格的投射。從這個觀點來看克莉絲蒂一系列的作品，她簡直就是洞徹人性的算命師。而讀者，在她的文字中，發現了自己無可奉告的命運。

**藍祖蔚**（國家電影及視聽文化中心董事長）

做過藥劑師，難免懂得毒藥；嫁給考古學家，難免也就嫻熟文明的神祕；再加上曾經失蹤九天，一切不復記憶的離奇經驗，的確提供了寫作靈感，但若少了想像力，那些片羽靈光縱使辛辣如辣椒，卻不足以成菜。

推理小說重布局、重人物描寫，克莉絲蒂最厲害的卻是犀利的人性觀察，她一手創造的白羅探長，潔癖個性完全和她相反，更將她所憎厭的人格特質集於一身，殊不知，唯有不對著鏡子寫作，才能夠跳出框架與制式反應，開闢無限寬廣的新世界，建構多面向的詭異迷宮。

看完她的小說，你只會更加訝異，到底是什麼樣的心靈才能成就這般視野？

**李家同**（作家、前暨南大學校長）

克莉絲蒂的整體布局十分細膩，最後案情也都講解得非常詳細，回頭去看，在書中都找得到線索。故事的情節與內容也很好看，不是像一個流氓在街上被殺掉那麼單調。……看小說應該要花腦筋、要思考，從小就要養成思辨的能力，看她的小說，就是對邏輯思考能力極佳的訓練。

**袁瓊瓊**（作家）

雖然被公認是冷靜理性的謀殺天后，但是在理性之下，克莉絲蒂的底色依舊是感情。克莉絲蒂很明白，所有的慾望之後，都無非是某種愛情。在以性命相搏的犯罪世界裡，凶手以終結他人的性命來遂私欲，不過是為了成全自己的愛，或者是成全自己的恨。

**鄧惠文**（精神科醫師）

以推理小說作家而言，克莉絲蒂的風格相當獨樹一格。她的偵探在辦案時，靠的不光是科學證據的搜集，而是大量運用犯罪心理學，及對人性的深刻了解。例如在《五隻小豬之歌》中，白羅便是藉由聽取嫌疑犯訴說案情時所不自覺顯露的主觀意識及中心思想，而看出其中破綻，找出真凶。白羅是靠腦袋辦案，以心理層面去剖析案情，即使人們敘述的是同一件事，他可以聽出不同角色因出發點及看待角度不同所透露的情緒觀感，從而抽絲剝繭，還原事實真相。

克莉絲蒂所塑造的人物也生動且各具特色，不同個性所出現的情緒反應描寫，皆細膩而準確，讓讀者產生豐富的想像空間，一展卷便欲罷而不能。

**吳曉樂**（作家）

克莉絲蒂使用的語言平易近人，主要是以角色與情節的對應來斧鑿出故事的深度，堆疊出讓讀者回味的迂迴空間。而她筆下的角色往往性別、階級、性格、族群各異，塑造出多元又豐富的人物群像。

文學作品不問類型，若要流傳於世，最終仍得上溯至「人性」的理解與反思。而阿嘉莎．克莉絲蒂的作品中，我們可以看到人類屢屢得和自己的人生討價還價，或千方百計讓主觀意識與客觀條件達成某種程度的整合，讀者在重建人物的心理軌跡時，也見識到自身的是非成敗，我認為，這也是克莉絲蒂的作品能夠璀璨經年、暢銷不衰的主因。

**許皓宜**（心理學作家）

克莉絲蒂筆下的故事看似在談人性的醜惡，實則像一位披著小說家靈魂的心靈引導者，用她的文字訴說著人們得不到「愛」時的痛苦。於是在故事終了的剎那，你不得不對人生多了幾分「看透感」：原來，我們心裡的那些痛苦、報復與自我折磨的慾望，不是因為「憤恨」，而是起於對「愛的失落」。這或許是我們在情感世界中最珍貴且深刻的一種覺察了。

推理小說荒謬驚悚嗎？不，它其實很寫實。它幫我們說出心裡的苦、怨、醜陋的慾望，於是，我們可以重新學習愛了。

**一頁華爾滋 Kristin**（影評人）

從有記憶以來，閱讀克莉絲蒂最迷人之處往往不在真正的凶手是誰，而是在於「Why」（為什麼）與「How」（如何進行），在於人性與心理描摹的故事肌理。依循其書寫脈絡，會發覺不只是邏輯清晰、布局縝密、著重細節，她總能完美掌握敘事節奏，書中人物彷彿真實存在般鮮明躍然紙上，讀者情緒會隨精準文字保持流轉、跳動、收放，掩卷時並無太多真相水落石出的暢快，反倒淡淡的惆悵化為餘韻襲上心頭，原來還是種種意料之外，卻屬情理之中的人性盲目使然。私以為，那成就了克莉絲蒂的推理故事之所以無比迷人的主因之一。

## 冬陽（推理評論人）

雖然阿嘉莎．克莉絲蒂的作品並非我的推理閱讀啟蒙，卻是養成閱讀不輟的重要推手。首先，她無庸置疑是個說故事能手，打開我名為好奇的開關；其次是設計犯罪事件的巧妙多元，既日常又異常，凶手更是叫人意想不到。沒錯，我相信每個當讀者的都忍不住想破案，想早偵探一步識破詭計，或者像考試結束鈴響前一秒，瞎猜都要指著某個角色大喊「你就是犯人」！然後會忍不住作弊——不是翻到最後幾頁窺探真凶身分，而是往前翻查讓人起疑的段落、偵探顯然掌握重要線索的時刻，直到忍不住豎白旗投降，看神探（我知道啦，真正把我耍得團團轉的聰明人是作者）頭頭是道地分析我遺漏錯置的片片拼圖，終於看清真相全貌。這，就是偵探推理，我因此熟悉遊戲規則、沉醉在每一場迷人故事裡，成為這個類型書寫的俘虜，享受至今不疲的美好滋味。

石芳瑜（作家、永樂座書店店主）

布局細膩、處處留下線索，破案解說詳細，說明了這位安靜、害羞的推理小說女王心思縝密，且充滿想像力。密室殺人，完美犯罪，《東方快車謀殺案》不愧為古典推理小說的經典。再加上神祕的東方色彩，隨著火車抵達的迫切時間感，連非推理小說迷都會神經拉緊，讀完大呼過癮。

家庭主婦缺少人生經驗？處女座的阿嘉莎．克莉絲蒂充分展現她過人的寫作天分，靠得是從小開始的閱讀，以及對偵探小說的著迷。三十歲寫下第一本偵探小說《史岱爾莊謀殺案》的克莉絲蒂，在那個時代並不能說是「早慧」，但寫作生涯五十五年中，共創作了八十部偵探小說，卻令人難以企及。這位害羞靦腆的小說女神，大概是相信只要有足夠的理由，每個人都有殺人的可能！

余小芳（暨南大學推理研究社指導老師、台灣推理作家協會常務理事）

學生時代加入推理社團，社課指定讀物便是經典作品《一個都不留》，成為我對克莉絲蒂的初步印象，自此沉浸於推理小說的世界。隔年寒假陪同學參與轉學考，在斜風細雨的走廊中，滿足讀完《東方快車謀殺案》。隨著歲月遠走，已昇華成趣味回憶。

踏入推理文學領域需要認識的作家，阿嘉莎．克莉絲蒂絕對名列其中，她的作品常有英國小鎮風光、莊園式的謀殺、設備豪華的交通工具等，還有特色鮮明的偵探活躍其中。書中少有血腥、暴力的橋段，布局巧妙且結構嚴密，手法純粹、知性，故事內容與人物性格融為一體，以高超的想像力結合說好故事的能耐，為推理小說開創新局面。克莉絲蒂推理全集重編改版，值得新舊讀者一起探索。

**林怡辰**（國小教師、教育部閱讀推手）

多年後，還是難忘第一次閱讀阿嘉莎．克莉絲蒂作品的感動和激動。

這套將近一世紀的作品，文筆流暢，邏輯縝密，過程中不斷與作者較量、猜出凶手，直到最後解答不禁佩服，蛛絲馬跡處處展現作者的精妙手法，於是又拿起另一部作品，再次沉溺在謀殺天后所編織的日常世界中的奇幻，無可自拔。犯罪動機和手法穿越時空限制，如今讀來合理且依舊令人感動，閱讀中趣味橫生，難怪成為後來諸多偵探小說的原型。

克莉絲蒂創作生涯中產出的八十部推理作品，至今多部躍上大銀幕，無怪乎被稱之為「經典」，喜愛推理偵探作品的人不可不讀，你會驚異於她在文字中施展的魔法！

**張東君**（推理評論家、科普作家）

我愛克莉絲蒂！這位在台灣有時會被稱為克奶奶的超級暢銷推理小說家，即使是自認沒讀過她的書的人，也都會在各種書籍或影視作品中看到對她致敬的片段。由於她喜歡旅行和冒險，那些經驗與體驗都成為書中的場景，因此閱讀她的作品時，不只是雀躍地跟著偵探推理，也有了虛擬的旅行體驗。或者當成旅遊導覽書，在出發去尼羅河、去英國鄉間、去搭船搭火車時，就塞一本克奶奶的作品到隨身背包中。

我還是大學新生時，就聽學姐說她哥哥經常看克奶奶的小說，而且邊看邊狂笑。於是我跟著效仿，在某次搭飛機之前買了第一本小說當旅伴，不只看得超開心，看完後還到處找尋書中出現的那種有兜帽的斗篷，當成出門時的必備用品。克奶奶的作品是跨越文字、國界的。只要看過一本，就會不停地追下去。還好，真的是還好只有八十本。何況這次是全新校訂的紀念珍藏版，當然不能錯過！

**發光小魚**（**呂湘瑜**）（文史作家、助理教授）

一部好的偵探小說，除了情節設計巧妙之外，還需要洞悉人性，如此方能合理地交代人物的言行舉止與動機。阿嘉莎．克莉絲蒂便是其中翹楚，她的作品不管是偵探、愛情小說或戲劇，必要元素都是謎題與人性。在寧靜無波的場景下暗潮洶湧，永遠都有意料之外，讀者的情緒也會隨著劇情的進行起伏糾結。克莉絲蒂觀察到時代的變化，將犯罪心理融入作品中，於是，看她的小說不只能得到解謎的快樂，同時對人性也能夠有所省思。

此外，克莉絲蒂豐富的人生歷練及旅行經歷，例如一九二二年的環球之旅、居住過也旅行過的巴黎和埃及，甚至是追隨考古學家丈夫前往的中東，都讓她的小說讀來更加充滿異國情調。如果你也愛旅行，不如就讓我們一同搭上那一班南法的藍色列車，或由伊斯坦堡出發的東方快車，跟著白羅鑽進一樁奇案，一嘗旅程中破解謎題的快感吧。

**盧郁佳**（作家）

國小時，家裡買了一套阿嘉莎．克莉絲蒂全集，從此成了我的毒品，在白癡課本將我的腦袋啃嚙成海綿般空洞時，撫慰受創的心靈，那時我仍對人心險惡一無所知。

數學課教你列算式，樂趣遠不如克莉絲蒂教你住宅平面圖、偷換時序的密室魔術，你從庭園長窗進房間，我從房門直通鄰房，他從走廊進房……從而學會故事是建構邏輯。她文風多變，時而《四大天王》中讓神探白羅向助手海斯汀大賣關子，眉頭緊皺，山雨欲來，預示天翻地覆，只能靠他拯救世界；時而用維吉尼亞．吳爾芙《自己的房間》中俏皮的語言，讓貧苦村姑安妮在《褐衣男子》中回憶南非出生入死的冒險，竟源於她耽讀村裡圖書館爛舊的冒險愛情小說，還有戲院每週末放映〈帕米拉歷險記〉，帕米拉每集從飛機跳落高空、搭潛艇、爬上摩天大樓，每次被黑幫老大抓到總不一刀斃命，卻老要用瓦斯毒死她，暗示續集又會逃出生天。

長大才發現，克莉絲蒂小說就是我的〈帕米拉歷險記〉：它以歌劇般輝煌龐大的天真陰謀、精細的人際觀察（一句話重音放在哪個字、從膝蓋鑑定女人的年齡等），召喚年輕讀者抱持浪漫精神投入未知的壯遊，瘋魔、衝撞、冒犯，傷痕累累毫無懼色。正如瓦斯在冒險片中太多、現實中卻太少；陰謀在現實中沒有克莉絲蒂寫得那麼複雜，但她刻畫的心理卻是現實中解謎的試金石。

賴以威（臺灣師範大學電機系副教授）

或許可以為經典下幾個定義：該領域的愛好者更都讀過；不是這個領域的愛好者，許多人也都聽過；影響後續的作品，在很多著作中都可以看到它的影子；值得反覆再三閱讀，每隔一陣子再讀都可以獲得閱讀的樂趣，有更多的體悟。我永遠記得第一次讀《東方快車謀殺案》時，被那宛如嚴謹設計數學謎題的鋪陳、推進給深深吸引、震撼。從這幾個角度來說，克莉絲蒂的推理小說被稱之為「經典」，可說是當之無愧。

謝哲青（作家、旅行家、知名節目主持人）

克莉絲蒂小說的魅力在於透過每個角色的對白，藉由不斷的說話來表現人物的個性，以彰顯其人格特質中一些無法被忽略的事實。我們從他們的言語、講話的過程和字裡行間，竟然就能知道誰是凶手。

我從克莉絲蒂的小說學到很多，除了推理小說有趣的事實之外，最重要的是，我在工作的職場跟人應對的時候，如何從語言和對話裡去捕捉某些隱而不顯的事實。許多人們欲蓋彌彰的東西，無論心事也好、祕密也好，克莉絲蒂都會用文學的手法，讓你理解語言的奧妙和魅力。

克莉絲蒂的書寫會讓你覺得彷彿自己也在現場，你可以從聽到的對話當中，學會如何理解人心的一些小技巧，這是小說家最出色、最偉大的地方。我們必須學習傾聽別人說話——這些人講話是真誠的嗎？他想要跟你分享什麼資訊？這些資訊可靠嗎？——這是我在閱讀推理小說時，最大的收穫和理解。

# 阿嘉莎・克莉絲蒂大事記

| | | |
|---|---|---|
| 1890 | | • 九月十五日出生於英格蘭德文郡托基鎮。 |
| 1894 | 4 歲 | • 開始在家自學，父母親、姐姐教導閱讀、寫作、算術和彈鋼琴。 |
| 1895 | 5 歲 | • 家中經濟走下坡，舉家搬至法國，學會流利的法語。 |
| 1905 | 15 歲 | • 在巴黎寄宿學校學鋼琴和聲樂，但生性極度害羞，未成為職業鋼琴家，最終回到英國。 |
| 1907 | 17 歲 | • 陪同母親前往埃及調養身體，對社交活動充滿興趣，但尚未對日後感興趣的埃及古物點燃熱情。<br>• 回英國後繼續寫作、參與業餘戲劇表演。 |
| 1908 | 18 歲 | • 寫出第一篇短篇小說〈麗人之屋〉，同時也寫出第一部愛情小說《白雪黃漠》，以筆名向出版社投稿，但屢遭退稿。 |
| 1912 | 22 歲 | • 與英國皇家軍官亞契・克莉絲蒂（Archibald Christie）熱戀。<br>• 八月爆發第一次世界大戰，亞契奉派到法國作戰。 |
| 1914 | 24 歲 | • 耶誕夜結婚，亞契隨即返回戰場。克莉絲蒂參與紅十字會工作，在醫院擔任護士和藥劑師，因此對藥理和毒物非常熟悉，造就後來多部推理小說情節都以毒藥殺人。 |
| 1916 | 26 歲 | • 開始嘗試寫推理小說，寫出第一部小說《史岱爾莊謀殺案》，主角偵探赫丘勒・白羅的靈感，來自於大戰期間英國鄉間的比利時難民營。本書歷經數家出版社退稿後，終獲柏德雷・海德（The Bodley Head）圖書公司的出版機會，之後並簽下另五本小說的合約。 |
| 1919 | 29 歲 | • 前一年亞契返回英國，八月生下女兒露莎琳。 |

| | | |
|---|---|---|
| 1920 | 30 歲 | • 出版《史岱爾莊謀殺案》。 |
| 1922 | 32 歲 | • 出版第二部小說《隱身魔鬼》，主角是夫妻檔偵探湯米和陶品絲。<br>• 與亞契至南非、澳洲、紐西蘭、夏威夷和加拿大等國旅行十個月，在南非得到《褐衣男子》的靈感。 |
| 1923 | 33 歲 | • 三月出版第三部小說《高爾夫球場命案》，白羅再度登場。 |
| 1926 | 36 歲 | • 四月母親過世，克莉絲蒂陷入憂鬱。<br>• 六月在「威廉．柯林斯父子出版社」出版《羅傑艾克洛命案》。<br>• 八月亞契因外遇提出離婚，十二月初一次爭吵後，克莉絲蒂離家棄車失蹤，消息登上全國新聞。 |
| 1927 | 37 歲 | • 一月在悲痛心情中寫出《藍色列車之謎》，第一次創造出聖瑪莉米德村，即後來瑪波小姐居住的村子。<br>• 分居期間在雜誌刊登以白羅為主角的短篇小說，後來集結出版《四大天王》。<br>• 十二月在雜誌刊登短篇小說〈週二夜間俱樂部〉，瑪波小姐初登場，後來收錄在一九三二年出版的短篇小說集《十三個難題》。 |
| 1928 | 38 歲 | • 十月正式離婚，仍保留「克莉絲蒂」姓氏。<br>• 秋天搭乘「東方快車」前往土耳其的伊斯坦堡，再轉往伊拉克首都巴格達，參觀考古現場烏爾，認識考古學家伍利夫婦（Leonard and Katharine Woolley）。 |
| 1930 | 40 歲 | • 二月應伍利夫婦之邀再訪烏爾，認識考古學家麥克斯．馬龍（Max Mallowan），九月於英國愛丁堡結婚。這段婚姻開啟克莉絲蒂旺盛的創作生涯，兩人到中東考古現場的旅行為許多作品帶來靈感。 |

- 婚後克莉絲蒂開始維持固定的寫作行程。十月出版《牧師公館謀殺案》，是第一部以瑪波小姐為主角的小說。
- 出版第一部以「瑪麗・魏斯麥珂特」（Mary Westmacott）為筆名的《撒旦的情歌》，並陸續發表了五部非犯罪小說。

**1932　42歲**
- 出版《危機四伏》。

**1934　44歲**
- 出版《東方快車謀殺案》，是白羅海外辦案三部曲之一，故事靈感來自中東的旅行經歷。一九七四年第一次改編成電影大獲好評。

**1936　46歲**
- 出版《美索不達米亞驚魂》，白羅海外辦案三部曲之二。

**1937　47歲**
- 出版《尼羅河謀殺案》，白羅海外辦案三部曲之三，故事背景是年輕時與母親同遊的埃及。一九七八年第一次改編成電影大受歡迎。

**1939　49歲**
- 二次大戰期間，克莉絲蒂在大學學院醫院擔任義務藥師，學習到最新的毒藥知識，對於推理小說寫作大有助益。
- 出版《一個都不留》，是克莉絲蒂最著名作品之一。

**1941　51歲**
- 出版《密碼》，呈現出克莉絲蒂對戰爭的看法。
- 出版《豔陽下的謀殺案》。

**1942　52歲**
- 出版《藏書室的陌生人》、《五隻小豬之歌》等名作。

**1944　54歲**
- 以「瑪麗・魏斯麥珂特」為筆名出版第三部作品《幸福假面》，被美國書評人發現是克莉絲蒂的作品，讓她從此失去匿名創作的自在樂趣。

| | | |
|---|---|---|
| 1950 | 60 歲 | • 獲選為皇家文學學會的會員。 |
| 1953 | 63 歲 | • 出版《葬禮變奏曲》。 |
| 1956 | 66 歲 | • 一月獲頒大英帝國爵級大十字勳章（GBE）。<br>• 十一月以「瑪麗．魏斯麥珂特」為筆名出版《愛的重量》，是這個筆名的最後一部作品。 |
| 1958 | 68 歲 | • 成為「偵探作家俱樂部」主席。 |
| 1960 | 70 歲 | • 馬龍獲頒大英帝國爵級大十字勳章。 |
| 1961 | 71 歲 | • 獲得艾克塞特大學頒發榮譽文學博士學位。 |
| 1968 | 78 歲 | • 馬龍獲封為爵士，克莉絲蒂亦被稱為馬龍爵士夫人。 |
| 1971 | 81 歲 | • 獲頒大英帝國爵級司令勳章（DBE），獲封為女爵士。 |
| 1973 | 83 歲 | • 出版最後一部創作《死亡暗道》，亦為湯米和陶品絲最後一次辦案。 |
| 1974 | 84 歲 | • 最後一次公開露面，出席電影《東方快車謀殺案》首映會。 |
| 1975 | 85 歲 | • 八月六日，白羅成為有史以來第一次在《紐約時報》頭版刊出訃聞的小說主角，宣傳九月即將出版的《謝幕》，這也是白羅最後一次辦案。 |
| 1976 | 86 歲 | • 一月十二日去世。<br>• 十月出版《死亡不長眠》，瑪波小姐的最後一次辦案。 |

# 克莉絲蒂推理原著出版年表

1920　史岱爾莊謀殺案 The Mysterious Affair at Styles（神探白羅系列）
1922　隱身魔鬼 The Secret Adversary（神探湯米＆陶品絲系列）
1923　高爾夫球場命案 The Murder on the Links（神探白羅系列）
1924　白羅出擊 Poirot Investigates（神探白羅系列）
1924　褐衣男子 The Man in the Brown Suit（神探雷斯上校系列）
1925　煙囪的祕密 The Secret of Chimneys（神探巴鬥主任系列）
1926　羅傑艾克洛命案 The Murder of Roger Ackroyd（神探白羅系列）
1927　四大天王 The Big Four（神探白羅系列）
1928　藍色列車之謎 The Mystery of the Blue Train（神探白羅系列）
1929　七鐘面 The Seven Dials Mystery（神探巴鬥主任系列）
1929　鴛鴦神探 Partners in Crime（神探湯米＆陶品絲系列）
1930　牧師公館謀殺案 The Murder at the Vicarage（神探瑪波系列）
1930　謎樣的鬼豔先生 The Mysterious Mr. Quin（神探鬼豔先生系列）
1931　西塔佛祕案 The Sittaford Mystery
1932　十三個難題 The Thirteen Problems（神探瑪波系列）
1932　危機四伏 Peril at End House（神探白羅系列）
1933　十三人的晚宴 Lord Edgware Dies（神探白羅系列）
1933　死亡之犬 The Hound of Death
1934　三幕悲劇 Three Act Tragedy（神探白羅系列）
1934　李斯特岱奇案 The Listerdale Mystery
1934　帕克潘調查簿 Parker Pyne Investigates（神探帕克潘系列）
1934　東方快車謀殺案 Murder on the Orient Express（神探白羅系列）
1934　為什麼不找伊文斯？ Why Didn't They Ask Evans?
1935　謀殺在雲端 Death in the Clouds（神探白羅系列）
1936　ABC 謀殺案 The A.B.C. Murders（神探白羅系列）
1936　底牌 Cards on the Table（神探白羅系列）
1936　美索不達米亞驚魂 Murder in Mesopotamia（神探白羅系列）

1937 巴石立花園街謀殺案 Murder in the Mews（神探白羅系列）
1937 尼羅河謀殺案 Death on the Nile（神探白羅系列）
1937 死無對證 Dumb Witness（神探白羅系列）
1938 白羅的聖誕假期 Hercule Poirot's Christmas（神探白羅系列）
1938 死亡約會 Appointment with Death（神探白羅系列）
1939 一個都不留 And Then There Were None
1939 殺人不難 Murder Is Easy/Easy to Kill（神探巴鬥主任系列）
1940 一，二，縫好鞋釦 One, Two, Buckle My Shoe（神探白羅系列）
1940 絲柏的哀歌 Sad Cypress（神探白羅系列）
1941 密碼 N Or M?（神探湯米＆陶品絲系列）
1941 豔陽下的謀殺案 Evil Under the Sun（神探白羅系列）
1942 五隻小豬之歌 Five Little Pigs（神探白羅系列）
1942 藏書室的陌生人 The Body in the Library（神探瑪波系列）
1942 幕後黑手 The Moving Finger（神探瑪波系列）
1944 本末倒置 Towards Zero（神探巴鬥主任系列）
1945 死亡終有時 Death Comes as the End
1945 魂縈舊恨 Sparkling Cyanide（神探雷斯上校系列）
1946 池邊的幻影 The Hollow（神探白羅系列）
1947 赫丘勒的十二道任務 The Labours of Hercules（神探白羅系列）
1948 順水推舟 Taken at the Flood（神探白羅系列）
1949 畸屋 Crooked House
1950 謀殺啟事 A Murder Is Announced（神探瑪波系列）
1951 巴格達風雲 They Came to Baghdad
1952 殺手魔術 They Do It with Mirrors（神探瑪波系列）
1952 麥金堤太太之死 Mrs. McGinty's Dead（神探白羅系列）
1953 黑麥滿口袋 A Pocket Full of Rye（神探瑪波系列）
1953 葬禮變奏曲 After the Funeral（神探白羅系列）

1954　未知的旅途 Destination Unknown
1955　國際學舍謀殺案 Hickory, Dickory, Dock（神探白羅系列）
1956　弄假成真 Dead Man's Folly（神探白羅系列）
1957　殺人一瞬間 4:50 from Paddington（神探瑪波系列）
1958　無辜者的試煉 Ordeal by Innocence
1959　鴿群裡的貓 Cat Among the Pigeons（神探白羅系列）
1960　哪個聖誕布丁？ The Adventure of the Christmas Pudding（神探白羅系列）
1961　白馬酒館 The Pale Horse
1962　破鏡謀殺案 The Mirror Crack'd from Side to Side（神探瑪波系列）
1963　怪鐘 The Clocks（神探白羅系列）
1964　加勒比海疑雲 A Caribbean Mystery（神探瑪波系列）
1965　柏翠門旅館 At Bertram's Hotel（神探瑪波系列）
1966　第三個單身女郎 Third Girl（神探白羅系列）
1967　無盡的夜 Endless Night
1968　顫刺的預兆 By the Pricking of My Thumbs（神探湯米＆陶品絲系列）
1969　萬聖節派對 Hallowe'en Party（神探白羅系列）
1970　法蘭克福機場怪客 Passengers to Frankfurt
1971　復仇女神 Nemesis（神探瑪波系列）
1972　問大象去吧 Elephants Can Remember（神探白羅系列）
1973　死亡暗道 Postern of Fate（神探湯米＆陶品絲系列）
1974　白羅的初期探案 Poirot's Early Cases（神探白羅系列）
1975　謝幕 Curtain: Hercule Poirot's Last Case（神探白羅系列）
1976　死亡不長眠 Sleeping Murder（神探瑪波系列）
1979　瑪波小姐的完結篇 Miss Marple's Final Cases（神探瑪波系列）
1991　情牽波倫沙 Problem at Pollensa Bay
1997　殘光夜影 While the Light Lasts

國家圖書館出版品預行編目（CIP）資料

隱身魔鬼 / 阿嘉莎．克莉絲蒂（Agatha Christie）著；徐培成譯. -- 二版.-- 臺北市：遠流出版事業股份有限公司, 2024.04
面； 公分. -- (克莉絲蒂繁體中文版20週年紀念珍藏；56)
譯自：The Secret Adversary
ISBN 978-626-361-527-4(平裝)

873.57 113001922

克莉絲蒂繁體中文版 20 週年紀念珍藏 56

# 隱身魔鬼

作者 / 阿嘉莎．克莉絲蒂
譯者 / 徐培成

主編 / 陳懿文、余式恕　校對 / 呂佳眞
封面、內頁設計 / 謝佳穎　排版 / 連紫吟、曹任華
行銷企劃 / 舒意雯　出版一部總編輯暨總監 / 王明雪

發行人 / 王榮文
出版發行 / 遠流出版事業股份有限公司
地址 / 104005臺北市中山北路一段11號13樓
電話 / (02)2571-0297　傳眞 / (02)2571-0197　郵撥 / 0189456-1
著作權顧問 / 蕭雄淋律師

2003年8月1日 初版一刷
2024年4月1日 二版一刷
定價 / 新臺幣380元 (缺頁或破損的書，請寄回更換)

ISBN 978-626-361-527-4

遠流博識網 http://www.ylib.com E-mail: ylib@ylib.com
遠流粉絲團 https://www.facebook.com/ylibfans



www.agathachristie.com